青年文摘

《青年文摘》原创精华系列丛书 第一季

Story RADIO 文艺之声 FM106.6 AM747
中央人民广播电台
CHINA NATIONAL RADIO

中央人民广播电台文艺之声
《广播故事会》三周年纪念

单纯是一种力量

主　编　吕秀芳

中国青年出版社

《青年文摘》原创精华
系列丛书编委会

总 编 辑：张景岩
主　　编：吕秀芳
副 主 编：赵　凯
责任编辑：付　江

中央人民广播电台文艺之声
艺术指导委员会

主　　编：邢晓春
演　　播：任　杰　王　勇
　　　　　张　蕾　沙滨洋
配　乐：权　胜
制　作：权　胜
监　制：吴朝晖　张　斌　赵　薇
总监制：赵子忠

问渠哪得清如许，为有源头活水来

——《〈青年文摘〉原创精华系列丛书》总序

《青年文摘》是由共青团中央主管、中国青年出版总社主办的综合性文摘期刊。多年来其以"弘扬先进文化，服务引导青年"为办刊宗旨，精心荟萃海内外名篇佳作，不断为青年读者送上最深邃的智慧、最动人的情思和最美丽的文字。

朝花夕拾间，28年的成长岁月转瞬即逝。一路走来，《青年文摘》已经成长为中国发行量最大的青年刊物。五湖四海都有钟爱他的朋友，他的名字在男女老少间口耳相传。他与广大读者之间的情谊也与日俱增——每月超过300万份的发行量，既让我们满怀欣喜；也让我们倍感压力。面对千百万双清澈透亮的眼睛，面对千百万颗充满热情和梦想的心，我们唯一的愿景便是让《青年文摘》一如既往地充满青春和活力！

"问渠哪得清如许，为有源头活水来"。28年来，《青年文摘》从来没有停下锐意创新的脚步！无论在内容还是形式方面，都不断推陈出新，力求精益求精。在内容选择、栏目设计，以及价值传播上，《青年文摘》一次次带给读者朋友们新的感受、新的收获。

内容是一份杂志的生命，原创性则是保持这生命活力的关键。虽然，《青年文摘》一贯以集萃报纸、期刊、图书等大众媒体中的名篇佳作为己任。然而在信息海量、碎片化的今天，各类作品让人眼花缭乱，亦不免泥沙俱下，这对于读者的判断力与鉴赏力提出了更高的要求，所以作为享有很高美誉度的青年的"心灵读本"，《青年文摘》有责任为广大青年读者廓清视野，在选摘精美作品的同时，推出更多宏扬真善美的原创佳作。

一则故事，改变一生。在这里，我们讲述感人至深的情感故事，和青年读者们共同分享成长中的快乐与悲伤。我们在坚守文摘杂志的品位和视野的同时，力求为广大读者奉献更多富有原创性的，融启迪性、哲理性、现代性、文学性于一体的美文，使青年读者们在时尚与经典、激情与理性、浪漫与智慧之中品尝真实而纯正的人生况味。

也正因如此，我们将《青年文摘》"原创地带"栏目中的精华文章汇集成册，以系列丛书的形式出版，以期不断为读者朋友们送上精美的文化盛宴！

中国青年出版社社长：**张景岩**

2009 年 9 月

写在前面

近两年来，广播、电视、网络、新媒体都有大量故事性的内容，而且是越来越多，故事成分越来越大，"讲故事"已形成一种趋势。作为广播人，我们也在不断探索和思考"到底讲什么样的故事，用什么样的方式讲故事，故事讲给谁听"这一系列的问题。

2006年5月18日中央人民广播电台文艺之声频道开办《故事新天地》节目（2007年初更名为《广播故事会》），这是文艺之声作为故事频道的一次有益的探索，是文艺节目的一个创新，也是文艺之声未来的一种发展趋势。

开办这个节目的初衷是想改变传统讲故事的方式。过去在广播里讲故事，大多是长篇小说连播、评书连播等传统艺术形式，当然现在这样的形式还是受到广大听众的欢迎和喜爱；但是随着社会的发展，听众的需求也越来越多样化，我们的节目要适应听众需求的变化，所以开办了这样一档新节目。此节目最大的特点是：它由主持人以直播的方式讲述短故事，追求轻松自然的风格，同时在节目内容上力求更贴近群众，贴近生活，贴近实际。

《广播故事会》节目组的几个年轻人，有想法、有朝气，在实践中不断摸索和探讨，在比较短的时间内，确定了以讲"励志"和"温暖"的故事为主的定位，很快就吸引了大量积极向上的、对事业和生活都有高标准与高要求的听众，这其中年轻人又占了绝大多数。

《广播故事会》开播三年来，彰显了巨大的活力，社会反响热烈，2008年，《广播故事会》被评为中央人民广播电台"十佳栏目"之一。

在办好日播节目的同时，《广播故事会》还积极探索跨媒体合作的新路。由于与《青年文摘》"影响青年、影响未来"的理念相契合，在2009年，《广播故事会》节目与《青年文摘》红版合作了"百篇原创故事"展播节目，并在此基础上，尝试利用平面媒体的文字优势，结合广播媒体的有声资源，共同为读者和听众奉献这本《单纯是一种力量》。

在这本集子中，《广播故事会》的四位主持人倾情演播了30篇精彩动人的故事小品，以飨读者。同时也是献给《广播故事会》节目组三周岁生日以及文艺之声频道五周岁生日的一份很有意义的礼物。

中央人民广播电台台长：王求

2009年9月

倾听（代序）

晨起在小区楼下的早点铺子里吃饭，听见几个东北口音的中年女人，围坐在一起，说起在北京打拼的艰难。

其中一个，说每次有客人来，若家里其他人都出去了，女主人总会当着她的面，对客人说：家里就我一个，没有别人，多坐会儿吧。

这样一句，每次都会让她伤心许久。她很想问问女主人，难道，在他们眼里，她真的和那些洗衣机、电饭煲、除尘器一样，只是没有生命的工具吗？她可以一刻不停地干许多的活，而不说一个累字；她也可以在吃饭的时候，永远都不上桌子，只在厨房里凑合一日三餐。可是，她却不能忍受雇主在言语上带给自己的轻慢和忽视。那种伤痕，比刀子刻下的，还要尖锐且持久。

另外一个，在做保姆之前，明明说好了只负责与孩子有关的事，但一家人，每每却忽略了她的身份，将她当成一个全职的家庭保姆。她原本是个停不住的人，除了有些累，并没有对多出来的活抱怨过什么，可是这样的苦干，换来的不是安慰，或者一抹感激的笑容，却是愈加苛刻的指责。

这是一群说着同样的方言，在同一个小区里工作，却彼此因为忙碌，而互不相识的女人，是这样一顿早餐，将她们聚在一起，且有机会彼此倾诉内心的苦楚。她们没有多少钱，像我们这些白领，在鸡尾酒会或者时尚party上相识，留下名片，若有利益，此后继续来往。但

V

她们在这个夏日清晨的谈话，却是内心最真诚的袒露，这样的安慰，既与金钱无关，也与利益相悖，她们只是恰好在北京的一个小吃铺里，碰到了，做彼此最好的倾听者。

很多时候，人与人之间，就是这样忘记了倾听，且因此，失去了彼此的信任与尊重。这个城市，散落着许多这样在我们眼里被遗忘的音符。我曾在一条街上，碰见一个被城管追得气喘吁吁的男人，他的脖子上，挂满了要出售的围裙、手套，还有叮叮当当的勺子。这是一个在城市里，艰难讨生活的男人，或许他手里出售的东西，还曾给城管的妻子提供过小小的方便，或许他们也曾有擦肩而过的缘分，可是此刻，他们彼此只有追赶与逃跑的关系。

我很想拦住那个城管，问他一句，你有没有想过，这个男人，其实是和你一样有尊严的一个父亲，或者丈夫？若是他这样的尴尬与辛苦，恰好被他的妻子碰到，那么他妻子的心底，该有怎样的心酸？他在这个繁华的城市里，已是在最底层小心翼翼地生活，如果我们无能为力，那么，为何连倾听的微薄机会，也不给他？很多时候，我们在最软弱的时候，需要的或许不是帮助，而是一双温暖的手，或者懂得慈悲倾听的双耳。

假若，你在城市的某一个角落，遇见一个孤单又专注地吹奏萨克斯的男人，你能否安静地站立片刻，听一听他曲中的忧伤？假若，你在通往马路对面的地下走廊里，看到一个乞讨的老人，你能否弯下身去，将一枚硬币，轻轻地放到他面前的盒中？假若，你在堵塞的公交车里，抬头看到那些在高空里作业的民工，你能否将视线，调整到真诚仰望的角度？

而这样的注视与停留，其实，是另一种善良的倾听·而当我们的心，像双耳一样，学会了倾听，那么，还能有什么，可以阻止宽容、信任、爱与希望的游走？

安 宁

2009 年 9 月

目 录
CONTENTS

每个孩子都是天使

追赶自己的命运

不管你的年龄和身体状况如何，你都可以掌握你的人生，追赶成功。在任何年龄，你都有力量达到成功，只要你愿意通过创造自己的命运来把握你的人生。

不会考试的数学大师

◎鲁先圣

　　他是19世纪人类社会最伟大的代数几何学家，曾任巴黎大学教授。他是法兰西科学院院士，在函数论、高等代数、微分方程等方面都有重要发现。他在1858年利用椭圆函数首先得出五次方程的解，1873年证明了自然对数的底e的超越性。在现代数学各分支中以他姓氏命名的概念很多，如"埃尔米特二次型"、"埃尔米特算子"等。

　　但是，就是这样一位在数学领域卓有建树的伟大数学家，大学入学考试却考了5次，而且每一次落榜的原因都是因为数学成绩不及格。更奇怪的是，好不容易考上大学以后，他每个学期的考试都不过关；差点儿毕不了业，也是因为数学这一科总不及格。大学毕业的时候，学校看他其他各门功课的成绩都不错，就网开一面，允许他毕业了。但是，他大学毕业以后考不上任何研究所，因为他的数学成绩太差了！

　　这个人就是法国数学家埃尔米特。奇怪的是他却对数学一往情深，数学是他一生的至爱，但数学考试却是他一生的噩梦。

　　埃尔米特1822年12月24日出生在洛林。他从小就是个问题学生，上课时老爱找老师辩论，尤其是一些基本的问题。他尤其痛恨考试，他在自己的日记中写道："学问像大海，考试像鱼钩，老师老要把鱼挂在鱼钩上，叫鱼怎么能在大海中学会自由、平衡地游泳？"老师看他考不好，就用木条打他的脚，他恨死了刻板的考试，又写道："达到教育的目的是用头脑，又不是用脚，打脚有什么用？打脚可以使人头脑更聪明吗？"他的数学考得特别差，恰恰又是因为他的数学特别好，只是他经常不按常理"出牌"；他讲的话更让数学老师抓狂，他说："数学课本是一摊臭水，是一堆垃圾。数学成绩好的人，都是一些二流头脑的人，因为他们只懂搬垃圾。"

他自命为一流的科学狂人，花许多时间去看数学大师，如牛顿、高斯的原著，他认为在那里才能找到"数学的美"，因为"数学的美，是回到基本点的辩论，那里才能饮到数学兴奋的源头"。他在年老时，回顾年少时的轻狂，写道："传统的数学教育，要学生按部就班一步一步地学习，训练学生把数学应用到工程或商业上，因此不重视启发学生的开创性。但是数学有它本身抽象逻辑的美，例如在解决多次方程式里，根的存在本身就是一种美感。数学存在的价值，不只是为了生活上的应用，也不应沦为供工程、商业应用的工具。数学的突破仍需要不断地去突破现有格局。"

少年埃尔米特的表现让父母忧心，父母希望他能把书念好，再多的钱也愿意付出，就把他送到巴黎的路易大帝中学。因为奇异的数学天分，他无法把自己塞入数学教育的窠臼。但是为了顺父母的意，又必须每天面对那些细微烦琐的计算，以致痛苦得不得了。巴黎综合工科技术学院入学考试每年举行两次，他从18岁开始参加，考到第5次才以最后一名的成绩勉强通过。其间他几乎要放弃时，遇到了一位数学老师李察。李察老师对他说："我相信你是自拉格朗日以来的第二位数学天才。"拉格朗日被称为"数学界的贝多芬"，他所作的求根近似解被誉为"数学之诗"。但是老师也告诉他，仅仅有天分还不够，"你需要有上帝的恩典，并坚持完成学业，才不会被你认为是垃圾的传统教育牺牲掉。"因此他一次又一次地落榜，却仍继续坚持应试。

埃尔米特考上技术学院一年以后，法国教育当局忽然下了一道命令："智力不健全者不得进入工科学系"，埃尔米特被逼得只好转到文学系。文学系里的数学已经容易很多了，结果他的数学还是不及格。有趣的是，他同时在法国的数学研究期刊《纯数学与应用数学杂志》上发表了《五次方方程式解的思索》，震惊了国际数学界。

在人类历史上，早期的希腊数学家就发现了一次方程与二次方程的解法，之后，多少一流数学家埋首苦思四次方程以上到n次方程的解法，始终不得其解。没想到300年后，一个文学系的学生，一个数学常考不及格的学生，竟然提出了正确的解法。埃尔米特知道自己已经对数学的开创性研究中毒很深，热爱得无法自拔，幸得有好朋友勃特伦帮他补习学校要考的数学。

对这一个具有开创性的天才，僵化的数学教育带来无边的苦难，唯有友谊的了解与鼓励能够支持他走下去，并使他在24岁时，能以及格边缘的成绩大学毕业。由于不会应付考试，无法继续升学，他只好找所学校做个批改学生作业的助教。这份助教工作，他做了25年，尽管他这25年中发表了代数连分数理论、函数论、方程论……他已经名满天下，数学水平远超过当时所有大学的教授。直到他49岁时，巴黎大学才因为他的名气请他去担任教授。此后，几乎整个法国的大数学家都出自他的门下。他的授课有一个奇异的现象：只有分析，没有考试。

因为不会考试给他带来许多麻烦：工作不顺利、多次重考、他人的轻视、自卑，但是也使他整个生命提早走向成熟。后来，美国加州理工学院数学系的教授贝尔，在他对历史上数学伟人的回顾中用这样一段话描述埃尔米特："历史上的数学家，愈是天才，愈是好讥诮，讲话愈多嘲讽。只有一个人例外，就是埃尔米特，他有真正完美的人格。"

埃尔米特逝世于1901年1月4日。他在晚年写道："三角几何是永恒、不朽的。自然界里没有任何一个东西是绝对的三角形，但是在人的脑中却存在着完美、绝对的三角形，去衡量外面的形状。没有人知道为什么三角的总和就是180度；没有人知道为什么三角的最长斜边对应最大角。这些三角几何的基本特性，不是人去发明出来或想象出来的，而是人在懵懂无知的时候，这些三角特性就存在，并且无论时空如何改变，这些特性也不会改变。我只不过是一个无意中发现这些特性的人。三角几何的存在，证明有一个永久不改变的世界存在。"

这就是伟大的数学家埃尔米特，一个从来不会考试，但是却取得了惊人成就的人。

看不见的盛宴

◎刘宇婷

　　摄影家约翰·达戴尔有着引人注目的英俊脸庞和一头浓密的黑发。他的眼睛眯缝着，透过瓶底厚的眼镜，微侧着头，身体前倾，试图捕捉到我支离破碎的轮廓，而我就坐在他对面 3 英尺的地方。约翰的房间摆满了铜质古董，特大号的照相机，以及他令人过目难忘的摄影作品——蓝色调的画面，幽灵般的树木和梦一般的空间里赤裸的情侣……

　　简直令人难以置信，如此美妙的照片是他借助仅存的微乎其微的视力创造出来的！

　　"在事业刚刚起步时就丧失了视力，对我来说最可怕的事情莫过于此，"约翰开口道，"我多想看到天空，看到我的手和脸，看到我妈妈。当视力一天不如一天，我感觉自己仿佛在一点点消失……"

　　10年前的巨细胞病毒性视网膜炎几乎夺走了约翰全部的视力，他只能透过左眼一条月牙儿形的窄缝接触这个世界的光明，可视度不足正常的20%。命运向他无情地宣告：他的艺术生涯结束了。

　　"该是我证明病魔不一定能结束我创作生命的时候了，"约翰笑言，"到了我成为全球第一位盲人摄影家的时候了。从那以后，我举办了38场国际个展，而我最好的作品还没有诞生。"

　　约翰实现其信念的飞跃绝非易事，他向我袒露了艰难的心路历程。"起初，我觉得一切都不是真的，这种不幸不可能发生在我这样的天之骄子身上。然而，它就这样发生着，而且快得不容喘息。"

身陷螺旋式下跌中的约翰意识到，他的存活，无论从精神上还是肉体上，都取决于他能否继续进行艺术创作。

一天傍晚，在他纽约北部的农场里，约翰自从失明后第一次拿起相机，接下来发生的事改变了他的人生轨迹。

"我走进牧场，试图拍一张照片。我使用放大镜费力地调节焦距、背景和曝光表，"约翰对我说，"我总是绊在三脚架上，越来越气馁。每次我刚要调好，太阳就移走了，我不得不从头来过。"

"就在我快要疯掉的时候，我终于把每样东西都调好了——简直堪称完美——然而，就在那一刹那，我还没来得及按下快门，太阳落山了！一切都消失了，只剩下黑暗，"约翰说，"那一刻，我也彻底崩溃了。"

"发生了什么？"我问。

"我扑倒在地，头脑一片空白。就那么摔下去，把脸埋进尘土，像野兽一样号哭起来。我哭得死去活来，责问苍天为什么这样对我。我完全失去了控制。"

这段回忆令约翰战栗。他坦承："幸亏我的朋友走出来看看发生了什么。感谢上帝我并不孤单！他把我抱回房子，放到沙发上，然后将我像孩子般搂在怀里，我倒在他大腿上痛哭流涕，直到体内再也没有一滴泪水。朋友完全没有阻止我。最后，我让他取来相机。我重新枕到他膝上，按下了快门。这张照片是那么美，就像圣母怜子图。我为它起名叫'人类的起源'。"

这幅震撼人心的照片在约翰·达戴尔的早期作品中并非经典，却在一次个展中占据了中心位置。正是这次个展使他从商业摄影爱好者一跃成为世界级艺术大师。

在混沌中创造，在艰难年代里执著求美——这成为这个卓越男人重获心灵健康的入场券。"如果没有包容和接纳，生存就不具有任何意义，"他解释说，"这就是荒谬之处。你必须接受错误的事情并承认它，使它变得对你有意义。如果你想掩饰或否定，你就会被它无情地吞噬。如果你总纠缠于为什么会这样，你将彻底错过仍然拥有的美好时光。"

"一旦我们深入地体验生活，改变的机会真的是一发而不可收。它就像核能量，只要你能运用得当。一旦穿过火焰就必定被熔化——要么走出来熔炼成金，要么葬身火海。"

对今天的约翰来说，思想的升华甚至比视力更为珍贵，他说："光明来自内心，眼力和视力并非一码事。有时候我想如果上帝下凡答应让我重见光明，但必须忘记我已经领悟到的一切，我不会同意。"

灵魂的高度

◎龙富鸣跃

他是天生侏儒，终生100厘米。

7岁那年，他看了一场钢琴音乐会，着迷到神魂颠倒，父亲就买来一架钢琴。他要别人抱着上下钢琴座，父亲又在钢琴上安装了一个特殊的辅助器来控制踏板，使他的脚容易牵动钢琴踏板。

他痴狂地练了五年。

13岁，他第一次演出时，先站在台前最接近观众的地方，站了足有三分钟。最后他笑问："都看够了吧？"满场都会意地笑了，他才回位，演奏。

观众大惊，而后掌声雷动！

有人问他为什么要先站那三分钟，他说："许多人是好奇我的身材才来的，先让人们看够，才能细听我的演奏，才能看见我灵魂的高度！"

在不断拔高灵魂高度的同时，他还成了演唱家，出了自己的唱片。16岁，他成了美国爵士乐团的"台柱子"，每天弹琴的时间超过8小时，每年的独奏音乐会超过180场，而所有人都不再对他的身材好奇了，不少人都是闭目倾听，让自己的灵魂仰望"高魂"！

20岁，他的专辑《乐曲》，使他一夜成为"巨星"，纽约、伦敦、米兰、东京、巴黎……每到一处，他灵魂的高度，皆令举城仰视！

30岁，他每天弹琴的时间超过11小时，每年的独奏音乐会超过300场。有人问："你的灵魂还不够高吗？"他说："身材属于父母，是有限定的，灵魂属于自己，永无限定！"

　　1999年1月，他因肺炎病逝于纽约。36岁的他，倒下的躯体还是100厘米。而在音乐王国，在许多人心里，他是"不朽的巨人"！

　　他就是法国的贝楚齐亚尼，世界钢琴史上最著名的侏儒。他最后说的一句话是："如果我真的高大，那是矮小成全的！"

追赶自己的命运

◎［美］帕特里克·斯诺　洪　帆编译

　　作为一个职业演讲人，我给来自社会各阶层、不同年龄段、数以万计的人进行过演讲。

　　我时常收到那些50岁、60岁、70岁的年龄段的人的信息反馈，他们告诉我，创造他们自己的命运已经太迟了。他们坚信他们年纪太大了，经历了太多的挫折，他们已经没有斗志，已经疲倦得无法再为他们的未来付出任何的行动。他们固执地相信，要达到成功，只能是在那些20岁、30岁的岁月里。这些人的大部分不相信仍有可能创造自己的命运。受限于个人的信念，这些人甘心于并不乐观的现状，永远无法达到成功。

　　我总是问我的听众相同的问题，对你也是如此："你在创造自己的命运，还是在创造别人的命运？"我为什么要问这个问题？克利夫·扬的故事会告诉你答案。克利夫·扬，一个澳大利亚以种植土豆为生的农民，在他57岁时决定改写自己的命运。那时他的命运是在他的家庭农场里劳作，每天过着辛苦的生活。然而，克利夫·扬酷爱长跑运动。

　　他决心以他自己的生活方式生活，创造一个新的命运。

　　不久，多雨的澳大利亚乡村公路上出现了身穿雨衣和胶靴的克利夫·扬进行训练的身影。57岁的年龄、不良的装备、恶劣的训练环境，对他来说都不是问题。在农场的这些年里，对他来说最重要的是追赶他的梦想和创造自己的命运。他从不理会那些嘲笑他的人和那些试图把他驱离偏僻公路的司机。

每天增加20到30英里的距离，不间断地进行训练。

1983年5月，经过4年不间断的训练，克利夫·扬震惊了整个世界。在61岁时，他赢得了悉尼至墨尔本距离875公里的超级马拉松冠军。跑完这段距离对任何一个年龄段的人来说都是一个壮举，但61岁的克利夫·扬击败了世界上最好的长跑运动员，绝对令人难以置信！

多年来，跑步专家认为，一个运动员一天跑完艰苦的100英里后，晚上就需要一定量的睡眠。然而，在比赛的第一天远远落后于其他运动员的克利夫·扬在当天凌晨一点就起来，开始他的黑夜穿行。最终，他超越了那些习惯在凌晨5点醒来的领先者。

克利夫·扬的策略运用得非常好，他继续每天早上比所有的竞争者早4个小时醒来，然后开始跑起来。由于采用了这个大胆的策略，他第一个越过终点线时震惊了世界。经过5天15小时又4分钟，61岁的克利夫·扬成为了胜利者。

克利夫·扬获胜的消息迅速传遍了整个澳大利亚。在他这样的年龄、缺乏经验、与世界各国最好的长跑运动员进行竞争的情况下，没有一个人认为他有机会。他成为一个生命的传奇，整个国家都迷上这个创造了一个不可能的奇迹的种土豆的农民。

谈及奖金，克利夫·扬幽默地说道："10000美元，哇，那是很多很多的土豆呢！"接着，他又做了一件令人们惊讶的事：和其他付出了准备和努力的竞争者一起分享了他的奖金。

1984年和1987年，在克利夫·扬62岁和65岁的时候，他再次参加了跨国比赛，继续使用他的凌晨1点策略。现在，这种在凌晨1点醒来的策略，在赛事中已经普遍代替了凌晨5点开始的做法。

克利夫·扬打破了一种范式，克服了自我怀疑，并且做到了世界上没有一个人认为有一点可能性的事情。更具有意义的是，他创造了自己的命运。他以他的激情创造了纪录，革新了长跑运动的经验模式，并给后来的运动员带来了灵感。他没有像其他50岁、60岁、70岁的人那样，被悲观的信念所束缚。

尽管已经61岁，但是克利夫·扬在创造自己的命运的同时过上了让自己满意的生活。不管你的年龄和身体状况如何，你都可以掌握你的人生，追赶成功。在任何年龄，你都有力量达到成功，只要你愿意通过创造自己的命运来把握你的人生。

怀抱信念，制订计划，像克利夫·扬一样追赶自己的命运，创造命运和达到成功就永远不会太迟。

不要给我任何借口

◎彭龙富

　　他是个不幸的孩子，仅 3 个月大时就因眼部感染导致左眼完全失明、右眼几乎失明，他的记忆就是从黑暗开始的。

　　转眼，到了入学年龄，纽约市几乎所有学校都拒绝接收他进入正常班级学习。他的父亲多少个夜晚抽着闷烟，也动了妥协的念头，可是一想到孩子要从此贴上盲人的标签，便是倾家荡产也不能放弃。功夫不负有心人，长岛一所学校出于对这位执著父亲的敬意，勉强答应接收他进入正常班级试读，于是他举家搬至长岛定居。

　　他知道机会难得，而父母也不容易，但是新环境确实很难适应。即使哭泣，也是一个人把头埋进被窝。父亲看着他红肿的眼睛，心疼而又严厉地说："你必须坚强，才是男子汉，才会赢得尊严！"他抹了一把眼泪，和父亲拉钩说以后绝不让父亲失望。

　　他视力微弱，斗大的字都需要仔细分辨，阅读异常困难，那么首要的是抓住上课的时间，聚精会神听老师讲课，而在老师停顿的空闲以及课间休息，他就反复揣摩老师的讲课。睡梦中，他的脑海响起的是老师的声音，有时半夜里他大呼小叫地把父母吵醒，原来他是在求解老师布置的思考题。慢慢地，他的记忆出奇地好，几乎过目不忘。课堂上，他是最积极的一员，博得了同学们的一片喝彩。学校的一些演讲比赛和话剧演出，他都踊跃参加。

　　因一心忙于学习，他的身体差了。一次体育课后，他头晕摔倒在地，吓坏了同学。这惊醒了他——不能只关注学习了！于是，他每天晨曦刚露就起床锻炼身体，接着加入了学校篮球队，还跑马拉松，渐渐地他练出了一块块的肌肉，每天精力都异常充沛。

他是学校里最活跃的学生之一，他的优秀令正常人也为之汗颜。

他就是现年53岁的大卫·帕特森，2008年3月17日就任纽约州州长。帕特森不仅是纽约州的第一位黑人州长，而且是这个州的第一位盲人州长，是继富兰克林·罗斯福以来的第一位残疾人地方长官。

帕特森说："尽管我是少数群体中的一员，同时又是少数群体中的少数群体，但是我可以做到任何事，不要给我任何借口。"有了借口，就有了退却的千万个理由，因而失去了前进的动力。帕特森把借口踩在脚下，尽管世界在他眼中依然是模糊的，难以欣赏世上的美景，但是他却给了世人一道亮丽的风景！

渔家小孩

◎［爱尔兰］贡纳尔·贡纳尔逊　　照日格图编译

　　大、小斯尼奥里富生活在一个渔村附近，他们是父子俩。大斯尼奥里富已年过半百，小斯尼奥里富则刚满12岁。

　　小斯尼奥里富从懂事起就没离开过父亲半步，他们形影不离地生活在海边。在海边，大斯尼奥里富常常回忆自己经营庄园的美好日子。那时他、妻子和他们的3个孩子过着幸福的生活。只是有一天他们的畜群患了瘟疫，孩子们也相继去世。大斯尼奥里富将他们放进一个棺材里安葬。为了还债，他卖掉了自己的庄园，来到海边的渔村，开始了艰苦的生活。

　　现在他们只能从大海里寻找食物了，填饱肚子后他们甚至都没有钱买一两件衣服。这时小斯尼奥里富诞生了，只是没过几天他的母亲就去了天堂，他只能和父亲在海边寂寞地度日。

　　后来儿子长大了，无论什么天气，他都形影不离地跟在父亲后面。他们很少说话，有时一天的对话不超过3句。父亲经常教导孩子说，欠债是世界上最大的耻辱。去咖啡店赊账喝咖啡，还不如在家挨饿。生活困难时他们用麻袋缝制衣服，从不接受别人的施舍。虽然生活拮据，他们很自豪没有外债，他们也坚信上帝有一天会眷顾他们，给他们俩带来无尽的幸福。

　　现实和他们开了个大玩笑。初春的一天，渔村后面的大山里爆发了雪崩，将父子俩的小屋压了个粉碎。数小时后，小斯尼奥里富奄奄一息地从废墟中爬了出来。他试图把父亲从废墟中拉出来，可一切已晚。

大斯尼奥里富的尸体被平放在一块大石头上，准备运往城里火化。小斯尼奥里富站在父亲旁边细语着什么。他没有流一滴泪。来帮忙的人们纷纷议论说，这孩子怎么会如此冷漠？

小斯尼奥里富站在海边看了看自己的房子，已是一片废墟。他跑到海边去看渔船。在昨天的暴风雪中渔船也散了架。小斯尼奥里富皱着眉头在那里站了许久，却没有哭。

父亲在世的时候经常说，他死后可以用房子和渔船做抵押来安葬他。父亲还说过，为了丧葬向别人借钱是一件耻辱的事情。现在房子没了，渔船也没了，什么都没有了。

小斯尼奥里富去雪堆里抽出几条木板，给父亲的尸体搭了个简易棚，然后独自向城里跑去。路人都说，这孩子为什么会如此冷漠？

他跑到商店附近徘徊了一阵，然后用大人的口吻对门卫说："我可以见你们的老板吗？"

门卫用惊讶的眼神看了看眼前的孩子，进屋禀报。老板挺着大肚子走了出来，看了看门外站着的小孩，示意让他进来。

"孩子，你能告诉我你来这里做什么吗？"老板问。

小孩扭捏了一会儿说："你应该知道我们的渔场比你们的好吧？"

老板被孩子大人般的口吻逗乐了。孩子却接着说："如果我夏天把渔场租给你，你能付我多少钱？"

老板收住笑容说："那你还不如直接卖给我。"

"不，卖给你我就无处生存了。"孩子说。

"我们可以允许你留在那里。"

"夏天我要在那里盖房子。刚才搭了个茅舍。估计你已经知道我父亲去世和渔船粉碎的消息了。我可以用夏天打来的鱼给你还债。去年夏天打鱼的时候你们的收成总是比我们少。父亲说那是因为你们的渔场不好。"

"那你需要多少钱？"

"只要能给我父亲买一口棺材，够安葬他用就可以。"

老板凝神注视着眼前这个只有12岁的孩子，想知道他还需要些什么。

"你们商店需要童工吗？就跟去年夏天的那个童工一样大的孩子。"

"我们是需要，只是需要比你大一些的孩子。"老板微笑着说。

"你能跟我出来一下吗？"孩子说，俨然一副大人的口吻。

老板应允了。

小斯尼奥里富领着商店老板来到前面的土坡上。小斯尼奥里富摘掉手套举起一块大石头后放下，说："你去年雇用的童工连这块石头都搬不动，而我能，这样说来我应该能胜任这份工作吧？"

老板依然微笑着说："既然你力气这么大，就雇用你好了。"

"那你得负责我的食宿，还得付我零花钱。"

老板欣然答应。

"我答应过我父亲不欠外债，食宿问题解决了就不会有外债了。"小斯尼奥里富说。他学着父亲脱帽向老板致意，说："那我后天来见你好了，再见！"

老板拉住小斯尼奥里富，带他进了厨房，想给他一些吃的。小斯尼奥里富拒绝了。

"怎么？你不吃饭吗？"老板和蔼地问。

"吃是可以吃。"他说，看到餐桌上的美味，他的胃有了强烈的反应，"但是我不希望吃别人的施舍。"

"你没见过你家来客人时，你父亲用酒或者咖啡招待他们吗？你现在就是我的客人，如果你不接受我的招待，那我们刚才的话也不能付之行动了。"

"那我就吃一点吧，重要的是一个人一定要干好属于自己的那份工作，而且不能有外债，这样生活慢慢就好了。"小斯尼奥里富说。

"你的这句话值千金。"老板说。他拿出手绢悄悄擦去脸上的泪水。

小斯尼奥里富看了看老板说："我父亲从来没哭过。"片刻后又接着说："我从小到大也没哭过，父亲死了我也没哭过，其实我好想哭，但我又怕父亲看不起我……"说完他再也抑制不住内心的悲痛，倒在老板怀里大哭起来，肩膀一抖一抖的。

一条路

◎ 狂 月

这是个古朴的小山村，层次有致的田舍掩映在苍翠的林木之中。出村有一条路，长约10里通邻村，这是古时的官道，南50里通洛阳，北30里抵黄河，是连接黄河南北两岸的唯一通道，60多个村庄的5万多村民都需要走这条小路。

60年前，这条路是条繁盛的"罗马大道"，拉水的牛车、赶路的商人、推独轮车的苦力都走这条路。解放后黄河公路大桥建了起来，从孟津到洛阳，也修了条公路。这条隐藏在山间的土路，还是"穷人"的必走之路，也是通往洛阳和黄河北岸最近的路。去公路要绕十几里，坐车也还要花钱。

这条羊肠小道，弯弯曲曲，路面不到1米宽，路两边杂草丛生，整条路被丘陵环绕，村头路的一端是50米长的陡坡。

1949年，村里有了各种热闹时，60岁的老人许三默默地为自己选了一件事：修路。这条"官道"，也经历了战争创伤，人走得蹦着走。他想解放了，这条路就得修好。他每天都推一辆独轮车，上面放着镢头铁锨和铁锤钢钎，从村头修起，缺的补上，陷的填上，挖好水沟栽上树，再一步一步地铺石条垫石子。他不要人帮忙，说这条路他包了，保证天天好走，别的人就去忙别的事吧，能解放不容易，好日子要大家一起努力。后来村长要给他工分，他不要，他说啥事都要报酬，还叫啥新社会！饿死人的那3年，他还是天天修路，谁也劝不住，6次饿倒在路上。家人全给他跪下了，说你就停停吧，天都不让人活了，一条路能咋?他缓过劲来就吼:"修路就是孝天!谁说天不让人活了?"就在第一场大雨降临的那天，74岁的许三在挖渠排水时，突然从陡坡上滚了下去，腿摔断了，第三天去世。

就在许三下葬后的第二天，65岁的老人许来来到许三家里，对许三的遗像说了句:"老哥，我接你的班来了!"说完就出屋，推了许三的独轮车就走，修路。

许来是个乐观的老人，也很偏。他天天修路，路边还放着一个收音机。老人一边修路一边听着收音机，高兴的时候，还会喊上两嗓子。家里都很生气，因为，他连最忙的时候也不帮家里了，修路成了专职。他也气，不回家吃饭。家里还得送饭给他，不笑着给他，他还不吃。后来村上各家都不断地给他家送点儿小东小西，家里人觉出了人心的温暖，有时还跑去帮老人干。"文革"时，村里天天斗人，家人劝他别再修了，社会都乱成啥了，修不出啥功果!许来吼:"地乱天不乱!我为的是儿孙后代!"

1978年，80岁的许来老人就在路边坐着走了，笑着，身边的小收音机还欢唱着。

这次的接班更干脆，就在人们抬许来的尸体回村时，62岁的老人许运民推了那独轮车就回家了。第二天早上，修路的老人就是许运民了。

许运民老人一直在外地工作，退休后回到老家。他在家里是一家之主，家里倒没人敢说什么，但他干农活少，修路这事儿对他来说就是最苦的了。两个老人已做出了规矩，不让人帮忙，他也不能让人帮忙。补路、挖渠、铺石，如果碰到大暴雨，路面就会冲出几米深的沟，有时一条沟就得填几天;把所有的沟都填满后，再用铁锹使劲拍拍，把土夯实;最后，还要挖一条排水渠，将路面上的水排出去，通修一遍让人走，回头再一步接一步铺石头。

时代不同了，阻力更大了。村里有人在城里发财了，人心都变成呱呱鸡上南坡——咯咕咯(各顾各)了，义务修路就成了奇怪之事。许运民的家一直发不起来，老妻弱子，老守田园，窖里的萝卜，长不粗发不大，他算是家里唯一一个能干点儿来钱营生的人了。儿子怄气，妻子跪求，他吼:"我是路老三，大哥二哥能修到死，我也能!"2000年，各家自愿，村长出面，将5万元送到许运民家，说此路大家走，大家帮不上人场就帮个钱场!许运民一下子就火了："我家没饿死人!这条路只能是穷人走的小道,穿山过沟没啥开发余地,要钱干啥?拿走!"

不久,84岁的许运民老人也走了。

这回接班的是70岁的老人陈光。他推那辆独轮车时一句话也没说,低着头推了就走,好像怕人笑话似的。村人都默默地看着他,不少人都流泪了。他是村里最穷的一个老人,和孙女相依为命。孙女在外打工,他身体不好,在家闲着。如今,修路好像少了许多理由,不是过去那种做好事人人理解的年代了。再说,富了的人家都不走这条路了,自家有车,绕一绕走大路也很好的。这条路只有穷人走了,起早赶集卖个鸡蛋呀什么的,省几元钱车票罢了。但有人走就得修。

陈光和三位老哥的心是一样的,保证这条路天天能走,并一步一步地铺石头,10里路也就快铺好了,然后还要铺别的村辖区的路,一直铺进城里,穷人的日子就会好过一点儿,至少可以骑带筐的自行车进城做小买卖了。80里路,再有个二三百年也就铺通了!

现在,陈光已修路6年了。村里的景况和他想的一样,富的更富了,穷的还穷着。不过,后面接班修路的村人已排上了队,56岁的许万全,51岁的许根发,42岁的张全义,35岁的王帆……已"挂号"38名。

这是一个难以张扬的故事,这是一条并无巨大前景的小路,这是一种心照不宣的心灵约定。4个老人,也许还有二三百年的几十个老人,他们铺的不是一条小路,而是一种经福历劫都执著不改的善良与坚韧,一种支撑世道人心永不颠覆的根与柱,一条从天堂通往天堂的为人之道!

单纯是一种力量

◎山水梅子

2008年，在举国震动的"5·12"汶川大地震中，有一位女记者直击灾区，用摄像机记录感人画面与"人的生命"的故事。她除了每天的采访以外，还在博客中撰写在灾区的所见所闻，博客点击量两天过百万。由她主播的《冷暖人生》，因为刚刚制作播出的《陈坚的最后79小时》，让无数人潸然泪下。在悲痛与镇静中，人们见证了最真实的救援过程，感受了心灵深处的冲刷与洗礼，同时也深深记住了这个美丽知性的凤凰卫视女主播陈晓楠。

人生没有什么任务，不"刻意"，是一种非常健康的态度

陈晓楠是地地道道的北京女孩儿，她排行老二，上头还有一个姐姐。不说不知道，学文科出身的陈晓楠，父母却是中科院化学所的研究人员。学术严谨的父母，为了培养女儿们，从小就在她们床头贴有一张元素周期表。可没想到，父母的这一番苦心，到了大大咧咧的陈晓楠这里，就显得勉为其难。"直到我上中学，搬了家，也没记住几个。"陈晓楠自嘲地说，"很简单，我对那东西没兴趣。因为不愿意，记了也白记，还是忘掉好了。"

表面看来，轻轻松松，但实际上，父母却曾为了她的"反叛"大伤脑筋。无奈之下，也只好随她自己的意愿去了。后来，姐姐也搞了化学，只有她一个人上了文科。因为实在勉强不来，已经身在理科班的她觉得硬逼着自己学不擅长的东西过于痛苦，所以置父母的谆谆教导于不顾，改念文科。这在一家四口中，绝对属于异数。

"喜欢的，就自己争取，不跟自己为难。思路就是如此简单。在我看来，人生没有什么任务。"她说，"看牟森导演的试验话剧《彼岸》，我深有同感。演员吃力地抓住手里的绳索，一步一步挣扎着往前走，念叨着'彼岸'。在达到彼岸的途中自有坚持不住的，因为要努力到达彼岸而丧失了现实的快乐。"不"刻意"，是一种非常健康的态度，这是她的心得，也成为她在追寻自己理想路程当中的主要心态。

1991年，陈晓楠顺利考入北京广播学院主修国际新闻。大学期间，陈晓楠除了学好本专业知识外，还经常去旁听本校播音与主持专业的课程，跟校友们打得火热，互相切磋播音主持技巧。

大学毕业后，陈晓楠顺利进入北京电视台，成为一名真正的电视主持人。1998年，已经在电视主持方面如鱼得水的陈晓楠来到中央电视台，兼任中央电视台经济部《世界经济报道》、《财富对话》节目主持人。很快，机会便来到身边。1999年10月，《财富对话》要面对的访谈嘉宾，正是几位世界500强企业的风云人物。换作其他人，也许摩拳擦掌，欣喜若狂，陈晓楠却是如履薄冰。因为在她做节目之前必须先弄明白节目究竟要说什么，她感觉到了压力。于是，她甚至打算以病假为由退缩，直到后来，当她发现央视专门为了她的这个访谈节目请来了很多智囊后，向自己挑战的愿望便一天天地强烈起来。"虽然在采访前有了很多了解，也预定了很多问题，但等到采访对象真正出现在我对面的时候，原来情况完全不一样，对方也是一个活生生的人。在镜头前，对方自然地产生表达的欲望，而我呢，也会被激发起热情，双方就互相激发着智慧和幽默，进行平等的沟通。"

不出所料，这次的访谈超级成功；陈晓楠以轻松活泼的主持风格，得到了现场嘉宾和观众的一致好评。她说，电视主持是心与心交流的艺术，只有简单纯粹、真实自然，才能直抵人心。

Be yourself，做最真实的自己

2000年底，已经在事业上渐入佳境的陈晓楠令人意外地离开了中央电视台，加盟凤凰卫视。

"我想来凤凰的最大动力恐怕是好奇吧。凤凰台是个国际化的传媒，这就给我提供了很好的发展空间，但是对主持人的要求会比较高。我从内地电视台到凤凰卫视所作的最大调整，就是要在没有任何准备的情况下上台。这当然更利于个性的发挥。我喜欢的一句英语就是'Be yourself(做你自己)'。我希望能传达出比较有个性的新闻。"谈起当时的决定，陈晓楠回答得很轻松。

　　进入凤凰后的第一份差事，就是接师姐陈鲁豫的班，主持早间新闻节目《凤凰早班车》。2001年的9月11日很多人是不幸的，但是那一刻陈晓楠是幸运的。她非常庆幸自己当时人在香港，也非常庆幸住得离公司非常近。当她听到恐怖袭击的消息从床上跳起来时没有任何其他念头，只是以所能达到的最快速度冲上主播台。她在主播台上说的第一句话是："观众朋友，对不起，我没有化妆。"这句话吸引了无数观众惊异的目光，陈晓楠称这句话为"弱智"，而专家们则把这句话定义为直播中最富魅力的语言。就这样，陈晓楠和她的同事们，在主播台上一共奋战了36个小时。在"9·11"事件的播出中，陈晓楠首次尝试在现场作同声传译。这也是她第一次意识到一边看一边说是何等之难，把头脑分成了两个讯号，真的是一门学问。但是作为主持人，她一分钟也没有耽误，没让任何细节遗漏，报道在充分的准备中有条不紊地进行。观众也从屏幕里看到，她的英语在现场同步传译中得到最极致的发挥，现场反应相当敏捷。

　　2006年7月，平静了6年多的黎巴嫩南部再度硝烟弥漫。在黎以冲突爆发当天，陈晓楠和同事取道叙利亚首都大马士革进入贝鲁特，一次次冒着生命危险发回图像和电话连线报道。在这次黎以冲突的战地报道中，陈晓楠进入的贝鲁特是战争的重灾区，她真正来到了在战火中度日的人们中间。在硝烟弥漫的战场，她在努力寻找那些光亮的东西，她认为那就是生命的意义所在。这些可能是她看这个世界的方法，她采写的报道，视角都非常人性化，从人出发，从人的需求出发，从而打动了无数的电视观众。

　　做最真实的自己，是冲在新闻最前方的陈晓楠一直在努力追寻的目标。

专心专意的"冷暖人生"，彰显人生厚度

　　开播5年来，由她主持的《冷暖人生》一直保持在台里前十位的收视率。

从2003年10月起，陈晓楠决定采取户外拍摄采访的形式。她和她的摄制组进入了近乎疯狂的工作状态。由于经费和时间的限制，一个星期到10天的出差周期，摄制组一次至少要拍3个人物。路途最远的一次采访是去重庆忠县，舟车辗转了16个小时才到达目的地。摄制组从深圳飞到重庆，从重庆坐慢船到忠县，从忠县坐两个小时的车到镇上，再走一个多小时山路到被采访者的家中。第一次户外录制的《花祭》大获成功，她又一口气做了讲述"台儿庄战役最后的指挥官"的《老兵仟德厚》等七八期节目。节目播出后，栏目组的热线电话几乎被打爆了。

陈晓楠说做《冷暖人生》是一个又苦又累的差事："它是个来不得虚假的东西，如果你对采访的对象不感兴趣，你绝对做不好。你会很厌烦千里迢迢去找他的过程，你会很厌烦琐琐碎碎和他打交道，你也不会在他身上看到什么你想挖掘的东西。这事我觉得假不得，必须真。"

之后，她又陆续制作播出了许多专题，如《华山挑夫》、《离婚七年》、《杀妹之痛》等，均获得如潮好评。2007年4月，《冷暖人生》凭借"华山挑夫"系列荣获第43届芝加哥国际电影节的电视纪录片类"艺术与人文贡献银雨果奖"。华山上的独臂挑夫何天武那些透着生存韧性的话语——"人格要失去了，买不回来"，让西方观众也产生了共鸣。

就这样不断地摸索，"是否真诚"成为陈晓楠现在挑选嘉宾的重要原则，她甚至"挺喜欢那些不愿意接受采访的人"。尽管节目只播出30分钟，但陈晓楠和被采访的对象往往会深谈四五个小时。

陈晓楠不奢望节目一定能改善当事人的生活，"我只能呈现，让该思考的人思考，让该行动的人行动"，"更关注的是自我救赎和自我抗争，生命其实是挺有力的"。陈晓楠看重的是《冷暖人生》对人心的抚慰，"哪怕是一晚上"。

2008年5月18日，汶川大地震过去后的第六天，陈晓楠和摄制组一行数人，从香港赶往重灾区北川，在那里亲眼见证并拍摄了26岁的男青年陈坚被救援的全过程，并用电视画面和讲解的形式播出。一时之间，节目被迅速上传到网络，得到了无数网友的支持和好评，陈晓楠也被称为"绽放在灾区最美丽的战地玫瑰"。而正是陈晓楠富于人性张力的采访，让《冷暖人生》拥有了不一样的特殊意义，从而让无数观众动容。

目前，陈晓楠仍一如从前地穿梭在香港和内地，在香港录《凤凰早班车》，回内地做《冷暖人生》。在她看来，前者更多是一份职业的积累，而《冷暖人生》则是一种人生的积累。在事业上，她没有一个具体的限定，只是觉得还是为了让自己每天都满意，每天都有进步，每天都挺惬意就行了。她说，单纯就是一种力量。瞧，多么纯粹的想法！

一个农民摄影师的西行漫记

◎宗 红

　　一个纪实摄影师，徒步行走拍摄中国西部十多个省，历经十六载，坚持不懈，自费拍摄了几万张西部贫困及失学儿童的照片。在2006年国家出台全面免除西部农村地区义务教育阶段学杂费政策之前，他通过在各省市和高校自费举办影展的方式，现场为这些贫困儿童寻找资助人。

　　通过"一对一"的助学形式，他已经使近1万3千名贫苦的孩子得到社会好心人士的帮助，保证了这些失学和面临失学的儿童可以继续他们的学业。时至今日，已经有200多个孩子考上了大中专院校，从而改变了命运——这个传奇式的人物就是王搏。

梦想是希望的翅膀

　　想想看，每年100元可以让一个小学生重返学校，300元可以资助一个初中生，1000元可以资助一个高中生。想想看，我们每年只需要少在餐馆吃一顿饭，少买一件衣服，少去一次卡拉OK，就可以改变一个西部贫困地区孩子一生的命运，还有什么事情能比这件事更有意义呢？正是这种简单的"算术"支持着王搏不简单的事业。

　　王搏出生于天水市北道区甘泉乡高庄村。"我小时候可以说品学兼优，想读好书有出息，但是贫穷粉碎了我的梦想。家里的房子就用四根木头撑着，四处透风。我的少年是在饥饿中度过的。那时我一面砍柴赚学费，一面发狠读书。一直到我上初中，父亲患病，家里需要我这个劳动力，所以我失学了。"

离开了学校，离开了书本，王搏开始学着耕田种地，为家庭分担一点负担。但是他的内心深处并没有失去梦想，他渴望学习的念头依然十分强烈。

1989年，王搏看到了北京记者解海龙拍的那张"大眼睛"希望工程宣传照片，这也让他第一次知道了希望工程这件事。"当时我是这样想的，一张照片能传到这么多地方，引起社会的关注，为何我不能拍一些失学儿童的照片，让更多人更深入了解失学儿童的真实情况呢？"王搏说。

说干就干。1989年底，他从天水麦积山的一个个体照相馆里买下了一部旧相机。"刚开始拍的时候，纯属瞎拍。照片没有艺术语言。自己感动，别人不为之所动。时间久了，我明白是自己不懂技术，不懂摄影艺术。"于是王搏开始不断地请教照相馆的师傅，开始买书一点一点积累知识。买书、买胶卷和冲洗的花费加重了家庭的贫困，但已经结婚生子的王搏并没有放弃摄影学习，他还花200元上了中国摄影函授学院。

为了坚持上学读书，王搏家里已断了炊烟，一家人三张嘴要指望他，于是王搏卷起袖子上山砍柴维持生计。"我清楚地记得，有一次我在山上连砍了两天的柴，卖了3块6角。那时家里已经几乎不吃肉了。"摄影是一个"烧钱"的爱好，对一个没有固定收入的农民更是"奢侈"。王搏一直不愿意随便对人说起自己家的拮据，完全靠自己不懈的努力和付出支撑着自己的梦想。

功夫不负有心人。1997年2月，王搏拍摄的甘泉乡杨家山的一组失学女童《重返校园》作品获得了中国摄影家协会、《中国少年报》和中国青少年发展基金会主办的"我要上学"摄影大赛优秀奖。

然而，当王搏拿着得到的100元奖金去救助曾经被拍摄的女童时，发现她们已经离开学校出外打工了。"当时，我站在黄土高原上，凛冽的寒风让我感到悲痛无比。"王搏回忆说。就在这一天，他用这100元买了胶卷，下决心要大干一场。

放弃了孩子就是放弃了我自己

等待王搏的，首先是长达4000多公里的跋涉，其中的艰辛不言而喻。王搏上路时，一声不吭的姐姐悄悄地塞给他两个红橘，在当时这是稀罕的水果。妻子也再三叮嘱他路上小心。这些都让王搏感到莫大的安慰。王搏的行动主要采用纪实的手法，真实拍摄。他一般先和学校联系，由老师推荐介绍，然后亲自采访确认、拍摄和记录。一旦没钱了，王搏就回到家乡，然后借钱、卖粮，或者打工挣点钱，琢磨够维持一段时间了，就又立刻上路。

王搏的经历乍看起来十分具有"浪漫主义"的气息。有时学生家长留他住一宿，吃点饭；有时他就在外面的荒山上过夜。为了节约时间，他一般都是早上四点就开始赶路了。这就是王搏的"工作"情况，然而里面真实的故事远远不止这般"洒脱"。

王搏的拍摄工作遇到过不少阻碍与压力。由于王搏一没记者证，二没介绍信，仅仅以一个普通老百姓的身份深入学校拍摄，这其中的解释就要花上半天，而且别人还不一定相信。

不过乡村教师和善良的人们给了王搏很多关心和支持。"常常被别人感动，自己付出再多也觉得不够。"王搏说。

1998年5月17日，全国助残日。这天是王搏圆梦的日子。在兰州象征精神文明的东方红广场上，王搏的个人影展开幕了。尽管照片统一是5寸，没钱放大，但仍聚满了观众。当场就有25名孩子被资助。一位下岗残疾女工，自己已欠下外债一万元，却一再坚持救助了一名失学儿童。一个不留名的小伙子悄悄留下250元钱，写下"我的钱是给你买胶卷的，望你拍出更多的失学儿童"。这句话让王搏热泪盈眶。

上北京办影展是王搏最渴求的心愿。他上北京的经费，还是变卖家里7亩麦田的收成凑齐的。不过让他欣慰的是，在中央民族大学举办的影展引起了前所未有的轰动。1998年12月6日，《北京日报》、《北京晨报》、《北京晚报》等发出了消息报道。随后展览又在北京枫丹白露艺术俱乐部、中华女子学院、对外经济贸易大学、北京大学和北京林业大学举办，期间有840多名孩子得到救助。

"我没有愧对自己，来北京，我只是想让更多的孩子得到救助，"王搏说。自此他一发不可收拾，在随后的7年多时间里，王搏在拍摄贫困失辍学儿童及乡村贫困教师的同时，在兰州、北京、广州以及网络举办了26次助学助教免费影展，首创"一对一"、"多对一"的助教协议。到2006年，王搏的壮举已持续了16年。16年来，共有12860名学子得到社会各界的资助，重返校园，其中已有200多名考上了全国大中专院校。

16年来，王搏徒步行走8万余公里，乘车10余万公里，支出自己打工与摄影的全部积蓄6万余元，变卖口粮及农副产品12000余元，共拍摄访问了1000余所中小学36000余名贫困失辍学和面临失学的少年儿童。

面对自己拮据的家境，他对家人充满了愧疚；但面对承担家务而又手不释卷的孩子们，面对他们求学路上的无助眼神，面对他们稚嫩面孔上流露出的渴望，王搏不能不为之动容流泪，不能不坚持下去。"如果只看到一两次，也许你很快就会忘记，但是如果设身处地并和他们生活在一起，你就不会忘。我自己拿自己也没办法，已经走上了这条路，我心里全装着这些孩子，全装着他们的苦难，我不可能因为我失去了很多再回头，放弃了孩子就是放弃了我自己。"王搏的话里毫不掩饰自己的"自私"。

感动中国的事业是真正的大事业

自2002年起，王搏身边志同道合的朋友越来越多了。他在受到别人感动的同时，也在逐渐感动其他更多的人。从这一年开始，他的资助形式逐渐向网络化转变，实现了更为广泛的宣传和更高效的管理。

至2005年，他们的第一个网站资助孩子数目已突破300名。那是2005年春天，在北京大学就读的一些同学自发组织了资助行动的义工志愿者团体，并且重新制作了资助网站。2007年9月，在已有项目的基础上，"爱心·王搏计划"进而与北京大学爱心社儿童组河北丰宁贫困学生资助项目合并重组，成立北京大学爱心社资助部，以此开展了更广泛高效的助学助教、图书募捐、实物捐助、心理辅导等活动。

王搏计划的最大困难就是拍摄经费，因为他已经无法像10年前那样放下计划去挣钱，等获得经费再去执行计划了。在看到希望的同时王搏也感到内心的脆弱无力。然而幸运的是，在孤军奋战了16年后，王搏身边已有数万人加入了这个计划行动，尤其是现在还有几个北大正在攻读研究生的学子也在执著地坚持着，他们甚至用自己赚来的钱进行王搏计划行动回访。在问到这些北大志愿者的时候，他们都表示会始终如一地支持王搏。

2006年6月王搏的"走进真实——感受西部农村教师的生活"摄影展在首都图书馆再次开展。这是王搏的第25次影展。与以往一样，王搏首创的"一对一"影展助教行动与影展同时进行。不少参观者边看边流泪，部分有能力的人甚至就在展览现场签订协议，以每学期500元的"价格"资助贫困的代课教师。10天下来，已有460个参观者签订了这样的协议。

以前的影展都是王搏自掏腰包而且基本没走出大学校园。这一次，在一位朋友的帮助下，王搏得到了更多公益组织的关注。首先是得到了福特基金会的资助，其次是21世纪教育发展研究院答应设立专项基金，让他的爱心行动"合法化"。甚至，著名学者、电视策划人杨东平还表示可以帮他找媒体宣传。另外，他认识了一个叫尚立富的老乡，他们都曾经用相同的方式办展览、做救助，而且，比自己年轻13岁的尚立富已经率先建立了一个非公募基金会。这一系列经历，激励了过去16年默默无闻、独自坚持的摄影助教苦旅，王搏似乎看到了一个真正的大事业正在他的面前徐徐展开。

也许，有人会怀疑，这样一帮一的资助方式到底能够真正解决多少中国基础教育发展的本质问题。也许，有人会问，在2007年中国全面减免义务教育阶段学杂费政策实施之后，王搏的事业又该何去何从？这样的疑问让我们不由得想到这样一个故事：

一场暴风雨过后，成千上万条鱼被卷到一个海滩上，一个小男孩每捡到一条鱼便将其送回大海，并不厌其烦地捡着。一位路过的老人对他说："孩子，你一天也捡不了几条。"

"我知道。"孩子头也不抬地回答。

"那你为什么还这样做？谁在乎呢？"

"这条小鱼在乎！"孩子一边回答，一边捡起一条小鱼扔向大海，"这条在乎，这条也在乎！还有这一条、这一条、这一条……起码我捡到的鱼，它们得到了新的生命。"

是的，对于成千上万条鱼来说，救起一条不过是千万分之一的成就，但是对于这被救起的鱼来说，它获得的就是百分之百。

王搏做过了，而且还在做。他对这个世界的付出是百分之百的爱，他获得的是整个世界的感动。他的行动已经改变了很多人的命运，无论是直接受过资助的，或者资助过别人的。王搏的行动逐渐唤醒了人们心底的同情和关注，我们仿佛从他照片里聆听到了孩子们琅琅的读书声，感受到了他们对知识的渴求和对改变贫穷窘境并与命运抗争的渴望。

无论由王搏发起的爱心计划将来走向何方，我们永远会铭记那些雕刻在底片上的动人心魄的瞬间，以及一个摄影师的梦想和他的坚持……

经营"阳光"的实业家

◎瑞　德

　　施正荣——在2005年12月14日之前，这是一个陌生的名字。然而，正是这个偏居在江苏省无锡市一隅近6年的"洋博士"，悄悄地将中国光伏产业与世界水平的差距缩短了15年。他率领的尚德电力2005年12月14日在美国纽约证券交易所成功上市，当时身价已经超过160亿元人民币。这位海归博士已经成为2006年以来中国最亮丽的财经风景线之一。

　　在这个开创中国新能源产业新局面的人身上曾经有很多标志性的词语：神童、名师之徒、海归、首富、经营太阳的人……在这些华丽的光环背后到底隐藏着哪些不为人知的故事呢？

　　1963年2月出生于江苏扬中农村的施正荣，小时候经常坐在家乡的江边望着对岸的大山冥想。施正荣回忆说："我总想着，有一天会走出家门，走出那片山，到外面去看看。"10岁那年，爷爷带他去山那边吃亲戚的喜酒。这下他恍然大悟，隔江相望的大山不过是石头堆砌的。

　　正是这个酷爱冥想，对未知事物充满好奇的少年，创造了当地高考的一个奇迹。1979年，年仅16岁的施正荣顺利考入了吉林大学光学专业，成了当地出了名的"神童"。

　　与身边很多经历过上山下乡的同学相比，施正荣缺少的是阅历和风尘，但是这也恰恰为他心无旁骛地钻研学业提供了良好的条件。1983年，施正荣本科毕业，继续进入中科院上海光学精密机械研究所攻读硕士，这时他研究的仍然是与太阳能开发比较接近的光学。

1988年，施正荣被公派到澳大利亚新南威尔士大学继续留学深造。一次偶然的机会，他发现太阳能电池在西方国家有着广泛的应用，于是产生了兴趣。"出国前，我从来没想到要当科学家，但是一学进去，就发现其乐无穷。"既然作了研究方向的选择，就要师从最优秀的科学家。他打听到当时新南威尔士大学最著名的太阳能光伏科学家是马丁·格林，他是这个领域世界范围内的"教父"级人物。

"我清楚记得，那是一个阳光明媚的下午。5点的时候，我敲开了他的大门。"马丁·格林听说他的来意之后，告诉施正荣这里不需要招人。"我跟他解释，自己就是来学习的，没有工资也不要紧。"于是马丁·格林接受了这个来自中国的新学生。现在想来，施正荣依然很庆幸自己能够被马丁·格林纳入门下。

数年学习之后，施正荣已经能将太阳能电池的转换率达到19%左右，当时其他人的转换率一般都达不到这个高度。接下来施正荣又碰到了机会，实验室二楼正在研究太阳能薄膜电池，即在探索脱离高纯硅产品作为原材料的技术。这种技术一旦应用，会带来强大的生产力。"当时我觉得，这是一个发展趋势，很想加入。"于是施正荣再次向导师马丁·格林提出加入课题组的申请，导师欣然同意。

努力就有回报。1992年施正荣获得太阳能科学博士学位，留校任太阳能研究中心研究员；1995年筹建太平洋太阳能研究中心，任执行技术董事，在世界上第一个攻克了"如何将硅薄膜生长在玻璃上"的大难题，获得了10多项太阳能电池技术发明专利。这些发明专利曾促成其配备资本为5000万美元的投资项目，建成了世界著名的澳大利亚太平洋太阳能有限公司。

"那段时间，光伏产业发展很快，国内多次请我回来讲学，我想也许是时候回国做点事了。"2000年，施正荣决定回国创业。

在新南威尔士大学，施正荣如鱼得水。而且他在悉尼还拥有3套别墅，太太也是一位专业人士。他和家人衣食无忧，生活非常安逸、舒适。国外有投资者期望与他合作，他完全可以提供技术办厂，也可以出让专利取得丰厚的股票期权。但令很多人意外的是，施正荣却选择带着自己的发明专利、带着家眷义无反顾地回到祖国。

对他的选择，许多亲朋好友都不理解。但施正荣却有着自己的想法。他认为，回国创业更能体现自身价值。他说："中国的光伏产业在国际上处于相对落后状态，我有能力改变这种现状，为什么不为祖国和人民做点事呢？"

在家乡这块希望的热土上，2001年春天的无锡风光正好，但是施正荣却无心欣赏。"现在想想真是后怕，当时要什么没有什么，风险真的很大。"施正荣说。的确，在起步阶段，除了施正荣的十数项专利和几十万美元外，几乎一无所有。后来在无锡市政府的协调下，无锡小天鹅公司等8家企业共同融资，终于竖起了"无锡尚德太阳能公司"的大旗。

公司虽然成立了，但当时业内对光伏产业并不看好。在最艰难时，尚德有两个月发不出工资，要靠股东担保、银行贷款才勉强渡过难关。施正荣在创业的道路上，并没有走不同于常人的路，同样也是一路荆棘。

在最初的6个月里，施正荣集中全部精力进行建厂工作，用两个月的时间完成了第一期工程10兆瓦电池生产线和8兆瓦组件生产线的全部设备采购。他一笔笔地勾画出尚德公司未来的蓝图。

在设备到达后的两个月里，施正荣从早到晚，天天和设备滚打在一起。"当时我觉得走路连脚后跟都疼。当第一台设备在众人的怀疑声中顺利生产时，我才看到了别人信任的眼神。"施正荣回忆说。

2002年7月，第一条生产线的设备全部到位，他亲自上阵安装和调试设备，同时带头只拿四分之一的工资。2007年9月调试成功，生产线顺利投产，其生产的多晶硅太阳电池的转换率超过了当初他向董事会承诺的14%，达到了世界先进水平。

不断创新创业是个系统工程，投产只是一个起步，产品销售是更重要的环节。为了寻找市场，他在国外一待就是几个月。当大把大把的订单从海外飘向尚德时，施正荣知道，自己在一步步走向成功。"当初的感觉无法用言语来表达，真要用一句话概括，那就是：我可以在家乡这块希望的热土上施展才华了。"至今回忆起来，施正荣还有点激动。

2003年的扩产和2004年的再扩产，使尚德的业绩翻了20倍。公司规模壮大后，施正荣开始考虑上市。他先是考虑了香港证券交易所，但令他意外的是纽交所董事总经理马度的突然造访。"你是中国最大的太阳能企业，理所当然要到世界最大的资本市场融资。"当时才下飞机的马度语速飞快，一脸急切。马度的诚意感动了施正荣和董事会。

2005年12月14日，纽交所前，五星红旗高高飘扬，无锡尚德挂牌上市。按照当天收盘价计算，施正荣的身价跃升至14.416亿美元。这一天，纽交所总经理破例批准，尚德的庆祝晚会可以在交易大厅举行。那里的交易员说，好久没看到这么热闹的场面了，像一壶翻腾的沸水。

一个人决定做一件事不容易，尚德公司所从事的晶体硅太阳能电池、组件与光伏发电系统的生产销售是全球光伏产业的一部分。在全球不可再生能源渐趋枯竭，电荒席卷中国乃至全球的大背景下，生产"采掘"不尽、用之不竭的太阳能发电产品，前景自然是无限光明。

德国等欧美国家，在太阳能利用方面已发展到居民购买太阳能屋顶发电系统，安装在住宅顶层，白天把生产的电能卖给并联电网，晚上再把电买回来；居民已从电能的单纯消费者，变成"生产者+消费者"。而中国利用太阳能发电几乎是空白。人多资源少的国情，决定了太阳能发电在中国发展的空间更加广阔。敏感的施正荣看到了这个机会。

事实上，施正荣曾多次表示，尚德的成功并不在于给他个人和身边的人带来多少财富，而在于推动对于新能源及其前景的认识，在于造福中国乃至全世界的人们。

"如果再过20年，各国政府还不关注寻找新的可再生能源，可能到时候连寻找可再生能源的能源都没有了。"施正荣说。目前，施正荣最大的梦想就是能够推动中国的太阳能发电产业，利用太阳能协助解决中国的能源枯竭和环境污染问题。

好在中国本土的光伏产业商业曙光已开始显现。2004年3月26日，国务院总理温家宝在视察尚德公司后非常明确地指出："太阳能技术关系到中国的能源战略，要大力发展这一产业！"

2006年开始，我国《可再生能源法》已经正式生效施行。而且，在2008年北京奥运会标志场馆"鸟巢"工程中，人们也已经体验到施正荣的绿色能源。尚德和有关机构签署协议，投资1000万元为"鸟巢"安装了一套完全自主研发、总装机容量为130千瓦的太阳能光伏发电系统。

对于尚德目前所得到的一切，施正荣看得很自然，"我每天照样去实验室作研究，同时也要跑市场。尚德尽管目前跻身世界太阳能行业的前六位，但离排名第一的夏普仍然差距很大。我能成功只能说我是幸运者。"

爱情的滋味

没有人知道我的心事，我的心事，是那个春天的黄昏发芽的，一夜之间，杏花开了梨花开。我喜欢上了那个撞倒我的男子，他站在春天的黄昏里，倾国倾城。

我和宋未未的时光

◎雪小禅

一

我永远记得1997年的那个夏天，有人从我身边哗一下经过，骑车的速度极快，我还来不及躲闪，就被绊倒了。

结果我看到了宋未未。

长相薄凉，眼神清澈却不流俗的男孩儿宋未未，他的车子也倒了，车筐里的书倒了出来，是卡尔维诺的文集，还有一本叫《局外人》的小说，加缪的。我刚刚读过，抬眼望去，对面的男孩儿正看着我，我的脸立刻就红了。

我的裙子被剐破了，他不好意思地说，要不，明天还在这里，我赔你裙子？

我有些结巴地说，那倒不必了，不如，借我本书看吧？

也许所有烂俗故事的结局都是相似的，再往下，我们也许是初恋，也许是爱情。

一切恰恰不是。

在这所艺术学院里，爱情泛滥成灾。我遇到他的时候，他的爱情正如火如荼，他和一个舞蹈系的女孩子正在热恋之中。女孩子的长裙来回荡着，高挑艳丽，还是舞蹈系的领舞。和她比起来，我这个学计算机的女生是多么寡味，尽管我想要卡尔维诺，而她感兴趣的是雅诗兰黛。

没有人知道我的心事，我的心事，是那个春天的黄昏发芽的，一夜之间，杏花开了梨花开。我喜欢上了那个撞倒我的男子，他站在春天的黄昏里，倾国倾城。后来我看到金城武，才终于晓得，我为什么如此喜欢宋未未，因为他，亦有这样清凉而迷离的眼神。

我唯一可以和宋未未沟通的方式是借书还书，我那时只读了加缪，可为了接近他，我要读卡尔维诺。我知道宋未未喜欢卡尔维诺，当他想找人交流时，他总是给我发短信，然后说，央夏，来，我们到楼顶上一起说说卡尔维诺吧。

二

我永远记得那些楼顶，还有那个穿着牛仔裤白衬衣的宋未未。和我说10句话，倒有8句是说舞蹈系莫小湖的。

我并不在意。直到有一天，宋未未托我去做一件事情：莫小湖的生日快到了，宋未未说，我想送她一件礼物。

我出了主意，香水、口红、丝袜，大多数女生喜欢这些东西，尽管我不喜欢。可他没有采纳我的建议，而是说，央夏，我想买份特别的礼物给她。

买什么？

内衣。

听到内衣两个字时，我的脸突然红透了。"我是不方便去买的，我给你钱，你去买。黑色的，蕾丝的，好吗？"

他细心地嘱咐着。我说，好的，我一定会认真去选的。他转身走的刹那，我的眼泪就掉了下来。

亲爱的宋未未，为什么，你不知道我有多么多么喜欢你，而做这样的事情，于我而言，已经是天大的委屈。

可更大的委屈还在后面。

不久，莫小湖和一个法国男子缠在一起。宋未未去和那个男子打架，结果，鼻梁被打断。我去看他时，他委屈地抱住我，然后，哭了。他问我，为什么，莫小湖要这样对待我？

在宋未未失恋的这些天，我带着他去那些胡同里玩，有时我也陪宋未未喝酒。

他失恋后一直特别能喝酒，一喝就醉，醉了就拉着我跑向长安街。当我扭头看到毛主席那张像时，我自己在心里对宋未未说：宋未未，我向毛主席保证我爱你。

是的，我爱他。

即使他不爱我，即使他心心念念的人只有莫小湖。

在冬天的最后一天他又喝醉了。这一天恰好是我的生日。

钟声响起的时候，宋未未说，我送你一件生日礼物。

原来，原来他记得的。眼泪，猝不及防地落了下来。

闭上眼，他说。

打开手，他说。

我闭上眼睛，我打开了手。

手，被他轻轻地握住；眼睛，被一张热热的唇吻住。我正慌张，只觉得自己被搂得很紧，再然后，是我冰凉的嘴被轻轻地一碰。

眼泪混了眼泪，在这新年的钟声里，我收到了这永生难忘的礼物。

三

她回来了，她被法国男子抛弃，不过跟人去普吉岛度了一个假，然后失落地回来了。

接下来，我又看到金童玉女出现在校园里，她尖叫着，坐在宋未未的单车前，穿过四月那些杨花。我一个人躲在那些晒满了白被子的楼顶上，看着卡尔维诺。

此时，我们离毕业还有3个月，宋未未已经不再给我发短信了。这个时候莫小湖联系去美国，我也联系去英国。

如果他说，留下来，留下来，我是不会走的。

可直到他送我上飞机，他还是笑着说，你一个人到外面要珍重，你回来时，咱们还去喝酒。

却原来，他只道我是酒友。

在我进安检的那个刹那，我问了他一句话：宋未未，你有没有，有没有一丝喜欢我?是一秒，还是10秒，我们静静相对，他没有回答我，我转了身，眼泪就下来了。

四

英国。多年之后。

我读完书，又在英国一个公司里做到高层，之后，被派往中国任总监。

彼时，我仍然一个人，偶尔陪居住在英国的姑姑喝咖啡，或者去剑桥划船。我们都喜欢幽静。姑姑说，为什么许氏家族的女人都要学会等待？

而陌上花开似锦时，我却总是错过。

回国后，我驻北京，每天和形形色色的老总打交道。他们要代理我们的产品，这其中，包括一个温州男子。

他40多岁，我并不认得他，可因了他身边的女子莫小湖，我便记得他叫徐生。

莫小湖还是这样轻浮艳丽，着装风格一直延续到今天。她给了我他的手机号，然后说，他与我常常提起你，你们是知音呢，一起读过什么卡尔维诺。

坐最早的班机，我飞抵广州白云机场，我打电话给旧人。

是我，我说。

你是？宋未未已经听不出我的声音。

呵，央夏，我说，我是央夏。他尖叫着，央夏，你在哪里？再见，是在广州的天河城门口，他说，这是最热闹的地方，我希望可以穿过红男绿女看到你。

我以为我会很激动，或者掉眼泪，但都没有，有的只是心酸。他胖了，有小富即安的动人颜色。夜深了，我们开车，行进在滨海路上，榕树一棵接着一棵，有几百年了吗？它们长了胡子，垂下来。

从北方到南方，从那些胡同到这些高大的榕树，我们一起走过的时光里，我们之间纠缠了多少爱情呢？

他接了电话，说，好，我一会儿就回去，你们先睡。他回过头说，是我太太，广州人，娇小玲珑，没有我，睡不着的。

我轻笑，然后让他早点儿回去。他决定明天早晨请我吃早茶，可我甚至没有等到明天，而是买了当夜的机票飞回了北京。

有一种东西真是可怕。

你知道我说的是什么，我说的是光阴。

　　我知道一切已经过去，那些我和宋未未的时光，它们化成了岁月里的一些尘烟，不知不觉就飘走了，我以为抓住了，打开一看两手空空。

　　到了首都机场后我发现我根本还没有吃东西，去了空港那里的上岛咖啡厅，要了一杯咖啡，再要了两个巨大的三明治面包。我恶狠狠地吃起来，我知道，这些旧时光，已经被我恶狠狠地，吃了下去。

在春天的湖畔

◎朱 萍

一

对许多男生来说，陆小悦是朵带刺的玫瑰。

她那样桀骜，乌黑的眼珠外有一圈漂亮的琥珀色，使她看起来像一只小兽——一只灵巧的、骄傲的、野蛮的小兽。新生入学会上，她的热舞吸引了无数艳羡和妒忌的眼光。这样的女生，是用最浓烈的油彩画就，下面的老教师暗暗叹息，虽然聪明，可惜用错了地方。

是的，那样聪明的陆小悦成绩总是起伏不定。她穿4个口袋的军绿色裤子，顶着一头乱发摇摇晃晃穿过校园，后来有人发现她躲在厕所抽一种薄荷味的香烟。

陆小悦不是个好女孩。这是这所重点高中大部分师生下的结论。

正午的阳光下，陆小悦瞅见自己的影子细细长长地在水泥地上飘移，她明白自己是孤单的。从12岁父母离异开始，陆小悦见到的父亲只是汇款单上的名字，她感到自己要做个与众不同的孩子，果然就一直这样做了下去。

二

当陆小悦见到李抒时，她是愿意变成一个好女孩的。

鲜亮的蓝天下，白云是透明的，柔和的光线打在李抒的脸上，他那样高那样帅。他的手臂长长的，肌肉健壮地凸起，泛着青春的古铜色。陆小悦想如果被那两条长长的手臂抱住，一定有醉人的温暖。那手臂，必是爱和支持。

第一次陆小悦感到自己还是那个温柔的好脾气的女孩。借着手电筒的光，她一个字一个字地在粉色的信笺上写下心事，没有别的，只是愿意变成他怀中的小鸟，一饮一啄皆仰仗他的爱和关怀。陆小悦静静流下了泪。

她穿上蓝天一样颜色的裙子，带着透明的发夹，把信郑重地放入邮箱。等待的日子里，陆小悦乖巧文静，眼中时时闪着柔和的光芒，连最古板的老师也惊讶于她的美丽。

3天后，陆小悦看见自己的信在校园的公告栏中。周围遍是嘲笑的眼光，她分明看见自己心中那朵软软的花，浸满墨鱼恶毒的汁液，一瓣瓣变成扭曲的乌黑，然后撕毁飘落，发出尖厉的绝望。

晚上，陆小悦不敢回宿舍。她一遍遍在校园里的湖水边徘徊。她想自己要死了，世界这么美好，却不愿施舍给她一丝微笑。可她那样年轻，陆小悦把头埋在臂弯中，开始哭泣。

"陆小悦。"突然有声音惊讶地唤她，是周帆。那是个非常普通的男生，和李抒十分要好，听说他们是从小一起长大的哥们儿。

"你怎么在这里?这么晚了。我送你回去吧。"

"不要你管!"陆小悦倔犟地继续把头埋在臂弯。周围静默，过了很久，她以为周帆已经走了，抬起头，他却还在身边。

"还不走!"陆小悦暴躁地大叫，又飞快地抹了一把脸，她不愿意他看见自己的泪水。

"我担心你会跳河。"周帆缓缓地说。

陆小悦假装不屑地从鼻子里发出一声嗤，然后从口袋中掏出一包烟，给了周帆一根。看见他一脸尴尬的模样，陆小悦忍不住地大笑。一直到黎明，她恶作剧般地看着这个不会抽烟的老实孩子脚边是一堆残剩的烟蒂，心中的憎怨竟一点点随着黑夜里的烟头化为余烬。毕竟，有人陪她，她黑色的心情打开了一点点缺口，让阳光进来。

周帆先离开，陆小悦又独自坐了会儿，把口袋中的刀子扔进了湖中。刀刃隔着口袋，划破了她的手。她吮吸了一下，有咸咸的腥味，忽然感觉自己蠢。她杀了李抒和自杀都是蠢，没有人会记住她，所以她要坚强地活。

那个小小个子的周帆，她会记住。

三

10天后，陆小悦转学。对于她和妈妈来说，那毕竟是件丑事，她想学会遗忘，可她却在秋日的中午收到李抒的来信。

他在信中说，陆小悦，我错了。在你离开的时候，我才明白我是喜欢你的。我喜欢你身上淡淡的薄荷烟味，我喜欢你穿着深蓝牛仔裤的那个笔直的桀骜的背影，我还喜欢你的舞蹈。陆小悦，因为你和别的女孩不一样，所以我不敢去爱，我怕你的信对于我是一个恶作剧。所以，我，我错了。

阳光从薄云间透过，照在陆小悦的发间。是那样轻那样薄的阳光，就像一匹软软的丝绸，干净得没有波纹。陆小悦充满皱褶的心，刹那被轻轻抚平。足有半年，她一直憋着她的泪，却在此刻倾泻而下。然后她的心变得透亮。

17岁零35天，陆小悦得到重生。

于是他们开始细水长流地通信。李抒在信中说，陆小悦，我希望你考上复旦。我们相聚在复旦，这多有意思啊。陆小悦在心里停顿了一下，她的人生开始出现一条明亮的分界线，好像雪线的阳光，尖锐的清凉。这是她12岁时的理想，她以为已经失去，却没有，在一个叫李抒的人的笔下又复活了。她很郑重地写下：好。

他们约定，暂不见面，直到进入大学的那天。

陆小悦差点打破这个约定。那个冬天，她进城去，特意赶到学校。黄昏时分，同学陆续地出来了，她心中狂喜，强烈希望见到那个高高的帅气的身影。陆小悦躲在一个偏僻的角落里，有小雪落下，打湿了她的发，渐渐地，耳际也变得冰冷。当她的手都冻得麻木时，也没看见李抒。夜色已浓，陆小悦失望地想离去，却看见一个瘦瘦的身影，是周帆。

"陆小悦，你怎么在这儿?"黑夜中，陆小悦看见他的眼睛，那样亮，亮得让人的心一热。

"我为什么不能在这儿?"陆小悦反问，"现在，我要回去了。"

"如果你还没吃饭的话，我想请你吃拉面。就在前面50米。"

温暖的拉面馆消融了陆小悦寒冷的感觉，香喷喷的面条下埋伏着大片的牛肉，周帆把自己的牛肉夹给陆小悦："我今天胃不好，吃不下。"

陆小悦理直气壮地吃了。奇怪，在周帆面前，她总是无拘无束，也许是因为他太普通了。

饱食的惬意从四肢传来，暖洋洋的满足中，她听见自己不设防地问周帆："李抒在吗？"

"他家里有些事，请假了。如果他在，你也不一定见到他，他最近很用功。这小子，想读复旦呢……"

陆小悦的心里装满骄傲的笑容，她恨不能马上向周帆宣布，这是他们的约定。当然，她什么也没说，只是低下头，像一只俯吻鲜花的蝴蝶，满心满心都是甜蜜。

车开了很久，陆小悦想起周帆，忽然意识到他可能是喜欢她的。她有小小的内疚和感动，但只是瞬间。一个人不喜欢另一个人，心就会变得很硬，这是没办法的事。

四

陆小悦进了复旦，李抒没有。

她一遍遍地给李抒写信。但是他销声匿迹，再也找不到了。陆小悦几乎确认他是因为自卑消失的。他是多么骄傲的一个人啊，他的生命中不允许有挫败吧。可在她心中，他就像羽毛洁白透亮的天使，牵着她的手，带领她飞越生命中的重重樊篱，到达一个开阔的世界。

陆小悦把那些信放在最隐秘珍贵的地方，连同她的少女时代。

再见到李抒，是在高中毕业半年后。就像许多老套故事中说的一样，他们在地铁中相遇了。微白的灯光中，陆小悦像一朵轻盈的百合，知性、清秀、高雅，李抒简直不能相信这就是那个顶着一头乱发穿着4个口袋肥裤子的女孩。

他讷讷地说不出话，在这个曾被他重重伤害过的女孩面前，唯有惭愧。但是陆小悦好像一点儿都不记得当时发生的事了，她的笑容那样柔和明润。他告诉她一直为那件事后悔，在新加坡的3年，他都在后悔。他自认是个善良的人，却做了件冷酷的事。他越成熟越觉得这件事做得过分，他一直想写信给陆小悦道歉，却不知她转学去了哪儿。

"什么?你从没给我写过信?"

"是啊。"他说，"你转学后我就去了新加坡，在国内的信都是周帆帮我转的。但是，我从没收到你的信。你给我写信了吗?"他温暖地笑着，有一点点调皮。

陆小悦摇摇头，也笑："你以为呢?我那时都恨死你了。"

他们挨得那样近，她看见他的亮眼睛闪着动人的光辉，却仿佛是另一个人的影子。原来，信中的他不是李抒，是周帆。这个平常的男孩，用自己的方式鼓励她。惆怅的潮把她的心打得温软一片，她的眼中不觉流出了泪水。

"怎么啦?"李抒惊慌地问。

"没什么。"陆小悦走出地铁，看着闪烁的太阳，心里塞满了深深的感动。

陆小悦隔着玻璃窗看见了周帆，他还在这所中学复读。李抒告诉她周帆上次高考志愿没填好，所以落榜了。

周帆没有看见陆小悦，也许也不一定想见。陆小悦就这样隔着玻璃窗静静地看着，她似乎闻到了热气腾腾的香味，就如当年的拉面。

两周以后，周帆收到了一封来自上海的信，信里只有一句话：我们相聚在复旦，你说的!

用鱼的方式爱你 7 秒钟

◎风为裳

一

7月的公交车就是个沙丁鱼罐头，恨不得把每个人都挤得肉烂骨碎才罢休。纪小渔欠着屁股坐在座位上，一个急刹车，她歪向了对面的男人，还好，男人适时地扶了她一把，两个人才不至于来个熊抱，太难堪。纪小渔红着脸说了谢谢。伸手取纸巾时，抬眼看对面的男人。洛行哥！纪小渔！两个人几乎同时叫出来。

身边的嘈杂声立刻退避三舍，纪小渔无数次地想过她和洛行见面的情景，唯独没想到会在这里。

车停了下来，两个人一同下了车。站在站牌前，洛行扶了扶眼镜，问纪小渔什么时候来广州的，怎么不来找他。纪小渔低头看自己脚上的皮鞋不知道被谁踩了个脚印，看到自己的裙子上有指甲盖大的油污，她捏了捏衣角，说：你结婚了吧？洛行揉了揉纪小渔的头发，笑：你去哪儿，我送你！

他伸手拦了辆出租车，送纪小渔上车时，让纪小渔把手机掏出来。纪小渔有点莫名其妙。洛行按了几下键，《花儿与少年》的铃声响起。原来洛行打了他自己的电话，这样他就能知道纪小渔的电话号码了。

关车门时，洛行说：小渔，一定要联系我。

整整一个上午，纪小渔都有些心不在焉。那趟公交车她坐了3个月，从来没碰到过洛行，可是，她来广州，心里难道不是期望遇到他吗？

晚上下班时，一个陌生的电话打了进来。纪小渔知道是谁，她看着手机屏幕一闪一闪的，恍惚了一下，伸手关掉手机。

第二天，她去通信公司换了个手机号。

纪小渔整整一个星期没坐191路。每天她提早半小时，走到另一个站口坐地铁。可坐在地铁上，她还是会忍不住张望。

一周后的一天，她起得晚了，匆匆忙忙登上191路，一眼看到洛行。

那天纪小渔请了假，她跟洛行坐在一个排档的太阳伞下。洛行问：为什么躲我？

纪小渔的眼泪亮晶晶地落到手上。她说：害怕麻烦你。洛行抓住纪小渔的手说，你知道这些天我几乎把那个电话给打烂了。

纪小渔住在一个地下室，里面的气味差点就把洛行给闷在那儿了。洛行二话没说，帮纪小渔收拾东西。东西少得可怜。纪小渔束手站在一边，说：洛行哥，我不去……

洛行的房子四十几平方米，把纪小渔安置到卧室里，洛行把自己放到了沙发上。他递给小渔一只芒果，说：这样不像从前一样嘛，我住你家时，你不照样倒出自己的房间睡沙发吗？纪小渔笑了，说：你还都记得。

二

纪小渔第一次见到洛行是在哥哥纪小海带领的校际篮球赛上，纪小渔大声地给哥哥加油助威。一个下场休息的男生走过来，把运动衫搭在纪小渔身上，说：这还有一个哥哥呢，也给我加加油。纪小渔白了他一眼，把运动衫扔了回去。

没过几天，洛行做了阑尾炎手术，他父母都在外地，纪小海便跟爸妈商量让他住到家里来。纪家只有两个卧室，平常哥哥小海是睡客厅里面的沙发的。听说洛行要住进来，纪小渔先撇了嘴，说：他来住哪儿？纪小海一向看不惯妹妹的小气，说：你睡沙发，我跟洛行住你的房间。父母同意了，小渔也没办法。

那些日子，纪小渔每天晚上都能听到洛行跟哥哥嘀嘀咕咕的说话声，她从不给这个入侵者好脸色。事情的转变是从一道数学题开始的。初三的几何证明题难上了天，纪小渔坐一个晚上也证明不出来一道。没办法，她咬着笔头去敲哥哥的门。哥哥在翻体育杂志，说自己的事情自己做，气得小渔很想揍他。

洛行接过小渔的习题簿，说：我来。三下五除二，纪小渔的难题迎刃而解。后来，几乎每晚洛行都给纪小渔讲几何题。

洛行跟纪小海上高三时，纪小渔也考进了他们的那所重点高中。纪小渔几乎成了纪小海和洛行的小尾巴，一起吃午饭，一起放学。洛行总爱揉纪小渔黄黄的头发，叫她小渔儿。

时光就那样轻轻悄悄地逝去。洛行考上了广州大学，纪小海则去了哈工大。一南一北。送洛行走的那天，纪小渔哭红了眼睛。洛行照例揉乱了她的头发，说：小渔儿，别哭，记得给哥哥写信。

纪小渔撅着嘴说：少臭美，谁为你哭了。一边说着，眼泪却一串一串地往下掉。

小渔给洛行写了两年信，如果不是洛行那年暑假带了个漂亮高挑的女孩回家，她的信会一直写下去的。哥哥小海也带回来个北方女孩，他们4个人去爬山时叫小渔，小渔指了指手里的英语书，像一抹晨雾一样笑了笑。小海说：这丫头要高考了。

4个人轰轰隆隆地出门，家里空空荡荡的。纪小渔趴在桌子上，泪水顺着指缝往下流，止也止不住。

那一年，纪小渔放弃了去广州读大学的打算，报考了省内的一所建筑学校。毕业后，她回到了小城。

三

洛行带着纪小渔在城市里四处逛。在夜市吃鱼丸时，洛行问纪小渔生日要份什么礼物。纪小渔很认真地想了想说：送我一缸热带鱼吧。洛行打了一个脆生生的响指，说：没问题。

隔天，他宝贝一样捧回来一缸五颜六色的热带鱼。那些鱼全然没有认生的意思，傻乎乎地在玻璃鱼缸里游得很欢。

周六是个雨天，两个人都待在家里。洛行给热带鱼换水，纪小渔就站在厨房里给他包小馄饨。三角的皮里点上一点馅儿，手指一弯叠成元宝状，在沸水锅里打上两个白白胖胖的荷包蛋，然后把馄饨赶下去，翻两翻，盛到蓝花瓷碗里。

洛行吃得热火朝天。纪小渔坐在洛行身边，一小口一小口地吃。洛行点了一点辣椒油进碗里，他说：小渔儿，将来谁娶了你，谁的福气就大了。

纪小渔抬起眼，不知是不是因为面前热气腾腾的馄饨的缘故，眼里雾气蒙蒙的，她问：洛行哥，怎么没见嫂子？

洛行嘿嘿地笑：你嫂子还不知在哪儿幸福着呢！我这样的打工仔，在广州一抓一把，谁会愿意嫁给我呀？

纪小渔白了洛行一眼，净胡说，我洛行哥多优秀啊！

你呢？怎么跑广州来了，去年跟你哥通电话，他说你就快结婚了。我还跟他说你结婚要告诉我一声呢，我要送你个大礼。

纪小渔没吭声，起身收拾了碗筷。那个晚上，她在卧室里没出来。洛行敲门叫她出来吃荔枝，她也没开门，说困了。

第二天，纪小渔的眼睛红红的。洛行吃了饭，走到门口换了鞋，突然回来抱住纪小渔，他说：小渔儿，我要你开心点儿。

纪小渔紧紧地抱住洛行，仿佛抱住了一个梦。一个隔了7年的梦。

那晚洛行下班回来，买了一大束玫瑰。他把花插好，放在小渔儿的卧室里，然后系上围裙下厨房，他从背后抱住正在切菜的纪小渔，在她耳边说：渔儿，从今天起，我来宠你。

纪小渔刀一偏切到了自己的手上，泪水顺着脸颊往下淌。洛行手忙脚乱地找创可贴。纪小渔索性坐在沙发上放声大哭。

她说：洛行哥，我还是一张白纸时，你为什么喜欢别的女孩子？

洛行把纪小渔抱在怀里，小渔儿，我们这不是在一起了吗？

四

时间像长了脚。

纪小渔常常会抱着洛行发呆，她说：洛行哥，日子太幸福了，我怎么总是害怕呢？洛行揉她的头发，笑她是傻丫头。他说：春节咱们回老家，见了你的家人，然后咱们就结婚。纪小渔的面颊贴在洛行的胸口，她说：可不可以不回去？

那怎么行呢？我父母也很多年没见着你了。咱们俩的事我还没跟他们说，我想给他们个惊喜。

春节真的就到了。纪小渔找着各种借口不回小城。先是说工作忙，后又说走了热带鱼没人照顾会死的。洛行说：那咱们就不回去，我带你去香港那边看花车去。

纪小渔兴奋得像孩子一样抱着洛行又亲又啃。可是天算不如人算，过年前一周，洛行家里打来电话说洛行母亲病重。纪小渔连忙给洛行订了机票。走的那晚，他说：宝贝，等我，回来，我们就结婚。

洛行关上门时，纪小渔的泪水爬满了脸颊。

洛行的母亲当然没病。他们只是听说了洛行跟纪小渔在一起，才把洛行骗回家的。母亲苦口婆心地说：你知道纪小渔是个什么样的人吗？你随便问问小城里的人。她是个狐狸精，奔着人家的父亲当官，跟了那男的。她公公刚被双规，她就跟人家散了，还有，建筑规划处谁不知道她的绯闻满天飞啊？到你那儿装清纯玉女去了，她那是没脸在咱们这儿待了……

洛行终于明白纪小渔死活不愿意回小城的原因了。他说：小渔儿不是那种女孩，你们都不了解……

父亲一个巴掌甩了过来，你还真是鬼迷心窍了。

洛行是在第三天赶回广州的。他打纪小渔的电话，电话关机。他的心一下子空了。手抖着打开家里的门，家里干净得有些不像话。茶几上，那几尾热带鱼仍然游得很欢。旁边放着一张素白的纸，纸上是纪小渔孩子似的被风刮倒了一样的字：

有人告诉我鱼的记忆只有7秒，7秒之后它就不记得过去的事情，一切又都变成新的了。所以在那小小的鱼缸里它永远不觉得无聊，因为7秒一过，每一个游过的地方又变成了新的天地。它可以永远活在新鲜中。洛行哥，谢谢你给我7秒钟的幸福时光。有了它，我可以很幸福地活下去了。

洛行倒在沙发上，半晌，想起什么似的打电话给纪小海。电话那端很嘈杂，纪小海大声说：洛行，你真的不知道纪小渔一直喜欢你吗？小城里的日子过不下去时，她自杀过一回，是我告诉她你在广州，她才去那儿的……

下午4点钟的阳光透过窗子照到洛行面前的鱼缸里，洛行说：纪小渔，谁要你用鱼的方式爱我7秒钟了，爱是一生一世，爱是不顾一切，你知道吗？

屋子里寂寂无声，倒是那些鱼，不慌不忙地游来游去，全然不知道这世界发生了什么。

一棵开花的树

◎一路开花

少女的心事

15岁那年，我恰入高一。年少个性，如风般张扬。

我不愿和那些清纯的傻姑娘一样，整日洁白裙摆，时时长发飘扬。我喜欢剪最短的头发，穿最流行的古惑服和宽大的牛仔裤。熟知的人群，没有谁会把"姑娘"、"女孩儿"这两个娇柔的词用到我身上，我对"假小子"这个称谓受之无愧。

没过多久，实习老师入校实习。由于我们学校是重点中学，霎时从天南地北拥来了近30名即将毕业的大学生。

陈可安便是其中之一。

当全班傻女生在课后的走廊上惊呼"帅哥"时，我正和一帮哥们儿商议，如何整治新来的实习老师。无意中，顺着她们手指的方向看去，一个清瘦高个的大男孩顿时在我眼中闪现。

说实话，他不算帅，额头与发际的距离相隔稍远，完全有中年秃顶的可能。可他挺拔宽阔的后背，确有一股傲人的气质。

自习课上，班主任领实习老师到我们教室时，我正在翻阅从隔壁班女生那儿抢来的一本书。席慕容的《一棵开花的树》。

女生无不惊呼，像是中了头奖，唯独我黯然不语。旁边一个说话细声细气的女生用手肘拐了拐我，道，你为何不鼓掌？不喜欢他吗？

我抬头瞅了一眼，发现是那个午后的大男孩，便继续埋头翻阅，没有理会她所说的话。这像是一种蔑视。这蔑视里，有刚才问话的她，也有初入此门的他。

他站在明亮的讲台上，高耸的鼻梁像是一种有穿透性质的逼视。他说，我叫陈可安。嘿，我笑笑，一个极其俗气的名字，没有一点儿生气。

之后，他悠长诙谐的言语，倒着实吸引了我。至少，我手中翻阅的速度已逐渐缓慢，直至停止。我没有抬头，将自己继续深藏在广袤而庞大的秘密之中。

陈可安就这么轻而易举地赢得了全班同学的芳心。没有一个人为难他，包括我的那些哥们儿。

放学后，我一个劲儿咒骂他们是叛徒。他们在我的激将下高声说"下次一定让他下不了台"时，我又心有不忍。

尽管我极力掩饰，可我还是知道，心中曾有片刻欢喜。至于为何，那就不得而知了。少女的心事，谁说得清楚呢？

莫名的仇怨

陈可安的第一节公开课，是在我们相识的3日之后。学校领导和他的指导老师齐齐坐在教室后面，我看出他的紧张。细密的汗珠在他宽阔的额头上一一渗出，像块被捏挤过的橘子皮。

我把头仰得老高，像是挑衅。周围的那些哥们儿，则不顾一切地低头大睡，时不时发出一阵鼾声。前排同学的嘲笑如浪尖一般刺穿了陈可安的声线。那节课，这样的情节，出现了整整5次。

结果很简单，他的指导老师认为他全然没有调和好自己与学生之间的关系，导致学生对他的课没有半点儿兴趣。于是责令他重新充分准备，半月后再上一次公开课。陈可安为此忧伤了好几天。就连他骨子里具备的幽默分子，仿佛都被这次事件的烈火燃烧殆尽了。

当有女生反复问及是不是那节课的原因时，他才说，那堂课可能决定着他一生的命运。上课的内容、效果等等，都可能会被载入档案，成为毕业后衡量他是否能做一名合格教师的指标。

我没有想到，一堂课竟会有那么重要。

恍然，我的内心被一泓愧疚的秋水淹没了。整个清晨，都处于一种澎湃的歉意之中。我很想告诉他，这次事件是我安排的。可又害怕，他会迁怒，甚至会记恨于我。

夜半，枕于床头，久久难眠。我实在想不明白，一向无所畏惧的自己，怎么会变得心事重重了。还有，他上不上好课，关我什么事？我为何要在课后告诉我的哥们儿下一次一定要去配合他呢？

许久，我也没有想出结果。

无悔的抉择

陈可安记下了每一个女生的电话。他说，他的手机24小时开机，随时恭候我们，为我们服务。他说他必须保证我们的安全。

他挨个儿问去，你家在哪儿？晚自习后大概多长时间能到家？你家的电话是多少？我生平第一次作了一个无比愚蠢的决定。当陈可安走到我身旁，俯头问我这些问题时，我竟然把一切真实的信息告诉了他。要知道，就连学籍档案上的地址电话，我都填的是假的！

晚上，我照旧和我的哥们儿吃夜宵，喝饮料，最后回家。刚开门，母亲劈头盖脸地就问了过来，你去哪儿了？

我去上学啊！我说。上学？半小时以前你们老师就打过电话，说你们已经下课15分钟了。

我顿时无语，真后悔当初把电话给他。而他也真算是认真到家了，全班21个女生，还真挨个儿打电话询问了。

刚被批斗完，电话就响了。我怒气冲冲地问，谁啊？这么晚了，还让不让人睡觉了！

是我，你安全到家了是吧？我是你的实习老师陈可安啊。

我的心忽然像被刺了一下。虚弱地道，是的，呵呵。

那你赶紧睡吧，明天早上还得上课呢。说完，陈可安挂上了电话。

躺在床上，忽然觉察到自己的内心有一种难以言明的情绪在涌动，在逐步温暖。原来，被人记挂的感觉，真好。

接下来的那些天，我几乎是以最快的速度到家的，然后静坐在电话旁，假装看书。每次都捧着那本抢来的《一棵开花的树》，等陈可安的电话到来。我只是想告诉他，我已安全到家，无须挂念。然后，在他所说的晚安中，轻柔地放下电话，沉沉睡去。

一棵开花的树

陈可安要走的那段时日，大肆对我们讲述他所居住的城市，还有其间的趣事。我低头安静地聆听着，依然捧着《一棵开花的树》。

他走之后，我才恍然清醒。在没有半点儿声响的电话旁，哭了很久。

我决定，两年半后，考去陈可安所追忆的城市，去看看是否真如他所说的那般有趣。

18岁的时候，我在陈可安的城市生活了整整一年。身体已如春花一般灼灼美丽。我第一次穿上连衣裙，留了披肩长发，在一片惊羡的目光中照了3张照片。

我把它们与一封绵长的信件邮给了陈可安。此时的我已然知道，那时萌动，此时成熟的情愫，叫爱情。

半月后，收到他的回件，信中仍有我的照片，另附短短几字：你只是个傻孩子。

看着照片上的自己，我忽然泪流满面，也意识到，自己一直温存的这份情感，原来仅是一场独自的凋零。偶然想起《一棵开花的树》："如何让你遇见我／在我最美丽的时刻……而当你终于无视地走过／在你身后落了一地的／朋友啊／那不是花瓣／那是我凋零的心。"

我知道，我与那棵树一般，不可避免地经受了时光的变迁。虽明知很多事会无疾而终，却仍旧对自己年少的抉择毫不悔憾。

跟踪一本书的暗恋

◎锦　上

　　他是校园里的才子，文笔好到连老师都自叹弗如。有时候校园里会有广播，校长在上面郑重地轻咳两声，便点了他的名字，说他又在哪家杂志发了文章，给学校带来了荣耀，特此表扬。她站在阳台上微微仰头听着，就像在听自己获奖一样，两腮红润，手心发烫，鼻翼上竟也有了点点晶亮的汗珠。

　　她曾经偷偷地跟踪过他。是他在图书馆借书。他在书架旁不过站了片刻，便很快地拿了一本《中学生魅力阅读》，而后又选了一本《收获灵感和感动》。

　　可惜他离开的时候，那两本书已被人借光。书架上有些空，像那一刻她的心，有些寻不到泥土的失落。她很快地跑到图书馆大厅，在电脑上查明了出版社和主编，便又旋风般回到还书处，在一群学生里毫无淑女风度地朝图书管理员喊：老师，麻烦帮忙查一下现在有没有学生还回这两本书。

　　管理员抬起头来，看了看她手中的纸条，淡淡地瞥她一眼道，没看到这两本都是刚上架的新书吗？好书没被看旧之前，会还回来吗？

　　她多想告诉管理员，她就要这两本书，因为这是他正在读的，她愿意与他一同阅读那些精美的文字，似乎这样，她的视线，便能与他的视线，通过文字温柔地融合在一起。

　　最终她还是决定每天都来这里等待，等到第九天的时候，她终于忍不住了，偷偷逃了课，逛遍了市里所有的书店。书果真是买到了，但此后的几天里，她却是在早晨饿了肚子。当她一边忍着饥饿，一边将视线温情地抚过那些他也穿越过的文字的时候，她的心里，却是温暖又充实的。

几天后她在阳台上看到对面楼上的教室门打开，他抱着一摞书，显然是要去图书馆还的样子。她激动地抱起那两本书，飞奔下了楼。

她终于赶在了他的前面，而且是一前一后地排队还书。当她将书轻轻放在桌子上的时候，她的视线，却是落在他的鞋子上。那里有一小片尘土，她多么想弯下腰去，为他用手温柔地拭去。就在这时，他温和地问她：你也喜欢这两本书吗？

她惊讶地抬起头来，第一次与他如此近距离地对视。她看到他的牙齿很白，像是海滩上闪亮的珍贝。她还看到他额头有一道轻微的伤痕，如一只小兽轻轻咬下的齿痕。而他看过来的眸子里，竟是深得如一潭不见底的湖水，只看一眼，就会晕眩，几乎要掉落到那水里去。

她忘记了自己有没有点头回答他的问题，她只记得他很快地还了书，便连再见也没有说一声，就转身很快地离开了。

这一场暗恋，他从来都不知晓，可是，她却是如此持久又深刻地记着。就像记着青春这一串手链上，一颗一颗琉璃做成的动人的彩珠。

爱情的滋味

◎宋　煜

在分开的第1001天，我决定为你写点什么。胡枥。在这失去你的1001天里，我像个失语的木偶，每天重复着机械的动作。

度年如日。

我还记得那次你来看我，从你的老家江西宜春出发。十几个小时我就能在北方的街上看见你。你穿平底的白色旅游鞋，可我仍是矮你一头，我抬头看你，觉得你又长高了，你在我眼里越变越好。其实那时我们毕业分开只不过短短3个月。

3个月的时间足以胜过任何减肥产品。相思使得人消瘦。一个班变作两座城，这是我们都无法接受的啊。

那天我们在商场买巧克力。各式各样的巧克力被一个穿圣诞衣戴圣诞帽的人攥在大大的手里向我们推销。你拿了几颗，我赶紧掏钱，你一把推开我的手，你对着圣诞老人说，我不用她的钱。然后我听见圣诞老人也在笑。

那天出来的时候我崴了脚，我一脚高一脚低地走在你身边，但我还是很快乐。初冬的太阳，像融化在心里的巧克力一般暖融融。你忽然变戏法似的拿出个翡翠的佛给我，你说我不在你身边的时候，让它来陪你。我笑着说这么贵重的礼物我怎么能要。然后你把它又放回裤兜，我把嘴嘟得老高。我说为什么你不会再给一次。你笑着拿出来帮我戴上，骂我是小虚伪。

我们那次在一起的时间满打满算只有42个小时零7分。我们不好欺骗家里太久。我谎说参加女友婚礼。你谎说去找城外同学。

我流着泪问你时间为什么不能在此时此刻为我们静止下来。

你从来都不哭。大学时你一个人帮家里去河南南阳进货，下车不小心被别人的旅行箱砸伤了手腕，但你还可以一只手臂举起上百斤的货物。

你是顶天立地的男子汉。

但在你那次回去后，写给我的伊妹儿里，你说你哭了，在火车上的卫生间里，一个人泣不成声。

你说我可以过得很好，我有好工作，我有好容貌，我将来还会有好的男人来爱。我也是边看边哭，我的泪窝变得那么浅。

而后我决意忘记你。其实我们相爱的时间并不长。胡枷。是什么时候呢。你请我吃饭请我看电影要我看你写的歪诗，我说你太黑又太瘦鼻梁不够挺拔样子不够帅，我无法接纳你。

好像也是不长时间以前的事吧。忘记你大概不会太难吧。

直到我遇到他。程筱。他安静坦然。是我所任教学校的音乐老师。我喜欢看他去上音乐课时的样子。趾高气扬地从冬天校园的阳光里走过，身后是一帮抬着风琴的孩子。

直到，我从他的练琴室经过，他说小夏，你来听我弹首曲子。是刻意地为了忘记你，我才毫不犹豫地走进去吧。

我真的决意忘记你了。胡枷，那段时间我很早就关机，很晚才开机。

我兴冲冲地去学校上课，我对镜贴花黄，独自巧梳妆。我借机去问程筱课本里的英语歌该怎么唱，我要在课上教会班里的那些小孩子。他看着我教科书上的谱子，边弹边唱地教我。而后我还很白痴地问他钢琴是怎么发出声音来的。他打开钢琴的木盖子，我便看见里面无数的小锤子在琴键按下去的时候，轻轻砸到细细的弦上去。叮叮咚咚。

我入神的时候，他忽然笑着握住了我的手。

照此以往，我想这几乎快要真的成为爱情了。直到有一天程筱找了张《泰坦尼克号》的影碟来让我一起看。我们第一次坐到同一个长凳上。而我越看越伤感。

这个电影很早以前你就陪我看过。胡枷。2002年10月26日。黑暗的学校放映室里。我暗暗流泪，你轻轻擦干我的脸。你说一切都会好，但当时我们都清楚了我们故事的结尾。我的胡枷，你会回到你的南方去。

我忽然流着泪跑出去，把愕然留给程筱。

黄耀明的声音妖娆地在唱。你以为我能够想爱就爱，除非我学会了想忘就忘。

我怎么能够想忘就忘。

于是决定去找你。而彼时你已跟随父母去了更遥远的深圳。我那么奋不顾身，就像真的成为杰克或露丝。我偷偷拿了妈妈的几百块钱就毅然出发了。

那时的广州盛开着硕大的木棉花。有的市民把它们扎成束晾晒在树干上。我靠在一株粗壮的木棉树上给你打电话，是个陌生男子，说是你的同事，你委托他告诉我你在东莞，他说我可以在广州先逛一逛，到4点再倒车去见你。广州的街道是倾斜的，猜不出东西南北4个方向，我站在南方的街道上头晕目眩。临近中午的时候我一个人坐在简易的快餐店吃米粉，吃着吃着外面就下起雨来了。吃着吃着，我的泪流了满脸。因为你的同事多了句嘴，说他找他女朋友去了，你是谁？我隔着滴答着雨水的玻璃窗似乎望见另一个三月。那个三月，学校的音箱里流淌着多萝丝的歌声，胡枷，我一回头便看得到你。

多温馨。

5点多钟的时候你到车站接我。你一见我就把我抱起来举老高。但我一直哭丧着脸。你说怎么了，我亲爱的小虚伪。

然后我还是哭丧着脸。

那天我都不让你碰一碰我，你睡着的时候我从侧面静静看你。你的眼睫毛那么长，像两把小扇子。

我坐起来翻你的兜。里面没有买给我的巧克力，只有一张东莞的超市购物清单：仙女小番茄珍珠米双汇还有麻婆辣酱。

我离开是第二天。早上我们吃了顿无滋无味的盖浇饭。我觉得我们真的要结束了，爱情已被岁月蚕食干净，剩下的是面前如同嚼蜡的大米饭。胡枷。即便千山万水也无法阻隔我飞奔向你。而那小小的一张纸片，你掩藏起来的小小的一点背叛，足以让你我隔开几光年的距离，足以让我心如刀割。你眼睁睁看着我受伤流血。

你如此决绝。

我多想自己一个人悄悄离去，对你的恨不留一点余地，而事实上是你去送我。你帮我买了卧铺票，还塞给我几百块钱，上车前你还紧紧抱了抱我。但这不再能够让我感到温暖。胡枷，感情走了，心中便只剩离念。你送我上车，而后我望向窗外，看见你离去的背影，头也不曾回。

我在车上睡了很久。醒来便是北方景象。

我接受了程筱。其实他真的不错，家境殷实，又多才多艺，还会烧一手好菜。当一个人把心里掏空，会更容易把另外的一个人放进来吧。

婚期是在6月。和你最末的一次分别后的第85天，我把照片传到自己的博客上。是为了炫耀，还是为了整装待发重新开始？我也说不清。

后来我便收到你的信。你说我妈曾在你离开后电话联系过你，说我正和德阳初中校长的公子在一起，放弃我便是给了我幸福。然后你衷心地祝福我。

再后来听说你那时并没有女友，并在那几天丢了工作，所有一切都是你一个人自编自演的，只希望我能过上我父母要给我的生活。

看完了你的信，我却没有了眼泪。

身边的男人早已安然入睡。

只是偶尔还是会想起你，胡枷。只有和你在一起时我才体会到爱情的滋味。虽然那时昧着良心说你太黑又太瘦鼻梁不够挺拔样子也不够帅。

但生活不是只要有爱就足够了，不是吗？

只有一个怀抱是天堂

◎金 薇

情书里的柔软字句击中了我

校园西北角自发形成了一个跳蚤市场。有人去那里卖旧书、旧衣，也有人去卖旧情书。偷懒的男生买回去，照猫画虎写给心上人。

写情书这件事老土得不得了，可女生喜欢，有什么办法。就像聂子，收到情书，总是想方设法让大家知道。大家也很配合地一致要求朗读。每次大家都让我来念聂子的情书。姑娘们说我的声音像董卿，甜，有情书的味道。

洛上的字写得斗大，张扬，句子却是温情脉脉的，聂子头上绿色的小珠花的顽皮，聂子嘴边浅浅的小梨涡的羞涩，还有拉住聂子手时心里的温度，是什么样心肠的男孩写出这样的字句，那些字句柔软天真得如一个小女孩。我们管洛上叫作家。

我脸红心跳地念完情书。姑娘们说：咦，苏桃花，你脸红什么？防冷涂的蜡。我打马虎眼。

隔几天，没有聂子的信，我们就会问上一句：作家最近没新作？

看来聂子跟洛上的感情很稳定了，洛上不再采用情书攻势了。我们常常看到他们俩手牵着手走过校园的槐树林。

牵错了的手有春天的温度

周末，跟三三去跳蚤市场淘村上春树的书。在一个小摊上我发现了小野丽莎的碟。35块钱一张，我刚想叫三三给我看看值不值，我的手被人抓着，转身，脸突然铺天盖地红上来，抓住我手的人是洛上。他斜着身子往前走，他说聂子，我找到了小野丽莎的碟！

我停下来，说：你认错人了。聂子恰到好处地站在我跟洛上中间，她的表情复杂。洛上挠了挠脑袋说了声对不起，蹲下来，50块拿了3张，递给我一张，说是道歉。

把那张碟抱在怀里，心里别扭，有些失落有些生气。

躺在床上，把那张碟压在枕头下面，手枕在脸上。那上面有洛上的温度。他也喜欢小野丽莎。聂子喜欢蔡依林。

那个遇桃花的灰姑娘

钟声来找我，问我坐哪趟车回家。他跟寝室里的姑娘们闲扯，说姚明阿联的逸闻趣事，就好像她们都是他哥们儿。我插不上嘴，跟着傻笑。钟声走后，三三说：桃花，你这老乡司马昭之心，你是真不懂还是看不上人家。我抱着双膝，懒懒地应一句：我要的人得给我写上99封情书我才敢开心门。

姑娘们异口同声地说：原来你看上作家了。

门开了，聂子苦着一张脸进来，摔床上的泰迪熊，她说：不就是个小野丽莎嘛，听她就有文化？

我很低调地拔下MP3，假装看书。聂子喊我：苏桃花，那什么莎是个日本人吧？你给我讲讲她。

我语焉不详地支吾两句。手机很识趣地唱起了歌，唱歌的就是小野丽莎。

电话是钟声打来的，他说今晚我们一些朋友办了个联欢会，你……还有你们寝室的姑娘来玩玩吧？

我看了看坐卧站着各种姿势的姑娘们，说：好吧！

姑娘们盛装扮扮。我穿着格子袜，泡泡裙，梳着马尾辫，走在姑娘们的最后，我后悔答应钟声参加什么鬼晚会了。

聂子进会场第一眼就看到了洛上。洛上在跟一个大波浪女生聊得热火朝天。她冲上去给了洛上一巴掌，说：洛上，咱们俩玩完了。

聂子往外冲时，我恰好挡在路上，她撞了我一下，转身跑掉。倒是我，众目睽睽之下坐在了地上。

洛上把手伸给我，他说：可以做我今晚的舞伴吗？其实，我很想问问他的脸疼不疼。可是，我听见自己说：对不起，我约了朋友。

钟声站在我身边，他说：我陪你去洗洗手吧！

我的眼泪就在眼圈里转，钟声以为我是摔疼了。其实，我跟聂子一样伤心，洛上写了那么多的诺言，他怎么可以朝三暮四？他怎么可以前一秒被女友甩了耳光，后一秒就要我做他的舞伴？

洗完手，我让钟声送我回寝室。路上，钟声无意似的拉起我的手，我没挣扎。

聂子在哭。我把毛巾递给她，我说：如果他让你哭，他就不值得你喜欢。可是，女孩都是贱的，越是让她哭的男孩，她就越喜欢。

两天后，洛上又拉着聂子的手在校园里晃了。

那些感觉如扑满落地

我收到了一封信。信上的字斗大，张扬，每一个都像是长了翅膀。我认得它们。很多次，我都做梦梦到那些信是写给我的。如今，它真的长着翅膀飞来了。

我像当了小偷。把它塞进书里，怕不安全；塞进口袋里，怕掉出去。我一直把它攥在手里，手心里出了汗，那封信渐渐有了热度。

晚上，躺在黑暗里，那封情书就放在我的枕头下面。我很想知道里面写了什么，他会说些什么呢？我的手伸到枕头下面，摸着那封信，心里很多美好的感觉如扑满落地，摔得粉碎。

在收到洛上信的第三个清晨，我在打饭的路上碰到了洛上。他拦住我说：那信你看了没有？我眼皮也不抬一下说：对不起，没看。

洛上盯着我看了一分钟，然后说：你最好还是看看！

信我拆开了，信里面只有一句话：敢做我的女朋友吗？

然后听说聂子跟洛上分手了。是洛上提出来的。

我们以为聂子会很难过，可是，她出乎意料地在分手一周后领了外校的才子回来。那男孩进我们寝室时，我们都吓了一跳，也太艺术了，人小小的一坨，身上却到处都是闪闪发亮的饰物。

聂子做了件很雷人的事：她把那些情书送给了我！

我不要。聂子说那就扔掉。

我跟钟声坐在草坪上，我问他会不会给喜欢的女孩写情书。

钟声拔了根草，咬在嘴里说：都什么年代了，还写情书？然后他居然问我喜欢什么样的生日礼物。

我说：随便吧！我没那么喜欢他，所以，他送给我什么，做什么，不那么重要。

洛上并没有来找我。只是钟声说他搬回原来的寝室了。他说洛上好像喜欢上了一个女生，这回是来真的了。我问如何见得。钟声说洛上喝醉了酒，他说：原来爱是这样的，撕心裂肺。不敢碰不敢追，总觉得自己配不上她，对不起她。

我说：他是在说聂子吧？

钟声笑了，说：你不知道吗，是聂子先追的洛上。

怎么会，那些情书明明是洛上写的。

只有一个怀抱是天堂

我直接去问了洛上谜底是怎样的。洛上扯过一张纸，刷刷写下几行字，字像被风刮过，一顺边地往右倒。他说苏桃花，你不知道聂子练过书法吗？那些信是她自己写的。

我差点咬下自己的舌头。那个要我做你女朋友的信怎么解释呢？洛上盯着我，他拿出一本村上春树的书，书上杂七杂八地写着一些读书心得，还写着寝室号码。

那是开学初，姑娘们恶作剧，说找缘分，每人搜罗一件东西，不记名拿到跳蚤市场上去卖的。她们说：有缘，那人找到咱们寝室，然后……

这是姑娘们的浪漫想法，东西托一个高年级学姐代卖，我们就做直钩钓鱼的姜太公了。可是，没人找来，我们渐渐淡忘了这个小插曲。

洛上说他得了这本书，他从那些零零散散的批注里知道我喜欢小野丽莎，知道我对生活的态度。他找到我们寝室，恰好遇到聂子。聂子听洛上说明来意，她红着脸说那书就是她的。

可是，出了破绽，聂子根本就不知道小野丽莎，也根本不喜欢村上春树，说起那些批注，她总是支支吾吾。

直到洛上见到了我。他说心里有种感觉，我才是那书的主人。我说：别打岔，说重点，那情书是怎么回事？

洛上说：聂子有着全天下漂亮女孩都有的虚荣，又嫉妒，因为我找这本书的主人，她总害怕我找到你。她不让我来你们寝室，她自己给自己写情书，证明我是属于她的。

难怪那些句子那么柔软。

那写给我的那封又是怎么回事呢？

那是我们吵架，她承认了所有事，她说我不会接受你这样的花心贼，我不信，她扯了纸说我就写封情书给苏桃花证明给你看！

阳光下，我浑身发冷。我只是喜欢一个人，只是想拥有一个温暖的怀抱，怎么会这么复杂？

洛上没有撒谎。聂子跟我说对不起，她说我终于知道不是你的终究不是你的，抢来的夺来的，浪费脑细胞打保卫战，不如找到自己喜欢，也喜欢自己的。现在的这人喜欢我喜欢的所有的东西，我不必为不知道什么莎不安……

我坐在草坪上，把草一根根从根上拔出来。那些草哭着喊疼。洛上站在我身边，他说：可以给我一个拥抱你的机会吗？

我抬起头，看着远方的天空，轻轻地说：只有一个怀抱是天堂。你的怀抱是不是我的天堂，我得考验考验。

洛上笑了，他说：给机会就好！

碧空如洗，爱情推倒重来。

等待爱情的号码牌

◎吉　安

一

我给蓝宝儿发短信，说同是北京沦落人，何时有空，出来喝杯咖啡吧。蓝宝儿很快地回复，说好啊好啊，只是老同学，记得先去排队机前取个号码牌，慢慢等着，轮到你时，我自会与你联系的哦。

我知道蓝宝儿在开玩笑，但也知道没有爱情的她，周末的时候，丝毫不乏男士的约会。还在大学读书的时候，她就是校花级的漂亮女生，宿舍里常常摆满了不知名的男生送的玫瑰。情人节的时候，会因为该去赴哪个男生的约会，而苦恼地向我诉苦。

我记得4年的大学，蓝宝儿的眼泪，几乎可以为我洗干净一件衬衫。她究竟谈过多少次恋爱，又有过多少次两段爱情间的情感空白，怕是连她自己也记不清了。我只知道，每一次蓝宝儿都会来找我，像一只受了伤害的小猫，依偎在我的身边，不管我说什么，都不再争辩或者刻薄。那一刻，她只是一个小女生，需要一个肩头的温暖。

毕业后蓝宝儿继续读研，我则在家乡的城市做一份无聊的文员工作。一年后才终于有勇气，辞了工作，奔蓝宝儿所在的北京而去。

二

我不知道自己究竟是喜欢北京，还是因为北京有一个与我毫无阻碍可以自如交流的蓝宝儿。当火车一步步接近北京，我的心，又像回到了一年前未毕业时的校园时光。我没有告诉蓝宝儿，我想我要找到一份好的工作，混得至少人模狗样的，才去见她。

这样一个目标，支撑着我，在两个月后，终于寻到了一份在外企做文案策划的工作。当我拿下第一笔不菲的薪水的时候，我发短信给蓝宝儿，告诉她，我要请她喝咖啡。我没有指望蓝宝儿会即刻打电话过来，失声尖叫，笑骂我一阵，为何来了不告诉她。她身边从来不缺乏"送花工"，我估计当我发短信那会儿，她正与某个痴情人纠缠不清，所以才会告诉我，让我先去排队机前，取一张号码牌等着。

我不计较，只要蓝宝儿同意与我见面，那么，我就能让她再一次倚在我的肩头。我始终怀念那些岁月，或许是因为我始终难忘蓝宝儿的眼泪，滴在我肩头的温柔的重量。

第二天，当我从地铁口出来，看见蓝宝儿穿着我曾夸过的棉布裙，站在春日懒洋洋的阳光里时，我似乎，再一次回到与她把酒言欢的校园时光。

我们最终还是弃掉洋人的咖啡玩意儿，去了酒吧，一人一瓶啤酒，又丢掉杯子，直接用瓶子干杯。大约半瓶下肚之后，我才有了勇气，问蓝宝儿：有没有想起过我？

蓝宝儿的脸上，泛起喝酒后的红晕，调笑道：你是说难过的时候，还是开心的时候？

我再咕咚咕咚饮下一通酒说：当然是伤心开心的时候都想起，有福同享有难同当，我可不想只借给你肩膀用。

蓝宝儿突然举起酒瓶，将双眼藏在后面，隔着茶色的瓶子，一本正经地说：先让我看看，你有没有失去原来的模样。

三

我在蓝宝儿的心里，究竟是什么样子呢，蓝宝儿始终没有告诉我。但我却从她的眼睛里，读到了一丝难掩的忧伤。

我开始找各种各样的理由，约蓝宝儿吃饭，逛街，看电影。我们在一个又一个周末，将北京的大小胡同几乎走遍了。与蓝宝儿啃一串糖葫芦，穿行在这些古老的胡同里，听着天空上不绝于耳的鸽哨声，我常常想去拉住蓝宝儿的手，告诉她，我想要在北京，给她一栋房子，一栋听得见深蓝天空上清脆哨声的房子。她喜欢哪儿，我就会跟到哪儿，将她想要的东西，买下来，送给她。

其实我有很多次机会，可以拉住蓝宝儿的手。比如她像哥们儿一样，将胳膊搭在我的肩膀上，摆出pose等人拍照的时候。比如她恶作剧似的蒙住我的双眼，让我在狭小的巷子里，左冲右突，像个傻瓜一样的时候。

但我知道，一旦捉住那双手，我便再也没有回头路可走，或许这会让蓝宝儿更快地离我而去。那么多痴情的男生，都等在她的门外，恳求她可以给一抹微笑，或者骂一句也好。而蓝宝儿，那么骄傲的一个人，她连看都不肯看他们一眼，又怎会随便地爱上一个人，譬如我这样不高不帅，又懒得说甜言蜜语讨好她的男人。

这样翻来覆去的困惑，像一条蛇，在我心里搅来搅去，直搅到我心里盛不住这条奔腾不息的蛇，眼看着它就要急吼吼地蹿上来了。

我终于在一个阳光稀薄的午后，站在蓝宝儿的教学楼下，等她下来去长城游玩的时候，发短信给她说，宝儿，我想做你独一无二的臂膀。短信发完，我期待阳光可以明亮一点儿，而后抬头，看向天空。

就在这时候，我看到蓝宝儿与一个男生，说笑着从三楼的窗户旁经过。而那个帮蓝宝儿背书包的男生，眼里的蜜意，快要淹没整栋大楼。

四

当蓝宝儿站在楼下，焦急地等我背着大大的旅行包，去长城游玩的时候，我早已经坐上回公司的汽车。我将手机关掉，打开MP3，用激越疯狂的音乐，让自己忘记刚才看到的一切。

可是，当我从灰尘仆仆的车窗上，看到后排一对情侣亲密说笑的影子，我的眼泪，还是忍不住落了下来。我的心里，被蓝宝儿紫藤般密密麻麻的叶子，爬满了。她笑的时候可爱的酒窝，她明净的弯月一样的眉毛，她湿润的掌心，她佯装生气时飞给我的眼白，她在夜色下突然蹿到我面前来的鬼脸。还有，她被一段又一段爱情折磨时，倚在我肩头无助的哭泣。

原来我早已经不能够将她忘记。原来我千里迢迢地奔赴到北京来，其实只是因为这个繁华的城市里，有她。原来我在家乡的城市里苦熬过的一年，只是为了证明，她在我心里刻下的痕迹太深，深到我为之连父母亲朋的苦劝都可以不顾，深到父母将一个又一个漂亮的女孩儿，拉到我面前相亲，我看都不看一眼，便冷脸走人。

只是我忘了，蓝宝儿，她是枝头上一只随时准备高飞的鸟儿，离不开热闹俗世的快乐。她想要的繁华与新鲜，芬芳与璀璨，站在地上仰望的我，或许永远都不能给。

五

而蓝宝儿，就在某天午餐的时候，出现在公司一层的餐厅里。隔着玻璃窗，我看到她，穿一件孔雀蓝的裙子，安静地捧着一杯绿茶，出神地看着面前桌子上，那一小片在风里跳跃的阳光。脸上，写满了忧伤。

我犹豫着，推开门，走过去。蓝宝儿抬头看到我，没有说话，低头从背包里，掏出一个大大的盒子，推到我的面前，这才说：看到你在QQ上的签名了，既然要离开，也不至于小气到连那天爬长城，都不陪我去；这些东西，还给你，也不枉我们这几年相识一场。

我疑惑地打开来，就像打开了潘多拉的盒子。只是，潘多拉的盒子里飞出的是魔咒，而蓝宝儿的盒子里则是那些纯真美好的记忆。一点一滴，藏在我送给她的一枚徽章、一块巧克力、一支彩笔、一袋槟榔、一分硬币、一张卡片里。所有的过往，那些我们一起走过的时光，就这样，缤纷着雀跃着，温情地柔软地将我拥住。这突如其来的幸福，让我手足无措，无所适从。

而蓝宝儿，则在我抓耳挠腮的笨拙相里，习惯性地拧住我的左耳，嘻嘻笑道：看你怎么逃出我的掌心。

我怎么会逃呢，蓝宝儿的掌心，那么温暖，我想赖在那里，像一只小狗一样，睡一会儿觉，就一会儿，结实地守住这个梦，守住那张唯一的最后的号码牌，再不要醒来才好。

情为此物

◎张鸣跃

　　她是东村的,他是西村的,中间一道沟,沟南面有东山和西山,隔一道谷。

　　她一直在东山放羊,他一直在西山放羊,两人从七八岁就知道那边有个和自己一样大的孩子,十二三岁才想到相互喊话:你多大? 你有多少只羊? 你想上学不想? ……

　　再大一点,不喊话了,她的羊群总在东山西边的坡上,他的羊群总在西山东边的坡上,他常爬岩上树像个小英雄,她就捂嘴偷笑。再大一点,有一天,他突然跑了过去,把一大朵野花插在她头上,转身就跑,滚了坡,她惊叫之后就大笑。又有一天,她突然跑了过去,把一个香囊挂在他脖子上,转身跑,说:"我给你绣的……"他就憨笑。

　　终于有一天,两人会合了,在山的最高处。她和他有点羞,找不到话题,就说咱给山上这棵树起个名字吧,说了就一起使劲想,想了不少,最后她说出一个,背过身去问他:"你听说过'爱情'这两个字没有? "他想了想说:"好像听说过。"她转过身来就笑了:"那是啥东西? "他说:"好像是外面世界的一种东西,咱这里没有。"她说:"那咱就把这树叫爱情树吧? "他说可以,就定了。

　　从那以后,爱情树就成了她和他会合的一个点。那三个树杈像三根巨指,中间是炕那么大的掌心,平平的,她和他可以坐在上面,也可以躺在上面。最多的时候,她和他是并排躺着看天。云怎么那么白? 怎么又黑了? 怎么想着是什么就是什么？太阳多大了，太阳有媳妇吗？是月亮吗？他们的家在哪里？星星是他们的孩子吗……话题有点羞时，她就钻到他怀里打他，他就亲她，她就不动了。有一天，她问："你说咱躺在这里看天算啥？"他说："是爱情吧？"

又有一天，她和他正在树的掌心里抱着说话时，一群村崽出现了，围着树笑喊："两口子！两口子！……"她呆了，他跳下树来，崽们跑下山去了，显然是早就发现了他和她的秘密，结群来逮现场的。

果然，他回到家就被爹捆在了树上，往死里打。山里定亲的男女也只是一年走一回亲，自由幽会是要动家法的。晚上，他偷偷爬出了家，他站不起来了，就往东村爬，爬一阵晕一阵，爬了大半夜，天快亮时才爬过了那道沟，爬到了她家门口，跪起来，大叫："我来了！"

他想知道她挨打没有，被打死没有，没打死，他有话说，打死了，他也死。

她娘出来了，一看就狠了脸："你这娃，真是找死！"

他问："她呢？"

"死了！"

他一听就站了起来，伸头撞院中的石碾，咚的一声，倒了。

她大哭着跑出门，扑到他的身上，哭叫。他没死，睁开眼就问："打你没有？再打就打我……"

东村的人围上来了。

西村的人赶过来了。

两个娃你护我我护你很惨烈，两村人都说算了算了。西村的人抬走了他，东村的人拦住了她，她哭得死去活来。

不久，她嫁给了一个富家崽，那富家崽大她10岁，还是个傻子。她没有抗争，她家太穷，她爹病着，等用钱。

他出走打工了。

她出嫁后，也像个傻子了，不说话，不笑，走路低头，从不看天。吃穿是不缺的，她家里也因此好过了起来，她对那个傻子也是尽力伺候照看着。有时她会偷偷看一眼南山，叹一声，就流眼泪了。

他打工一直不顺，挣挣扎扎地，但也能给家里寄些钱。打了十多年工，他很少回家，直到家里的房子盖起来了，妹妹也上大学了，爹妈不在了，他才决定不打工了，回家。人们看见，四十来岁的他，就像六十多岁的样子，也确实打不成工了。回家的第三年，他终于娶上了媳妇。媳妇是个寡妇，有点憨气，但身体好，五大三粗的，能吃能干，日子也归入正常了。

这时的她，那傻子死了，她爹娘也不在人世了。不久，她买了几只羊，又放起羊来，把家也搬到了山前，搭了间小茅屋。

他自从回家后一直不上山，也不看山。村人有时也会有意无意地对他提起她的事，好像她和他真有一种牵连似的，口气都有点惋惜与无奈。他觉得这山里的"爱情"也长大一点了，人情就比从前暖和多了。

这天晚上，他问媳妇："你知道不知道啥是爱情？"

媳妇撇嘴说："啥爱情，不就是你那个放羊的。"

他问："那你呢？"

媳妇说："我是你的媳妇，娃的妈。"

他叹了一声。媳妇说得很清楚，爱情是爱情，媳妇是媳妇，念想是念想，日子是日子，两不沾。媳妇好像比外面世界那些能人精人还通大理，千万年扯不清的事理，媳妇一句话就说清了。

媳妇撒娇问："你是不是想她了？"

他不吭声。

媳妇说："你会不会不要我了再要她？"

他说："那不会。"

媳妇说："那你告诉我，你想她的啥？她的啥我这里没有？"

他说："天上的云。"

媳妇愣了半天没明白，看见他流泪了，她幽幽地说："那你去看看她吧，她怪可怜的。"

他提了神看她。她笑："真的。"他抱了媳妇，说："你是好人。"

第二天，他上山了。

她还是在东山的西坡上放羊，和当年一样。他就从西山的东坡往山顶走。

她看见了他，就抛下羊不管，也往山顶走。他先到了那棵树前，定住了。他很震撼，几十年过去了，这树还是那样子，一点都没变。她也到了，拉了他手，也看树。

"你看，树还是那样子。"

"是啊，还是那样子。"

"人都老了……"

"是啊，人都老了……"

"一场梦似的……"

"就是一场梦，一生也就一个梦。"

"这些年，你看过云没有？"

"没有。你呢？"

"没有。"

"咱两个的一生其实也就树杈上那一阵子，没别的。"

"就是。"

说到这里，他和她就上树了。没有当年那么灵活了，他很艰难地爬上去，然后拉她上去。还和当年一样，并排躺了，还是看天。

于是，这一生的两个点就联结在一起了。云怎么那么白？怎么又黑了？怎么想着是什么就是什么？太阳多大了，太阳有媳妇吗？是月亮吗？他们的家在哪里？星星是他们的孩子吗……

她问："你说咱躺在这里看天算啥？"他说："是爱情吧？"她想了想说："那这树呢，树看了这么多年的爱情，咋还是这个样子？"他这次说上来了："爱情就是这样的，啥都经历过了，还活着，就是爱情了。"她笑了，偎紧他，说："是的，爱情树。"

其实，还是有人知道他和她的这次幽会，在山下看着这树。他的媳妇就是一个，在门口一直看着那树。

从山下看那树，就只是一只瘦小的鸟爪，朝着苍天那么扑抓着，千万年过去了，不知抓到了什么？

你是我心底最完美的缺陷

◎艾美丽

　　在一个公园里，我遇到了他们。

　　男人长得很丑。五官像是被某个孩子随手画成的，连修葺都无处下手。而左边的脸颊，还有一道难看的烧伤疤痕。站起来去丢垃圾的时候，右腿还轻微地瘸着，从侧面看过去，矮小瘦弱的他，犹如一株营养不良的灌木，长在树木葱茏的林中，既看不到头顶的蓝天，也无法深深地抵达泥土最丰厚的一层；而路人呢，则每每都用镰刀或者拐杖，毫不留情地将他奋力地拨开或者砍掉。

　　而她，则是个盲人，每走一步，都需要他的搀扶，除了用耳听着游人在喷泉前兴奋的尖叫，用鼻嗅着周围的花香，这个公园于她，似乎有些多余。她既不能欣赏似锦的繁花，也不能像其他女子一样，打着漂亮的花伞，怡然自得地在园中散步。她所能做的，只是倚靠在他的身边，晒晒太阳，听听鸟叫。

　　几乎每一个走过的人，都会一脸同情地看看这一对特殊的夫妇。投向男人的眼光，大多是匆忙中带着点不屑与高傲，似乎他就是面镜子，不仅可以照出路人的荣耀，亦可反射出他的丑陋与卑微。投向女人的视线里，则基本是同情，想她眼盲本已不幸，此生还要与这样一个被社会视作边缘的男人一起度过。甚至，更为可怜的是，别人丢给他的白眼和嘲弄，她从来都看不见。

　　她显然是渴了，听到叫卖雪糕的，便笑着朝向他，像一个嘴馋任性的小女孩，让他去买。他不知说了句什么，竟让她咯咯笑着轻轻捶了他一拳。不管他说了什么，在路人的眼里，那一刻的她，犹如一朵娇羞的莲花，嗔怒里满含着妩媚的温柔。

他朝卖雪糕的摊位走去，她则侧耳倾听着他的脚步声，又用空洞的眼睛，看着他的背影。摊位前聚了很多的人，他耐心又焦虑地站在人群的外面，一边瞅着冰柜里飞快少下去的雪糕，一边回头看着不远处安静坐等着的她。人们就像在看一个天外飞来的外星人。更多的人，自动地闪开来，不是为他让道，而是不想与他站得太近。

他就这样在别人淡漠又锐利的视线笼罩里，掏出两元钱，放在柜上，转身挤出了人群。

他脸上的表情，随着走近女人，变得愈发地柔和起来。等到坐下来，替女人剥开雪糕外面的包装时，他的眉眼里又重现昔日柔软清亮的底色。那支雪糕，他们你一口我一口地吃了许久，一直吃到阳光薄薄地洒落下来，轻纱一样，将他们环拥住。等我再一次经过他们身边时，他正牵着她的手，朝一个水池旁走去。在那里，他很认真地扶她蹲下身去，而后为她洗着手上残留的雪糕的汁液。那一刻，他们互相倚靠着，水中的倒影，晃动着，犹如一池盛不住的幸福。

心底那句傻傻的歌

◎童天红

他完全没想到，一句歌像一把刀，犁割了他20年。

一起住的几年，他无数次笑过她这句歌，她根本就不会唱歌，五音不全。他笑，她就羞得死去活来，但下次还唱。那时日子太穷，他总在怀才不遇的委屈中，很少笑，但她唱歌实在好笑，他就笑了一次又一次。他完全没想到，分手后，这句歌就慢慢变成了一把刀。他知道了什么叫心痛。

他用了那么多诡计才让她乖乖地离开了他。她最后走时还一步一回头傻傻地问他："真的应该分手吗?你自己能行吗?我真的走啦?"他认真地说："相信我，离开我你会很幸福的，走吧。乖!"她走，最后竟又回头来傻傻地唱了那句歌，他没笑，他觉得太荒诞了。她这才真的走了。他以为自己终于摆脱了一个傻女孩。他没想到，没有她之后，他的一切更加败落。

他找了她好多天，没找到。后来他不找了，他要真的改变自己，他要成功，他要扭转自己的命运。

1年过去了，5年过去了，10年过去了，他没有成功。

这10年，只有那把刀在时时犁割他，越来越深重。有时，他会跑到没人处惨叫，眼泪横飞! 他想过再找她，但没脸找，他帮不了她。

他结婚了，妻子和她是一个层次的人，是个很好的平常女人，正因为这样，妻子的每句话每个动作都有她的影子，他常常为此发呆，为此心痛。有孩子了，孩子很可爱，贫穷的日子原来也有许多快乐，但每当快乐开始时，他就一下子想起了她，快乐就戛然而止。他在想她怎么样了，那几年，是她最宝贵的年华，她全给他了。那几年，她认定他就是她一生的老公了，无论在他高兴时还是蛮横时，她都是固执地温柔，哪怕他的拳头打在她脸上，她流着血也是柔柔地说："下次别打脸，老婆的脸是老公的门面呢！"现在她是不是还挨打？她还唱不唱那句歌？

他曾问妻子会不会唱那句歌，妻子说会，这支歌几乎所有人都会。他让妻子唱，妻子红着脸就唱了一句，也是五音不全，自个儿大笑起来。

他哭了，放声大哭！妻子吓坏了，抱住他问。

他跪了下来，说出他的痛，说出他20年来心上的一把刀，说出他的一个心愿：他想去找她，一定要找到她，看看她过得怎么样，他想帮帮她。妻子看了他好久，偎进他的怀里说："去吧！"

于是，他开始找她，拿了1万元钱。他先去了她的家乡，打听到她的家。她的父母已不在人世了，只有一个姐姐嫁在邻村。他找到了她的姐姐，实话实说，打听她的情况。他问清了她的地址，去找了，几千里之外的小城。

他躲在暗处看了她一回，当初的影子还在，爱笑，爱娇，胖了些，也野气了些，敢大声大气地说老公，敢和孩子对吵对闹，敢捉弄老公而后大笑……他呆了好久。他不知道是该高兴还是该悲哀。她也许早已忘记了那句歌。他一下子没有了见她的理由，他一下子觉得自己真的是个不正常的男人，当初为了一个分手苦苦设计，20年后又为了心痛苦苦寻找！他为自己流了泪，然后转身走，不停地走，朝人越来越少的地方走，走了好久，终于没人了，幽静了。小河边的一片小树林，四周是原野。他走到深处，就要放声哭时，打住。有人很响亮地唱了那句歌，身后。

他惊回身，是她！

原来她知道他来了，原来她知道他想哭，原来她知道他是为着这句歌！

他还是哇的一声哭了！

她走近来，就像当初一样固执地温柔，还羞他的脸，逗他。

"我唱这歌时你都是笑的呀！"

"是的……"

"可这次你哭了呀！"

"是的……"

"我还是想让你笑的呀!"

"原来,你当初就是想逗我笑?"

"是呀!我发现我一唱你就笑,你很少笑的,我想看你笑时就唱,你知道我不会唱歌的……"

"你这么多年……还唱吗?"

"没有……连听都不敢听呢!听见就想起你,心痛……"

"谢谢……对不起……我那时……"

"别说了,我知道,知道的!"

"你知道?"

"傻瓜,最后那些日子,我再唱你也不笑了,我还能不知道吗?我不想让你心痛,才那样傻傻地走的!你不喜欢平常日子,我不怪你的!可你还是心痛了20年,傻瓜……"

她挽住他的胳膊,说:"我送送你!"

"你知道我来?"

"傻瓜,姐姐知道,我能不知道?"

"他知道吗?"

"他让我送送你……"

回家的途中,他心里很平静。他还有9000元,没有给她,因为他明白了她不需要,她一直都不需要,从一开始就不需要。她又唱了那句歌,这就够了。

列车窗外的风景一排一排倒向后面,人生多么像窗外倒去的风景,匆匆而去,除了这倒去时的一些互依相惜的缘分,还能抓住些什么?

他和她,几年的缘分,他没有珍惜。必定都过去了。她终于让他明白了当初,她终于让他清醒地听了一次那句歌!至此,一把刀才放过了两颗平常心,化入同一片风景。

回到家,妻子瞅着他笑。他也笑。妻子什么也不问,抱住了他,他说:"你再唱唱那句歌!"妻子摇头。

他明白了,他和她,一生的缘分就终结为这句歌了,这句歌只属于他和她,永远。

沉重的诺言

◎〔美〕史蒂文·L·霍华德　孙开元编译

　　他从未对心爱的人撒过谎，但这次他背着她作出了一个出人意料的决定。这件事不好对她说出口，但又必须要告诉她，因为这是瞒不住的。

　　如果告诉大家，他的堂弟——他自幼的朋友——跟着第82空降师去了前线，他们会有什么反应？更糟糕的是，后来又有电话说，他的堂弟被派到通讯班，现在在深山中和部队失去了联系，而他所在的地区即将成为战场。他收到战友们的多封来信，说他们的部队已经集合，行动代号为"沙漠盾牌"。

　　如果在国外，他必须服从指令，无法逃脱这样的"高危险"行动。但这次不同，他的部队传来命令，说是可以"自愿前往"。没人强迫，想去的人都会被派往波斯湾。

　　他拽了下大门的把手，进了家。妻子和往常一样活泼愉快地迎接着他，然后去厨房里忙着准备晚饭。

　　"嗨，亲爱的！"在他走进厨房时，她幸福地打着招呼。她转过身，面对着他，骄傲地把精心准备的饭菜和饮料端到他面前。

　　"哦。"他淡淡地回答。

　　她听出他有心事，凝神注视着他。

　　"怎么了？"她关切地问。

　　"我……我要去波斯湾。"他支支吾吾地说。

　　她眼中的欢乐黯淡了下来，脸上的笑容渐渐消失，嘴巴大张着。

"他们怎么能把你派走?我知道他们不会强令谁去的。"

"我……是自愿的。"

她的脸上再一次笼罩起疑云,两眼微斜看着旁边,双眉紧蹙,吊着的下巴慢慢收拢了回来。

"你自愿的?"她不解地问。

她的身体开始不知不觉地紧张起来。她把精心准备的一盘菜慢慢高举起来,然后猛地往地上摔去,饭菜和碎玻璃飞溅在厨房地板上。

"你自愿的!"她喊着,最后一块盘子碎片在水泥地上静止了下来。

"你怎么能自愿离开家,绕半个地球去打仗?又没有人强迫你去!"她尖声叫道。

"亲爱的,你知道我的朋友们都在那儿。我现在的训练就是要像他们一样上战场,我要尽自己的职责,保证他们能回家。"

"你在这也有照顾家庭的责任!"她叫着,"你走了,女儿们怎么办?!我怎么办?!"

"可我懂技术——关键的技术。"

"作为孩子的父亲,你怎么能不和我商量一下就离开我们?!"

"我没有离开你们。我知道此行有多危险,但我有我的职责。"

"你还有个家!你首先要对我们的家庭负责!"

他独自坐在前厅,疲惫至极。她已经上床睡了,可他因为心绪烦乱,一直坐到了后半夜。终于,他平静了下来。

他站起身,推开卧室的门,蹑手蹑脚地进了屋。他听了听,妻子的呼吸声告诉他,她还没睡着。他脱了衣服爬上床,老老实实,没敢碰她一下。

"对不起,"他低声说,"也许我应该事先和你商量一下。我知道无法说服你,只希望你不要再生我的气。"

她翻了下身,转到他身边,把一条腿放在他身上,然后抬了下头。

他会意地迎合着,伸出胳膊枕在她头下。

她用脸颊摩挲着他的肩膀,眼泪滴在了他的胳膊上。她把头靠在他的肩头,紧紧地抱着他。

"我不是生你的气,"她轻声地说,"只是舍不得让你去那么远的地方。然而，自从和你结婚，我就想到早晚会有这一天。"

他的手指轻轻滑过她的头发。

"没人非要你去参军，也没人逼着我嫁给你。我们的结合是因为彼此需要对方，我们结婚时的誓言没错，我知道。

"我不想让你脑子里想着我们的争吵离开家，我向你道歉。希望你能记住我们曾经的幸福时光，每次当你想起我时，能有回家见到我的欲望，也能回忆起我对你的崇拜和爱。我气疯了是因为不想让你走，我不愿相信有什么理由让你离开我。"

他的手从她的发尖移到她的脸上轻轻抚摸着。她的腮边还有一行泪痕，他怜爱地将它擦干了。她握住他的手，继续说："我知道谁被困在那儿，也知道你希望能营救他们回家，实际上我理解那是你的职责。我只是希望你能平安回来。"

"我是计划回来的。"他鼓足勇气说，"但我不知道战争会持续多久，也不清楚前方的战况。"她更紧地依偎着他。

"只是计划回来还不行，"她说，"我知道你不会对我撒谎，你从来就不会撒谎。所以，在你走之前对我发誓能回来，答应我，一定要回来，好吗？"

在黑暗中，她在他面前伸出了纤细的小指，等待着他的回应，但他又凭借什么敢许出这样的诺言呢？

"我想知道，"她的声音有些哽咽，马上又要哭了，"答应我。我会每天为你祈祷，但你要答应我一定回来。"

他抬起放在她脸上的手，碰到了她的手指。他伸出小指，和她的小指缓缓勾在一起。

"我答应你，"他说，"我一定会回来。"

他从未对心上人撒过谎。他真不希望这是第一次。

1954年的蝴蝶胸针

◎朱 砂

　　他是个绅士，是世界上最英俊的男人，有着雕塑一般坚毅的轮廓和刚直不阿的个性。他举止优雅，气质谦和，纯净的眼神像个庄严的传教士。他能将笑容演绎得让人心动，柔肠百转而又分寸在握。他是全球数以千万计的女人们的梦中情人，他的生命里有无数俏颜佳丽走过，却没有出现过一次绯闻。在过去长达半个多世纪的时光里，他一直被全世界的影迷们作为偶像与道德榜样崇拜着，他的名字叫格里高里·派克。

　　她是个天使，出身名门，会讲5国语言，举止优雅得体，气度非凡。她高贵善良，与世无争，柔媚娇羞得像个不谙世事的孩子。她的性格矜持内敛却又平易近人。她有着姣美的容颜和如花般的笑靥，两只会说话的大眼睛如一泓高原的碧潭，清澈静谧，楚楚动人，长长的睫毛像秋日里飞舞的蝴蝶，薄如纱翼的翅膀扇动着青春的快乐与轻盈，她的名字叫奥黛丽·赫本。

　　纤尘不染的豆蔻年华里，天使遇到了绅士，在浪漫之都罗马的那个假日里，一段尘世间最纯美的爱情悄然萌生。

　　那个时候的他，已是全世界尽人皆知的明星，刚刚过完36岁的生日，而当时的她只有23岁，还是个名不见经传的女孩儿。她是他的影迷，对他有着近乎痴狂的崇拜，当她第一次见到他时，她甚至激动得说不出话来。

　　他亦如此。看到她的第一眼，他的心就忽然动了一下，一股异样的情愫从心底悄然涌起，感情像海潮刚刚退去的沙滩，柔软而温润。

《青年文摘》
原创精华系列丛书／第一季

眼前的女孩儿，敏感而脆弱，不为人知的心事蕴藏在美丽的大眼睛里，安静而忧伤，让人陡生怜爱。那一刻，他分明感觉到了一个微妙阶段的开始。

那场戏里，他们分别饰演男女主角，忙里偷闲时，两个人便到河边散步，涓涓流淌的河水窃听着这对人儿的喃喃私语。他喜欢看着她，眼神里蕴满了可以让人融化的怜惜。她也喜欢和他在一起，听他说话，看他微笑。偶尔，她会将自己冰冷的小手放进他宽厚的掌心里，感觉着来自这个敦厚男人的温暖。

那个时候，他的婚姻已经走到了尽头，他多么渴望得到她的爱情啊，可是，他不是个善于表达的男人，看尽了世事沧桑的他已经习惯了将所有的喜怒哀乐都掩藏在波澜不惊的表情之下。

她爱他，可是，她不敢说。她很清楚，身边的这个男人，他是别人的丈夫，是3个孩子的父亲。幼年时破裂的家庭阴影以及她所受的教育让她对他望而却步，善良如天使般的她怎么忍心让自己爱的翅膀沾染上别人濡湿的记忆？！那个夏日，她的爱，在他的笑容里，一次又一次热烈而绝望地盛开。许多时候，一朵矜持的花，总是注定无法开上一杆沉默的枝丫。于是，一段故事在那个夏日戛然而止，再也没有后来。

《罗马假日》的公映，让她一夜之间从一朵山野间羞涩的雏菊变成了镁光灯下耀眼的玫瑰。很快，她有了爱情，梅厄·菲热，好莱坞著名的导演、演员兼作家。她很欣赏那个男人的才华，希望那个男人的职业可以带给她更大的成功。

果然，那一年，她的事业和爱情双双丰收，她获得了当年的奥斯卡最佳女主角奖，并且，和梅厄走进了婚姻的殿堂。

他参加了她的婚礼。他还是那样温厚而宽容，用平静的微笑应对着眼前的一切。没有人知道，他不露声色的外表下，掩藏着的是一种叫做无奈和认命的东西。

作为礼物，他送给了她一枚蝴蝶胸针。那是1954年，爱情于他和她，是开始，也是结束。

那个时候的她，天真地以为自己一转身，便可以躲过千万次的伤心，可是她却不知道，如此，也便错过了一生的风景。

她结婚后不久，他便离了婚，然后又结婚，再次成为别人的丈夫。

想来，男女之间的交往确实是很玄妙的，从友情到爱情仅一步之遥，从爱情回到友情，却仿佛要经历千山万水。试问，尘世间，当爱情华丽转身，还有几个人能心怀坦荡地重摆友情的宴席？可是，他们做到了，凭借着对缘分的尊重和对友情的信仰，两个人将千山万水的距离浓缩成咫尺天涯，将所有的爱与情埋藏在了那个夏天的《罗马假日》里。

梅厄的移情别恋，给了渴望一份爱情终老的她一个致命的打击。她离了婚，后来，又结了婚，又离了，再后来，一个又一个的男人，从她的生命里，兜兜转转，走近又走远。40年的光阴里，一成不变地陪在她身边的，只有那枚蝴蝶胸针。

无数次，她给他打电话，说到伤心处，忍不住泪雨涟涟。他轻声地安慰着她，说一些无关痛痒的话。没有人知道，于他而言，她的每一滴眼泪，都如一枚跌落的彗星，刺入大海的心房，表面风平浪静，内处却已是铁马冰河般的汹涌。

她至死都不知道，从他遇到她的那一天起，她便一直是他生命里的月光，日日夜夜地，灿烂在他心灵的最深处。

1993年1月，天使飞回了天堂。他来了，来送别她，看她最后一眼。彼时，他已是77岁高龄，拄着拐杖，步履蹒跚。

花丛中的她，微阖着双眼，像一株夏日雨后的睡莲，纯洁而安静。岁月蹉跎了她的容颜，人们看到的，是美人迟暮的悲凉。而在他的眼里，她依旧是那个娇小迷人，眼里流溢着无限哀伤的女孩儿。他轻声地唤着她，她却不回答。她听不到了，永远听不到了，白发苍苍的他久久无语地看着她，老泪纵横。

送别她时，他低下头，轻轻地吻了一下她的棺木，嗫嚅着："你是我一生最爱的女人。"

他终于说出了埋藏在心底的那句话，那是她一生都想要的，可是，它迟到了，迟到了整整40年。此时的他亦不知道，过往的岁月中，她一直将自己的头深深地埋进尘埃里，可至死，她还是没能等到与他携手的机会。

10年后，著名的苏富比拍卖行举行了她生前衣物首饰的义卖活动。

又一次地，他来了，颤颤巍巍。87岁的他此行的目的，只为那枚蝴蝶胸针。最终，他如愿地拿回了它。

捧着那枚蝴蝶胸针，抽搐的记忆，在时光的隧道里，迅速地流转，他仿佛又看到了，《罗马假日》里那个美丽善良、不谙世事的小女孩儿，正一路快乐轻盈地向自己走来……

40年的光阴里，他一直没有告诉她，自己送她的这件结婚礼物，不是一枚普通的胸针，而是他祖母的家传。

49天后，他微笑着闭上了眼睛，手里握着那枚蝴蝶胸针，就像握着她的心跳，握着无法回头的岁月和岁月深处那段永不再来的青春之恋。

送别他的那一天，人们举着鲜花，从四面八方拥来。他的葬礼，通过互联网，进行了全球直播。那一天，在世界的各个角落里，成千上万的影迷默默祈祷着，祈祷绅士在另一个世界里，找到天使，还给她一个在尘世间曾经错过的天堂。

谁给你的爱不留缝隙

从记事起，他就一直看见一个小魔术。那就是每天早上起床时，破旧的窗户缝和门缝里都会长满了碎布条，一拉房门，布条便轻轻软软地落下来，像小鸟的翅膀掠过他的面颊。

谁给你的爱不留缝隙

◎蝶舞沧海

一

从记事起，他就一直看见一个小魔术。那就是每天早上起床时，破旧的窗户缝和门缝里都会长满了碎布条，一拉房门，布条便轻轻软软地落下来，像小鸟的翅膀掠过他的面颊。他捧着这些布条，咯咯地笑了。

然后他会看到她。她坐在堂屋中间的小板凳上，面前是一大盆的脏衣服或者芋头。她的手刷刷地忙活着，动作非常利索。她看到他，笑，小宝，睡好啦？他边做鬼脸边朝盆里看，如果装的是芋头，他就猛地冲到盆边，把小手伸进去胡搅一气。她哎哎哎地叫着阻止着他，但来不及了，他已站起身蹦蹦跳跳甩着手喊，好痒呀好痒呀。她笑骂，你这个小坏蛋！

她带他到厨房，给他手上抹醋。抹完醋他就赖在厨房不走了，于是她点燃柴灶，给他烙葱油饼，或者煮一碗鸡蛋面。他狼吞虎咽的时候，她就蹲在他身旁看他，目不转睛地看。她目光里的内容他形容不出来，但他在那样的目光里充满了骄傲，像童话中尊贵的王子一样的骄傲。

她手很巧。她会给他织漂亮的毛衣，毛衣上小熊小狗栩栩如生，使得村里别的小孩子艳羡得围着他转。她会给他做棉鞋，缝书包。没有钱买玩具，她也会亲手给他做。他印象最深的就是她做的木陀螺。他把木陀螺放在地上，啪啪啪响亮地抽打着它，陀螺转着，他跳跃着，欢乐的笑声传到很远。

他们村子里家家户户都种芋头，定期有人来收购。芋头只有一种，但她会想方设法做出许多花样来。有时是切成滚刀块或菱形块，放油里炸得金黄，再放入白糖融化成汁，最后撒上芝麻，就成了香喷喷的芋头甜点；有时是把芋头蒸熟压碎，和熟小麦粉一起揉成面团，再擀成饺子皮，就可以包芋头饺子；她放个小鱼篓在门前的水沟里，隔几天总能网到几条泥鳅，她给他做泥鳅芋头汤。芋头圆滑乳白，蒜苗青绿，泥鳅黑亮，馋得他直流口水。因此他胃口大开，长得十分壮实。

那时她在他的眼中，是聪明的甚至是无所不能的，他是喜欢她的。

二

门缝里还是会每天掉布条，但接的人不是他了，而是她。因为他上学了。她一边推门一边大声喊，小宝，该起床啦！他知道了布条不是长出来的，是她每天早上塞进去的。他不解地问她塞布条干吗，她却只是摸摸他圆溜溜的小脑袋，笑而不答。

他和她都没有想到，刚上一年级不久，他们之间的这种平静恬淡，就被一次突如其来的事件打碎了。

那一次他做家庭作业，要用"放"组4个词。他想了好半天才想出两个词来：放假，放学。还差两个，于是他只好问她。她停下手里的活，也想了好半天，才说，放心。他把"放心"写了上去，说，还有一个呢？她又想了很久，对他迟疑不决地说，放……屁。

第二天他把作业交了上去。老师看到他的答案，问他是谁教的。他说是妈妈。那个年轻的、刚刚上任没几天的老师一下子就大笑起来，笑过了，把桌子重重一拍，还放屁呢，你妈这种人也能辅导孩子学习？全班同学都哄笑起来，他哭了。从此以后，很多恶作剧的同学一看见他，就异口同声地在他背后齐声大喊，放屁！放屁！他小小的心里第一次感受到了耻辱，而这耻辱，竟然是她带给他的。她以往在他心目中的形象，就此颠覆。

他想起自己的爸爸。听人说，爸爸以前在村里做点小生意，后来越做越大一直做到了城里，再后来爸爸在城里遇上了一个同样很有生意头脑的女人，就回来和她离了婚。爸爸和她离婚的时候他4岁，离婚的场景他隐约记得，当时她痛哭流涕地抱着爸爸的腿，央求爸爸不要带走他，她说自己什么都不要只要他，她不放心把他交给别的女人来抚养。

他那时也愿意跟着她，因为她一直比爸爸疼他。可现在回想起来，他有些后悔了。她一天书都没念过，她只会给人丢脸，难怪爸爸不要她。

三

从初中到高中，他一直在学校住校。周末的时候，很多同学都骑着自行车往家里飞奔。十几里路并不算太远，但他很少回去。直到后来，关于她的一些风言风语传到了他的耳朵里。有人说，别以为她是什么好货，她儿子在家里时她才假正经。

在村里的女人中，她算是好看的，何况单身一人。她的皮肤仿佛永远晒不黑，很普通很廉价的衣服，穿在她的身上就别有一番味道。在他还不懂事的时候，就常有一些伯伯叔叔借故来找她，他们的眼睛在她身上扫来扫去，和家里那只老猫看到鱼的表情一样。她常常悄悄叮嘱他，小宝，要是有伯伯给你钱让你去买东西吃，你可别要啊。你是咱家里唯一的男子汉，你要时刻和妈妈在一起，要保护妈妈，不能把妈妈单独留下啊。后来就果然会有伯伯叔叔的来，给钱让他去买糖。他想起她的话，坚决不去，寸步不离守着她。等人走了，她一把把他搂在怀里，一边笑着夸他乖孩子，一边抹眼泪。

他不愿相信那些传言是事实。于是在一个周末的晚上，他突然袭击回了家。他拿钥匙打开了大门，果然，里面有一个男人。他不听她的解释。他指着她的鼻尖，你要么和他结婚，要么断绝来往，别让我再发现你这样偷偷摸摸丢人现眼！她的眼泪一下子就涌了出来，她想说什么，但他不想听。他转身进了另一间房，狠狠地摔上门。

第二天一早他醒来，门缝里依然塞着布条。他厌烦地扯掉，再拉开门。她和往常一样，已经坐在堂屋中间洗芋头。她仿佛什么也没发生过，朝他笑，小宝，睡好啦？

四

工作后他不再回家，因为走进村子他就会感觉到抬不起头来。她却没有自知之明，常常跑到村头的小卖部给他打电话，不管他的声音冷得像冰还是像霜。

有一天他的手机又响起来，还是村头的那个号码。他当时正等女朋友的电话，不想占线，便挂了。可是电话又打了过来，他越挂对方越打，非常固执。他火了，按下接听键就吼：你一天到晚烦不烦！

却不是她的声音，是邻居杨婶的。性格泼辣的杨婶开口就骂，你这个良心被狗吃了的小崽子，你平时就这么对你妈？！你快回来，你妈住院了！

他赶了回去。他简直认不出她来了。她苍老得惊人，瘦得脸上的颧骨都突了出来。看到他进来，她眼睛里猛地一亮。那束光亮突然间灼痛了他，他想起了他儿时她看他吃鸡蛋面的眼神。十几年过去了，她的眼睛由清亮变得浑浊，但其中包含的内容却毫无改变。

他到办公室找医生。医生说，你母亲的肠癌已经到了晚期，准备后事吧。他一下子就蒙了，这怎么可能！她一直都健健康康的！医生叹了口气，你母亲的肠子里一点油都没有，我还从没见过生活这样艰苦的病人，回去给她弄点好吃的吧。

他一直坚硬的心，像中弹的玻璃一样哗啦一下碎了。他从来就没有想过她过的是怎样一种生活，没有想过这些年他念书的那么多钱，她一个以种田为生的女人是怎么一分分积攒下来的。杨婶看见他又开始骂，小崽子，你也不想想，你妈当年如果不要你，她年轻漂亮的嫁谁不好嫁？你后来上学费用越来越高，你妈的身体也不如从前了，一些耕田耙地的活她不找个男人怎么做得了？她不结婚也是为了你这个浑小子，都各有各的孩子，一旦结了婚，她怕到时候身不由己，不能供你上大学了……

他听不下去了，转身就往外跑，一口气跑到医院的大门外才崩溃地放声哭了出来。他一直以为她丢脸，原来丢脸的却是自己。他那么无知那么自私，他丢了身为儿子的脸，丢了亲情的脸啊。

回家后，他去镇上给她买了排骨、牛肉，还有一只乌鸡。他向单位请了假，每天陪着她。她还是每天起得比他早，还是会每天往窗户缝里塞布条。但他没有睡着，他终于知道了她塞布条的原因。原来她起床时天还没亮，为了怕堂屋的电灯光线射进来扰醒他，就先把所有可能漏光的缝隙都堵上。她在黑暗中塞布条的动作那么熟稔，就像在灯下一般。他默默无声地看着她做这一切，泪水将整个枕头都沾湿了。这世上，还有什么比母爱更完整，完整到连一丝缝隙都不留呢？可是他，领悟得太迟了。

一个月后，她走了。她是面带微笑看着他，带着无限眷恋，慢慢慢慢闭上眼睛的。这一次他没有哭，他找来那些碎布条，学她的样子把所有窗户缝和门缝堵上，然后开了堂屋的灯。堂屋的水盆里，还有她没洗完的芋头。他跪在房门外轻声对她说，妈，您这一辈子都没有睡过一次懒觉，现在，您好好休息吧……

手凉的孩子有人疼

◎商 裳

一

夜里一点，我打电话给方伟明，我告诉他明早7点40我妈到，如果他能去接一下，并在接下来的10天里扮演好女婿的角色，他可以随时看侃侃。伟明沉默了半分钟，他说：伍欣，你觉不觉得拿孩子做交易很过分？我冷冷地回了一句：如果让我妈看出咱们俩的事，我会更过分。我跟伟明办完离婚手续不到一个月，老妈就突然来访，我有些措手不及。我知道我离婚对老妈意味着什么。

早晨5点，我的门铃疯了一样响个不停。打开门，伟明提着大箱子站在门外，进了门也不理我，提了箱子把衣服往衣柜里放。趁伟明去火车站接我妈的当儿，我收拾他的衣服。伟明的衣服上有我熟悉的味道，我的心里酸酸的。如果是从前，老妈来，我不定多高兴呢。

8点半，老妈进了门。脸色不太好，有点儿苍白，像是浮肿。伟明把妈送进屋就张罗着去买菜。家里一时间只剩下了我跟老妈。我坐在老妈身边，老妈拉着我的手，说：这些日子我老是做梦，梦里你眼泪汪汪的，还梦见你总是冻手冻脚的样子，一出闸口，看到伟明，我心里就踏实了。有伟明这孩子守着你，我放心。老妈说得眼泪汪汪的。

我连忙转过头去给老妈放水洗澡，在浴室里，我大声问老妈想吃什么。老妈也很大声地说：伟明说给我做他最拿手的栗子黄焖鸡。我愣了一下神，门响了，伟明拎着大包小包进了家门。

妈洗过澡，在卧室里跟侃侃躺着休息。我在厨房里帮伟明打下手。恍然间，我们又回到了过去，伟明仍是妈喜欢的女婿，是我最爱的人。

只是，我们回不到从前了。这一年，祸不单行，先是查出侃侃心房间隔缺损，后是我因为精神恍惚记错了一笔账丢了工作，接近年底，我发现方伟明在外面有了女人。

二

妈来的第三天，我就安排伟明去成都"出差"了。前一晚，妈很细心地帮伟明收拾东西，又把伟明衬衫上的扣子缝好了，咬断了线头。妈说：你爸才是真正的甩手掌柜呢，出门上班，回到家里，油瓶子倒了都不扶。欣儿，你有福气。我看了伟明一眼，说：妈，我手凉，你不常说手凉的孩子没人疼吗？妈笑了，说：你就贫吧，有我和伟明宠着你，还嫌不够？那晚，我问伟明：是不是我太任性了？是不是你宠我觉得累了？伟明沉默了好一会儿，他说：伍欣，事情不是你想象的那样，你总得给我个解释的机会……

我心想，如果那天晚上我没有在华联门口看到伟明载着一个妙龄女子招摇过市，日子也许还会很平静地过下去吧？我的泪流进嘴里，又咸又苦。

每天早上，我早早出门，跟老妈说去上班。然后就在街上逛，或者是进那些写字楼，问人家要不要会计。人家用很莫名其妙的眼光看我。送上门来的会计，谁敢用？

老妈端上自己拌的小凉菜和红烧刀鱼，还有小米粥，她说：累了一天了，吃完了赶紧去歇歇，你的脸色不好。

吃过饭，我跟妈坐在沙发上看电视，妈说：欣儿，你还记得你爸没了那一年吗？那年，你爸扔下咱们娘仨就走了，你哥才8岁，你5岁……那年我们的毛纺厂减人，人家都有个关系有个门路，就我寡妇失业的丢了工作，那真是叫天天不应叫地地不灵。更差劲的是咱们住的房子是你大伯家的，他们怕我卖掉房子改嫁，说什么也不让咱们住了……

我说：妈，事情都过去了，说那些干啥？妈把我的手握在她的手心里，她说：没有蹚不过去的河，也没有过不去的坎，欣儿，在这个世界上谁不疼你了，不要你了，妈都疼都要。妈知道你难，但咬咬牙就过去了。

我心一沉，说：妈，你知道啥了？妈说：不就是侃侃有毛病嘛，有毛病咱就治。我点点头，看到老妈红了眼睛转过身去。

我跟老妈吵了起来。天挺冷的，老妈居然把侃侃带到小区的健身路径上去玩。我气冲冲地抱着侃侃往家走，不理后面喊我的老妈。进了家门，我说：他有病，你不是不知道，万一有个好歹，我拿啥送他去医院啊？我的声音带了哭腔。老妈没吭声，带侃侃洗了脸，让他一个人进房间里玩。老妈拿出一张存折递给我，她说：欣儿，这是妈攒了过河用的，妈的身体还好，你先拿着，不是给你的，将来你有了，得还。我的泪吧嗒吧嗒落下来，我说：谁要你的钱？我自己有。老妈使劲往我怀里塞，她厉声说：拿着。我从没见老妈这么厉害过。她说：伍欣，你当妈老糊涂了呢？你跟伟明的事我早就看出来了，还有，你每天出去找工作，啥事也瞒不过妈的眼睛……妈的眼泪终于掉了下来。

妈说：伟明是个好孩子，你就是太犟太任性了。从前我跟你爸吵架，恨得要命，常常说狠话，可是他真的走了，连个说话唠嗑的人都没了。那时就想：只要他活着，就是天天在家里躺着都行。

我哭着搂住老妈，我说：妈，咱娘俩这都是啥命啊？老妈擦了擦眼泪，说：啥命咱都得扛着。兴许扛过去，就好了呢。人不说三穷三富过到老吗？

那晚，我跟妈睡在了一张床上，我的冰手凉脚放在她的怀里，感觉暖暖的，我睡得很香很沉，有老妈在，没有过不去的火焰山。

三

那天从外面回来，远远地看到老妈跟伟明在小区的一角比比画画。我走过去，伟明笑着跟我说：我出差回来了。我没好气地瞪了他一眼。老妈说：欣儿，我跟伟明合计了，就在这儿摆个早点摊子，虽然是小本买卖，但是做起来肯定有赚头，你看这小区里还就缺个早点摊子。你照顾侃侃，早点摊子我来管。

老妈真的在小区门口摆起了早点摊子，大饼油条加上凉粉、咸菜，生意红火得不得了。我当然不能看着不管，给老妈打下手。收了摊子，跟老妈一起数那些收来的零钱，生活一下子落到实处般踏实。只是，这么多年了，我以为自己可以凭自己的力量给自己温暖了，可到头来，还要老妈带着我一起养家……

伟明隔三岔五地跑来帮忙。早点摊子用的米面粮油都是他搬回来的。老妈总在我面前夸伟明。我不耐烦。老妈说：欣儿，有时候，眼睛看到的东西也不全是对的！

那天晚上，老妈拉我去了华联商厦对面的街上。那一次，我就是在这儿看到伟明骑着摩托车带着一个妙龄少女招摇过市的。我在一堆人中看到了方伟明，他正跟一个人说着什么。一会儿，那人坐在了伟明的后座上，伟明启动了摩托车。老妈说：傻闺女，伟明是个好孩子，侃侃病了，你下岗了，他心疼你，不想给你太多压力，就来开摩的拉客，谁知你误会他了。

知道你们离婚那天，我给伟明打了电话，他回来，跟我说明了真相。我想：让你吃些苦也好，不然，你不懂得爱别人……

我紧紧地把老妈搂在怀里，我说：妈，你还知道什么？老妈笑了，说：欣儿，手凉的孩子有人疼，别人不疼你，也要自己疼自己，知道吗？

三天后，老妈在早点摊子上晕倒了。我跟伟明七手八脚把老妈送进医院，问大夫我妈得的是什么病。医生数落着我们：老太太胃癌晚期了，你们都不知道？你们是怎么当儿女的？我再一次手脚冰凉，我紧紧攥着老妈的手，老妈的手比我的手还凉。这么多年，她一直为我暖手暖脚，可是女儿是最像妈的呀，她的手脚冰凉，谁替她暖呢？

老妈最后一次清醒时，她把我的手放进伟明的手里，弱弱地说：欣儿的手脚凉，伟明，以后……泪从她的眼角流到花白的头发上，她的手在我的手心里渐渐地落了下去，渐渐地没有了温度……

送走老妈，我跟方伟明办了复婚手续。我的早点摊子得到了社区的扶持，我有了一家小店面。更想不到的是，侃侃的病得到了一家医疗机构的赞助，可以免费做手术。

那天下了一场春雨，我站在老妈的墓前，跟她唠唠叨叨，我说：妈，冬天终于过去了，春天来了。说着说着，我哭了，我想老妈了，想抱着她，把自己的温暖传给她。

我那耳聪目明的母亲渐渐老去

◎杨治文

　　母亲老了，我回去的时候她居然忘记了我是谁，一个劲儿地问我："你是谁？你是谁？"

　　禁不住，一股酸楚刺痛了我的眼睛，泪憋不住地往外涌。我为我一生艰难而坚强的母亲如此瞬间般地衰老下去而感到无比伤怀。

　　我对母亲说："我是您三儿子呀，几天前我还回来看您呢，您怎么就不认识我了？"

　　母亲终于说："你是老三呀。哦，你是老三，我怎么就记不起来了呢，我怎么就记不起来了呢？这活的，还有啥用呢。"母亲说完又默默地坐回到炕上去了。

　　我可亲可敬的母亲就这样老下去了。她居然认不出她自己曾经多么疼爱的儿子。我的眼里蓄满了泪水，但是不敢流出来，我怕这泪水把母亲痛苦的记忆激活，让她又一次回味那些苦涩的过去。我不忍心，我宁愿让母亲在麻木中平平静静地安度晚年，这样，或许比让母亲一次次地去咀嚼那些不堪回首的艰难岁月安详得多，舒心得多，快乐得多，也幸福得多。我是多么希望母亲能够健健康康地生活下去。

　　母亲老了，那个耳聪目明的母亲已经永远不再，这让一个儿子无论如何都感到一种无边的伤感和痛楚。

　　母亲连我的话也听不清楚了。我好几次跟她说话，问她身体怎么样，有没有不舒服，人老了，肚子怎么样，吃饭还行吗？可是母亲听不见我问的话。母亲是多么想听见我跟她说话呀，母亲就那么倾着身，侧着头，一副很费劲很着急的样子，不断地问着我："你说啥？你在跟妈说啥呢？你大声点儿，妈听不见。"母亲一边问我，一边责怪着自己："你说说，这人老了还有个啥用，连儿子的话都听不见了，咋还不死。"

我说："妈，你不要着急，我大声点儿跟你说，你总能听见的，你就是永远听不见了，什么都听不见了，只要你就这样安安稳稳地坐着，坐在家里，坐在炕上，儿子就永远还能看见妈，妈也能看到儿子，我什么时候想妈了，我还有个家可回呀！"

其实我说的声音已经很大了，可是母亲什么也听不见了。她曾经是多么喜欢听到儿子的声音，多么高兴看到儿子来去奔波的身影，就连我咳嗽的声音，我回家的脚步声，母亲都能听得出是她儿子的声音朝她走过来了。她早早地出门来，静静地站在门外，像一幅春日里温暖的剪影，就像恭候一个贵客，恭候一个外宾，来迎候着我。踏着母亲那一缕缕温暖而慈祥的目光往前走，当儿子的永远都是那么骄傲，永远都是那么自信，就像身上插上了轻盈的羽翼，心里盛开了春天的花朵，那个引我走路的向导，那个扶我成长的园丁，就是母亲。可是现在，我再也看不到那个守在大门外，老远地就张望着我的母亲了。回家的路还是那段路，但我觉得是那样的沉重，那样的难行。几次回家，我自己走到门前，摘下门闩的时候，再也听不到母亲热切的呼唤和关切的问候，我的心孤零零的，就像这个世界只剩下了我，我突然有一种担心，但我又不敢再往下想。我多么希望母亲还能站在大门前迎候我，问候我，摘下我身上的背包，拍去我身上的风尘。我知道，那是我在这个世界上享受到的至高礼遇了，再也不会有什么礼遇可以与此媲美，那种感觉，只有从母亲那里能够得到，除却母亲，再也无处寻觅。

母亲的行动也越来越不便了。我一回家，母亲总是说："人老了就得死，不死有啥用，儿子回来连口饭都做不出来了。"

我对母亲说："人都要老的，您何必计较。我都要半辈子的人了，我回来了我就给您做，让您也尝尝我做的饭味道怎么样。"

可母亲还是心怀不忍，母亲说："再大的儿子在妈跟前都是儿子，如果能行，妈一辈子给你们做饭都愿意，可心是这个心，人不是那个人了。有时候你们一走，妈这心里就得难受好几天，整夜都睡不着，想啊。年轻的时候是多么要强的一个人，可好像没活就老了，你们回来咋就连顿热饭都做不出来了呢？没用的人了！"

这就是真正无私的、不遗余力的母爱。一辈子为了儿子，牵肠挂肚，辛辛苦苦，忙忙碌碌，似乎那就是母亲生命的全部内容，一旦老去，精力不再，就再也不愿牵累儿女，再也不愿给儿女增添一丁点儿的麻烦。

哦，我可亲可敬的母亲，请您不要这么想，您虽然老去，但您的爱永远是那么年轻，永远让我感到这个世界真正的温暖，永远让我深深地感怀和眷恋。

我知道，母亲只是一些器官上的老化，她的心里其实是清楚的。母亲曾经跟我说过："我们这一代人，草芥一般，都是吃苦受累的命，没那么娇贵，命长着呢。"

母亲，但愿您长命百岁。

我想伺候一回母亲，但我做饭菜永远没有母亲做得那样香甜。从小到大，我最喜欢吃的就是母亲手擀的汤面。火起来了，母亲往锅里滴几滴麻油，就几滴，再炝几片葱花儿，炒几根匀溜溜的土豆条，卧一只家鸡的荷包蛋，然后把擀得柔韧匀长的面条下进锅里，没有酱油，好像清汤淡水，可是那个香哟，我恨不得一口吞进肚里去。生活的拮据，造就了母亲勤俭节约的生活方式，也养成了我安于平淡的味觉习惯和坦然心理。上千元的饭吃过，可我立马就记不起它的滋味，而母亲的那一碗淡淡的汤面，却成了我生命中最珍贵最香甜的美味，我生命中永远的盛宴。

可是我的母亲老了，人生的遭际和岁月的风霜无情地抹去了她美丽的容颜，她一天天走向衰老，我却无力为母亲挽回些什么，即便回家看看母亲，也是匆忙 得很。

再也没有比看着自己的母亲一天天老去更让儿子痛心的事了。

半路母亲

◎米汤汤

她虽然只是个半路母亲，但她却倾尽全力，给了我最无私的爱与美好。

一

第一次去见未来的岳父母之前，我认真向阳青打探二老的喜好，尤其是岳母。早就听人说女儿是妈的贴心小棉袄，女婿最难过的是丈母娘这一关。谁知阳青笑嘻嘻地说，我妈好说，你把我爸拿下，咱俩的事就算成啦。

岳母看起来很温和，待我也很客气周到。只是岳父的傲然让我有些拘谨，岳父是市里鼎鼎大名的企业家，他看不起出身贫寒的我。我在农村长大，父母早亡，是年迈的奶奶含辛茹苦将我抚养长大。奶奶去世后，这世上我便再没有了亲人。

那天的见面很隆重，阳青的两个姐姐姐夫都来了，一大屋子的人。阳青的两个姐姐分管着岳父的两个分公司，两个姐夫也是生意人，他们很快高谈阔论起来，我插不上话，无形中便被晾在了一边。

厨房里传来锅碗瓢盆的碰撞声，还有岳母被油烟呛得咳嗽的声音。这样的氛围勾起了我儿时的记忆。那时候我坐在门口的小板凳上写字，母亲便这样在厨房里忙碌，厨房里飘出的香气馋得我直吸鼻子。母亲便会偶尔跑出来，夹一筷子菜塞进我嘴里，然后嗔我一声馋猫。多年以后母亲的样子逐渐模糊，这些情景却以越来越清晰的姿态，无数次重现在我的梦里。

我情不自禁站起身，走进了厨房。岳母的背影已有些佝偻，可能是身体不舒服，她一只手拿锅铲另一只手撑着头，花白的鬓角全是汗。我连忙上去揽了一把，伯母，您歇歇，我来吧。岳母感激地朝我笑了笑，慢慢弯腰坐下来，擦汗，喘气。

　　我煎鱼，岳母择菜，我们一边忙活一边闲聊。看得出岳母很喜欢我，问长问短，说起我的身世，她眼里泛起了泪光。不知聊了多久，阳青突然推门进来，一把拽住我就往外拉。我到处找你呢，你一个大男人不和爸爸姐夫他们多接触，跑厨房来干吗？

　　我顺利过了岳父母这一关——确切地说，是岳母非常满意，岳父勉强同意。不久，我和阳青结婚了。婚是在阳青家结的，我是上门入赘。

　　第一次叫岳母为妈时，她乐得嘴都合不拢了，只是一个劲地搓着手说，半路多了个儿子，真好，真好。我被她的样子逗乐了，忍不住笑着回她，同好同好，我不也半路有了个母亲嘛！

二

　　日历一天天撕去，我和阳青之间的矛盾慢慢来了。阳青从小就崇拜岳父，所以她身上有着许多岳父的影子。恋爱时她刻意收敛着，婚后就不那么在乎我的感受了。

　　很多时候，阳青忙得不见人影，有时就干脆在公司休息不回家。我很不满她这一点。从小的孤独，让我最向往的就是家庭温暖。我希望的生活是每天下班后一家人能有说有笑地一起吃晚饭，周末的时候带着孩子出去晒晒太阳逛逛公园，共享天伦之乐。至于钱财，有吃有用就够了。阳青对我的想法嗤之以鼻，我们无法达成共识，冷战不断。

　　岳父比阳青更忙，所以很多时候，偌大的房子里只剩下我和岳母两个人。她总是把菜做得很丰盛，笑着直往我碗里夹，让我多吃点。她说你知道吗，你别看妈这么一大家子人，其实妈和你一样，这么多年都相当于一个人孤独地在生活。他们一星期难得回家一次，妈以前炒一盘菜一个人吃三天。现在你来了，妈才有做妈的感觉了。

　　岳母的身体不好。她有许多老年慢性病，风湿和肩周炎尤其严重，每逢阴雨天肩膀都疼得抬不起来。闲暇的时候，我会给她按摩一会儿肩膀，缓解她的疼痛。有一天我按着按着，她的肩膀剧烈地抽搐起来。一看，她早已是老泪纵横。她抹着眼睛说，彬儿，一定是菩萨弄错了，你才是妈的亲生孩子，妈有你这样的孩子，就是死了都含笑啊。

岳母也有孩子气的一面。我是报社的副刊编辑，有时我在家里编稿子，她就搬个小凳子坐在旁边看。她识字不多，但她看得很认真，间或给我递上一杯咖啡或者红茶提神。我问她看什么呢，她有些不好意思地笑了，妈也看不懂什么，就是看你编文章这心里头高兴。

我噼噼啪啪地敲着键盘，家里就您支持我。她得意地说，那当然，要不怎么说我是你妈，没点那个什么契还成呀？

三

阳青又老话重提了，让我辞掉工作去帮她打理公司。我拒绝了。

阳青彻底爆发了，她愤怒地说，一个大男人，整天侍弄些无病呻吟的文字，我当初怎么找了你这个窝囊废！我也愤怒了，人各有志，你有什么资格侮辱我！我们爆发了有史以来最激烈的争吵，阳青疯狂地掀翻了我的电脑，踩烂了键盘。她咬牙切齿地说，我让你写，我让你写！

我不知道我用了多大的力气将阳青推开的，她摔倒的时候，惊天动地地哭号起来。然后我们的房门被踹开了，没等我回过神，一个烟灰缸向我飞过来，砸在我的头上。血，顺着我的额角流下来。门口站着的人，是满脸冰霜的岳父。

一时间，在场所有的人都愣了。片刻的沉寂过后是岳母颤抖的声音：彬儿你忍着啊，妈来给你包扎，包扎了咱上医院……她手忙脚乱地找纱布，手在发抖。岳父一声断喝，别管他！没爹妈的人就是没教养，在我家里还敢这样明目张胆打人！我冷笑，一字一句地说，好，从现在起，我这个没家教的人，再也不在你们家里享福了！我也受够了！

门外正暴雨如注，我冲进了雨帘，大踏步往前走。身后传来岳母的哭叫，谁说他没爹妈，我就是他妈！彬儿，妈和你一起走！

我回头喊，妈，别这样，您快回去！

妈不回去！妈只认你这个儿子，你去哪儿妈就跟到哪儿！

……

我们就这样湿淋淋地在大街上一人一嗓子地喊话。雨下得很大很大，铺天盖地的雨声把我们的喊声都遮住了，她还在嘶哑着声音喊，还在踉踉跄跄追赶。

阳青打着伞跑过来了，她推开她，向她咆哮，你不用管我！我这辈子只有儿子，没有女儿！我辛辛苦苦拉扯大你们三个女儿，你们谁帮我做过一顿饭，谁帮我洗过一件衣服，谁陪我说过半小时的话？你们全都和你们的爸一样钻进了钱眼儿里！你们不要他，那是你们没眼光，没福气！你们不要他我要！血缘算什么，没有了人情味儿它就狗屁不值！

像被电击了一般，我的腿猛地一软，一下子就再也挪不动了。我转过身，闭着眼睛大叫了一声妈，便哭得再也说不出话来。

四

就在那一次，我毅然地和阳青离了婚，搬进了单位的单身宿舍。岳母，不，应该是母亲，每天过来给我做饭洗衣，收拾打扫。

这样的日子，还真有点母子相依为命的感觉。我们相处得恬淡温馨，一晃半年就过去了。

我32岁生日那天，母亲说送我一件礼物。谁料她送出的，竟是一把新房钥匙。两室一厅的房子，在一个依山傍水的花园小区。我太意外了，说什么也不肯要。她急忙解释：这都是妈用自己的钱买的，没用别人一分！再说了，妈给儿子买房子，这不是天经地义的事嘛！

我还是不肯收。她故意把脸一板，说，你这个傻孩子，别以为你占了便宜，妈现在身无分文了，你住了这房子可是要给我养老的，妈这叫先投资后受益。就妈这硬朗的身子骨，很可能是个老不死，保不准你将来有赔的呢。

我没有话反驳了。新房子接手后，一有空我就往建材市场跑，想早日装修完了和母亲一起搬进去。可能看我忙，也可能母亲来找过我却扑空了，慢慢地她很少来了。而我也没有时间去找她，想起时，便打个电话问候一声。

11月的一天，我在新房里指挥着工人铺地毯。大红的底子蒲团花，非常喜庆，我想母亲一定会喜欢。就在这时，阳青来了。看到阳青，我的心微微地疼了一下。离婚后，我常常会想起我们相爱的一些美好时光，如果不是那些客观因素的催化，我们也不至于分开得如此冲动。我还没来得及问阳青怎么知道我在这儿，她一把拉住我的手说，跟我来。声音急促，带着哭腔。

我的心里升起一种不祥的预感。果然，阳青把我带到了医院。我见到了母亲。两个月不见，她竟然骨瘦如柴，脸色苍白。

妈！您怎么了？！我一把抓住了母亲的手。

母亲虚弱地笑了，妈快要走啦，走之前有些话想对你说一说……妈早在给你买房子时，就已经知道自己是癌症了，可是妈放心不下你和小青。你们都是我的孩子，手心手背都是肉啊。

她顿了顿，接着说，要是你和小青还有感情的话，你就在这房子里把小青娶进来吧。是你娶她，不是入赘。那边的环境，不适合你们的婚姻……

她把眼神缓缓转向了阳青。小青，你要好好做我的儿媳妇。你要尊重我儿子的意愿，他和你爸你姐夫他们不是一类人，你不要勉强他……

几天后，母亲永远地走了，走得很安详。我和阳青跪在母亲的遗体前，我们泪眼相望。窗外夜凉如水，一颗美丽的流星从天空划过，留下明亮绵长的轨迹。我们都相信，那一定是母亲正在通往天堂的幸福路上。

孩子是我眼里的泪水

◎孙君飞

一

我认识一位母亲，应该说是一位悲壮的母亲。

在她的孩子7岁时，她的人生彻底换了容颜。孩子被省城的大医院确诊为血友病患儿，这是一种不治之症，需要像对待玻璃一样保护他，一旦皮外出血就会血流不止，甚至危及生命；出血时必须注射第八因子用以止血，但这种药物极其昂贵，而且数量极少，普通人家绝对使用不起。医生甚至断言，孩子活不过18岁。

好端端的天空就这样塌陷了。她那时29岁，一直无忧无虑，但儿子的病让她一夜之间苍老了许多。

她跟我说，我一直不相信不幸会降临到我和孩子头上，现在仍不相信。我做了一个醒不过来的噩梦，觉得体内有什么东西哗啦啦断掉了。刚开始，我整日以泪洗面，后来连泪水也同情我，躲得远远的，不让我哭。

接着，又一个沉重的打击降临到她的身上。她的丈夫偷偷拿走家里所有值钱的东西，取走存折上所有的存款，神秘地在人间蒸发，至今杳无音信。

他是一个怯懦的人，他用莫名其妙的"失踪"告诉我他有多么可怜。她提到他，异常平静，就像在谈论一个陌生人。

孩子曾经是她的珍宝，现在她爱他爱得越来越深，仿佛在她的骨骼里都能够听到爱的歌唱和承诺。丈夫逃离家门后，她再也没有流过一滴泪水，哭简直变成了一种耻辱。除了父母，彼此的父母，她隐瞒了孩子的病情。接连的打击让她明白，谁也无法扭转他们的人生，她要凭一个人的力量去延伸孩子的生命和人生，尽量维护他的健康，让他跟其他孩子一样拥有爱和幸福、希望和梦想。

她在厂里像一个男人那样工作，其实男人也会偷懒，她却不会。我曾经见过她怎样将几根钢管努力地扛到肩膀上，钢管发出一种叫人想落泪的声响，她并不健壮的身子深深地弯了下去，有一些头发乱了，随着她顿顿挫挫的步伐很别扭地晃动了几下。她的工作服跟其他工人的一样脏，但她的脸不管怎样不小心被弄脏，却好像永远比工作服干净，有一种惊心动魄的美。她此时33岁，她说她曾经一夜之间苍老了许多，但后来那种苍老消散了，跟着岁月一起奔跑或者散步，不超前也不落后。

家里有一个宠爱她的哥哥，她像小时候那样缠着哥哥教她学骑车，只是一辆三轮车。学会后，她骑着它给商店和幼儿园配送牛奶和糖果。

她的车技挺好，不过我每次看见她骑车路过，总是全副武装。她说，我越来越胆小了，不幸来过一次，担心它还会再来。孩子离不开我，他需要一个健康、完整的妈妈。

二

幸运的是，她的孩子是血友病中最轻的一种，而最重的，无缘无故也会体内出血，引起关节残疾。想起孩子的不幸，她的心会疼痛得紧缩成一个小小的果核，又想到不幸中还有幸运，所以才会继续坚强有力地跳动着。

她的孩子在寄宿部上学，每学期的费用高达2000多元，属于全城最高的学费。但她心甘情愿，因为寄宿部的实验班招的学生最少，孩子放在安全隐患少的环境里，她才放心一些。每学期，她都提前给班主任和每一位任课教师充好话费，让他们遇到孩子出现特殊情况马上和她联系。她向医生请教了不少止血方法，一一教给孩子，不过还是觉得孩子太小又孤单，害怕他出血时手忙脚乱，一个人扛不过来。

她说，这种病，没有几个人了解。我不愿其他人歧视孩子，跟老师只说我的孩子体质特殊，除了难以止血外，他跟其他孩子没有什么两样。是的，他个子长得很快，聪明活泼，懂事听话，在我委屈时还想保护我。老师说他真的聪明伶俐，学习成绩非常好；他最难过的时候大概就是上体育课时，眼巴巴地看着同学们打篮球、踢足球、学舞蹈。

他的鼻子是太娇弱，气候干燥时、吃了刺激性强的食物或被无意间碰撞了，都会毫不客气地流出鼻血。最吓人的是，会一直汩汩地流，鼻孔里塞了药棉，药棉马上被鲜血渗透，仍旧滴滴答答地直冒血。看到一盆清水刹那间红艳艳一片，我紧张得不敢呼吸，不敢看。他却比所有人都镇定，没有人比他更了解自己的鼻子和危险中的自己。他这么小，有时候我居然觉得他是个大大的男子汉。

三

她有一个舅舅，在深圳创业，据说拥有一个小型制药厂。

她说，我和舅舅多年没有联系，心里有关他的记忆变得有些模糊。但有一天，我竟然收到他寄来的第八因子，整整4盒。这是孩子的救命药，当时又正逢第八因子全国缺货的时候。我不敢给舅舅打电话，我怕我哭得说不出话。不知道舅舅是怎么知道孩子的病情的，他花了多少钱，费了多少力气，才买到这些救命药。我给舅舅发了短信，把心里的话全说给他听。舅舅回信说："舅舅什么忙也帮不上，只能帮你这一点儿。闺女，你们会没事的。"这条短信让我哭了很长很长时间，不是为孩子哭。我明白，亲人就是那种你不去求他，他也会爱你、让你离开寒冷的人。我们确实会好好活下去，所有的亲人都知道。

我和她是在网上认识的，我是小城文学论坛的版主。

一天，孩子拿来一篇作文让我看，题目竟是《我是妈妈的"吸血鬼"》。我心里骇然，惊讶地看下去。

原来，过去有几次，孩子失血过多，又难以止血，也等不来第八因子。她知道自己和孩子都是O型血，于是恳求医生将她的血输到孩子体内，医生无奈答应了她。每次输血都需要200毫升以上，其中有两次输血紧挨着，她的身体根本没有恢复正常，她宁可自己死，也要救活孩子，几乎是哀求医生帮她采血、输入。

　　孩子的生命保住了，她拖着虚弱的身体照常上班。那时天气炎热，但她感觉浑身冰凉，冷得咬着牙齿，腿也肿胀起来。孩子对她说，妈妈，你不要忍，哭出来吧。她笑着对孩子说，你是妈妈眼里的泪水，我不能哭。孩子一下子明白过来，说自己也不哭。不哭、不哭、不哭，孩子的眼泪还是无声地汹涌而出。她抱过孩子，依然没有流泪，说孩子替两个人哭了，妈妈好受多了，擦干眼泪，去给妈妈倒杯水，好吗？孩子马上不哭了，他在作文里写道，妈妈需要我的时候，我怎么能继续哭呢？

　　下一次，当她伸出手臂，请医生采血时，孩子安静地对医生说，阿姨，给我妈妈换一个细一点儿的针吧，那么粗的针，妈妈会痛的！医生一听，眼泪一下子涌出来，不过还是微笑着给他的妈妈换了一个细一点儿的针头。

　　妈妈已经为孩子输了4次血，当她的舅舅将4盒第八因子寄来后，孩子再也没有输过她的血，奇迹仿佛出现了。孩子有些抱怨舅爷爷，他早些把药寄过来就好了，妈妈便不用那样受罪。

　　我将来要发明许许多多第八因子，自己用，也让别人用，妈妈的血再也不会失去一点一滴。孩子最后写道，我再也不会成为妈妈的"吸血鬼"了。

　　我看得热泪盈眶，擦干泪水后，孩子的作文我一个字也没有改动，仅仅把题目改成《我是妈妈用血浇灌的花朵》。

　　我又想起塞内加的一句话："何必为部分生活而哭泣，君不见全部人生均催人泪下？"而她因为孩子是母亲眼里的泪水，在催人泪下的人生中依然不忍落泪。

母爱成就的诺贝尔奖得主

◎金司晨

这个62年前的小流浪儿在发表获奖感言时，一时竟有些凝滞："妈妈的鼓励，是我一生的动力！"

北京时间2007年10月8日下午5点30分，当年度诺贝尔生理学或医学奖揭晓：美国犹他大学马里奥·卡佩奇、美国北卡罗来纳州大学教会山分校奥立佛·史密斯、英国卡迪夫大学马丁·埃文斯，凭借基因打靶技术共同分享了这一奖项，并接受全世界的祝贺。

在3位获奖者中，美国犹他大学马里奥·卡佩奇教授格外引人注目。谁能想到，这位科学巨匠的成功背后还浸透着一段伟大母爱血的印记、泪的凝结……

劫难之河的母与子

1945年4月29日中午12点，美第45步兵师的先遣部队冲进了位于慕尼黑附近的达豪集中营。年轻的美军士兵们心里只有一个感觉：这里的人要么死了，要么就是濒临死亡边缘。作为纳粹德国最臭名昭著的集中营之一，几年时间这里至少有20万人倒在了屠刀下。弥漫的硝烟中，两名美军士兵从囚犯尸体堆中拖出一个气若游丝的中年女子，并迅速送往医院抢救。一个月后，这个侥幸躲过屠刀的女人刚刚恢复了一些体力，就固执地要求出院："我的孩子，我要去找我的孩子！"

时间回到1937年10月6日，整个欧洲都在纳粹德国的铁蹄下哭泣，一个婴儿就是在这样一种阴霾的环境中诞生于意大利的维罗纳市，他就是马里奥·卡佩奇，未来的基因学之父。卡佩奇的母亲露丝是小有名气的诗人，可还没等她从初为人母的喜悦中回过神来，她的丈夫——一名英俊的意大利空军飞行员，就在一次战斗中丧生了。

爱人的死让露丝一夜之间老了许多，充满艺术气质的她恨透了这场战争，为此她投身反战联盟，创作了不少讽刺纳粹的文学作品。然而，厄运很快再次降临到这个风雨飘摇的家里。

1941年的一天清晨，一队荷枪实弹的警察闯进了卡佩奇的家，砸烂了房间里所有能看到的东西，正在做早饭的露丝被野蛮地戴上手铐带走。临别的那一刻，想到儿子，露丝犹如万箭穿心，卡佩奇至今还记得那天母亲瘦弱的背影和从她身后传来的大声嘱咐："别哭，男孩子要坚强，一定要等妈妈回来！"这年，卡佩奇年仅4岁。

此后，这对母子天各一方。露丝被安上政治嫌疑犯的罪名，关押到了位于德国的达豪集中营，而卡佩奇开始流落街头，沦为小乞丐。

记忆中关于那段日子的就只有饥饿和寒冷。幼小的卡佩奇衣不遮体，整天整天地站在街角，看着对面面包铺里散发着诱人魅力的食物直咽口水。有时候实在得不到好心人的帮助，卡佩奇就只能拼命喝水，喝胀了肚子，无尽的空虚感才能好受些。在寒风凛冽的夜晚，卡佩奇哆嗦着蜷缩在天桥底下，不安地拉紧衣角，人冻得几乎僵直过去，他望着漆黑的天空，心里默默呼喊着："我不哭，妈妈一定会回来找我的！"

当刚从集中营里被解救出来的露丝找到卡佩奇时，她几乎不敢相信老天对她会这样眷顾。上帝，4年，这个孩子居然还活着！4年，幼小的孩子是如何蹚过困难的暗流！此时卡佩奇因为发烧和严重的营养不良，已经在维罗纳的医院中躺了整整一个月，插着针管的双手瘦得不成形，9岁的孩子体重却只有20多斤。血脉相连让历经劫难的母子俩瞬间认出了对方，一见母亲，卡佩奇苍白的嘴唇动了动，欲言又止。露丝强忍住泪水，紧紧拉着儿子的手说："妈妈以后再也不会离开你了！"话没说完，泪水已是挂了满脸。卡佩奇用力地点了点头。

第二天一早，卡佩奇一觉醒来，却发现母亲不在身边。他疯狂地冲出了旅馆，四处的街角都是空荡荡的，一种可怕的寂寞将他深深笼罩，难道母亲又把他丢下了？他声嘶力竭地哭了起来。当晚，露丝拖着疲惫的身躯回到旅馆，卡佩奇一下上前死命地抱住母亲，再也不敢放手。原来，为了儿子将来的前途，露丝赶到了大使馆申请签证，她准备带着儿子去美国投靠在那里从事物理研究的哥哥。几天后，母子俩搭上了开往美国的邮轮。

来到美国的第一年，一切对卡佩奇来说都是陌生的。幼年的坎坷经历让他自我保护意识过于强烈，整整两年，他不善言辞，不善交际，甚至都不说一句英语。露丝用所有的时间陪着儿子，带他去散步、郊游，教他文学和诗歌，母亲的爱犹如徐徐暖流，逐渐焐热了卡佩奇害怕受伤的心。他终于重新走进学校，按照舅舅的话来说："卡佩奇突然就对数学和经典物理学展现了极大的热情。"

活着就不能放弃

多年的苦难生活培养了卡佩奇极为坚韧的意志，也使得他格外珍惜和平的生活和学习的机会。在舅舅的培养下，他开始钻研医学。1967年，在哈佛大学取得生物物理学博士学位后（其博士论文是在DNA双螺旋结构发现者、1962年诺贝尔生理学或医学奖获得者詹姆斯·华生的指导下完成的），卡佩奇开始在霍华德·休斯医学研究所工作。1977年，他同时开始担任犹他州大学人类遗传学和生物学教授。

同时，卡佩奇也组织了幸福的家庭，妻子劳丽供职于政府福利部门。1983年，一个可爱的女儿也加入到了他们的生活中。

就在卡佩奇在学术的道路上高歌猛进时，露丝却日渐衰老并患上了轻度老年痴呆。当年那个身体羸弱却又不畏强暴的母亲，如今却任凭岁月和疾病折磨着自己，一头白发在夜风中无力飘荡，想到这些，卡佩奇就心如刀割。为了尽量帮母亲减缓痛苦，卡佩奇利用所学到的医学知识，帮露丝建立了一个完整的体温、脑电波及其身体其他各种数据的数据库，并有针对性地向母亲的主治医生建议一些治疗方案。

然而任凭卡佩奇如何努力，1986年，死神还是无情地将他母亲带走了——她死于突发脑溢血和多年累积的大脑皮层损伤。在露丝的葬礼上，卡佩奇并没有哭，他下定决心，一定要在有生之年，努力让尽量多的患者摆脱疾病的折磨！

让卡佩奇欣慰不已的是，年仅5岁的女儿米萨无论是长相还是性格都和祖母一模一样，这似乎是一种奇妙的生命传承，母亲以另外一种形式始终陪伴着他，这让他浑身都充满了力量。

卡佩奇的雄心壮志来自于他此时的研究：基因剔除。对于生命科学领域的研究者来说，弄清楚一个特定基因的功能是一件极其重要的事情。因为基因几乎影响了所有生物学现象。比如说老年痴呆这种病就必然和某几种基因活动有着千丝万缕的关系，一旦掌握到这其中的奥秘，人类就可能彻底克服这种疾病。如果这样的推理具有可行性，那么卡佩奇就掌握了打开"万病之源"的钥匙。

可是这实施起来又谈何容易。进入20世纪80年代，分子生物学基础问题已经基本确立，中心法则和基因测序都基本完成。可是，又该用何种方法来确定一个基因的基本功能呢？卡佩奇准备用外源的DNA代替内源的基因，在体外构建体内的基因缺陷模式，然后通过观察表型异常来确定正常基因的功能。可是，他的想法遭到了许多科学家的怀疑，大家认为这种研究在概率考虑上是几乎不可能实现的。为此，美国国立卫生研究院甚至还撤销了对卡佩奇主持项目的资金支持。

然而性格坚韧的卡佩奇对于反对声不屑一顾，他说服了大学同窗创办的生物公司对他进行资金注入，继续着自己的研究。在那段艰苦的日子里，研究资金捉襟见肘，同行投来的都是怀疑的目光，卡佩奇的团队内部也出现了大量的烦躁和焦虑情绪，甚至有不少人选择了退出。基因剔除项目完全就靠着卡佩奇不容置疑的强硬个性在勉强支撑，每当坚持不下去的时候，母亲病中痛苦的神情和迷惘的双眼就会重现在他的脑海，母亲似乎在对他说，活着，就不能放弃！卡佩奇咬着牙挺了过来。

曙光终于出现了。这一时期，国际上也有其他科学家开始了类似研究。1986年，英国剑桥大学教授伊文思取得了一定量的早期胚胎干细胞，并在体外培养成功。这给予卡佩奇极大的灵感：如果用老鼠的胚胎干细胞进行同源重组，然后用重组干细胞移植到胚胎中，岂不是就能得到活体基因缺陷小鼠，并能在其身上游刃有余地进行各种基因功能测试？

爱好足球运动的卡佩奇甚至想到了射门，基因不就像一个个足球，在等待着他射入正确的球门吗？这一刻，基因打靶的理论构想第一次浮现在卡佩奇脑海中。1987年，他的成功试验，使基因打靶技术初见雏形！

成功的那一刻，卡佩奇把自己关在办公室内，他躲开实验室内所有欢乐的人群，捧着母亲的相片哭得像个孩子："妈妈，我没有辜负你的希望，可我是多么希望你能亲眼看到啊。"

诺贝尔奖后的殷殷母爱

1989年，卡佩奇关于小鼠基因打靶技术的论文一经公布，立刻引起了全球科学界的轰动！人们比喻这次发现为除阿波罗登月之外的"第二大步"，此后，人类将拥有克服任何疾病的理论和研究基础。这项成果彻底奠定了卡佩奇学术巨匠的地位，入选美国国家科学院、欧洲科学院院士的荣誉接踵而来。

卡佩奇的研究成果犹如吹响了向疾病进攻的号角：全球数千名科学家先后复制卡佩奇的试验方法，开始在各自的领域内对老鼠体内的上万种基因进行研究，并对比人类疾病的各种基因缺陷进行攻克。

1990年5月的一天午后，卡佩奇案头的电话响起，对方自我介绍说，他是美国国立卫生研究院的安德森教授，手头有一个棘手的病例，希望能采用卡佩奇基因打靶的技术来治疗："这个女孩才4岁，她自出生以来就必须待在一个无菌罩里面，不然就会发生感染致死。我们判断这是一种严重免疫复合缺陷症，我恳求您的帮助，也许基因治疗是这个孩子唯一的希望。"卡佩奇慨然应诺，并开始指导安德森教授如何进行这个缺陷基因的"跟踪和确定"。当年7月，美国药物和食品管理局批准了这一基因治疗方案，同时这也是全球第一例真正意义上的基因治疗。

经过几个月上百次电穿透打靶试验，卡佩奇和安德森最终确定：女孩身上的致病根源是一种名叫ADA的基因发生缺陷，然后导致了人体的免疫系统缺失，无法发挥作用。在卡佩奇教授的建议下，安德森利用腺苷酸脱氨酶注入女孩细胞的方法来弥补这个致命的免疫缺陷。两个月的治疗后，奇迹出现了，女孩体内的免疫系统指标、白血球数量、淋巴细胞指数都达到了接近正常人的水准。

这是医学史上具有划时代意义的事件。卡佩奇为此感慨万分，第一次看到自己的研究成果造福于具体的人群，一种说不出的幸福感洋溢全身，他心里默念着：如果这个发现能早20年，也许母亲就不会那么早离开我了。

全球首例基因治疗取得初步成功！这个消息如同长出了翅膀，不久就传遍了世界科学界。在卡佩奇等科学家的共同努力下，基因打靶技术逐渐成为研究人体内特定基因功能的一项基本技术。在癌症、免疫学、神经生物学、人类遗传性疾病及其内分泌学领域都取得了重大突破，比如恶性肿瘤、糖尿病、慢性肝炎，甚至艾滋病。基因打靶成为当之无愧的掌握"万病之源"的钥匙。

2007年10月8日下午，万众瞩目的2007年度诺贝尔医学或生理学奖隆重揭晓：卡佩奇等三位科学界的精英分享了这一荣誉。这个62年前的小流浪儿在发表获奖感言时，欷歔不已，前情往事潮水般涌上心头，他似乎重新回到了半个世纪前的维罗纳街头，又似乎正享受着母亲怀抱的温暖，一时竟有些凝滞："妈妈的鼓励，是我一生的动力！"说到这儿，他下意识地看了一眼坐在一旁的女儿，她实在和她的祖母太像了。米萨忍不住轻吻着父亲的脸颊，表达着她的祝贺。恍惚间，卡佩奇觉得那个瘦弱而又坚强的母亲又回来了，告诉她，她永远不会离开他……

父亲的开胃酒

◎张　翔

　　像我们这些20世纪80年代出生的人中，有四兄妹的家庭真是不多，可是我们就是四兄妹。其中的一个是我的亲哥，以及一个从母亲老家领养过来的妹妹，后来我的叔叔因意外去世，于是又一位堂弟加入了我们的家庭。二弟加入我们家庭不久，母亲却因为一场医疗事故永远地离开了我们。母亲离去的那天，二弟泪雨磅礴，他嘴里第一次那么凄厉地哭喊着"妈妈，妈妈"，可惜母亲听不到了。在母亲把二弟带回家的日子里，二弟一直都没有叫母亲一声"妈"。这在后来成了堂弟——不，是二弟——一生的遗憾。

　　父亲是一个爽朗达观的人，可是母亲离开的很长一段日子，父亲微微浮肿的脸上始终挂满着忧伤和疲惫。这几乎成了妹妹的一块心病。有一天正在吃饭，她看着一旁沉默地喝着酒的父亲，忽然撇着小嘴泪眼翻飞地问道："爸爸，你不会不想要我了吧？"问完，兀自哭开了。

　　原来妹妹一直担心爸爸因为家庭的压力将她送回老家去。父亲一听，阴沉的脸上顿然错愕，进而大笑起来，一把把妹妹抱在怀里，说："我的小宝贝，爸爸怎么舍得把你送走呢？爸爸永远都不会抛弃你们任何一个，我们是一家人啊！"

　　于是，二弟也痛哭起来，扑到父亲的怀里，我和大哥也一头钻进了父亲的怀里。奶奶坐在一旁，早已老泪纵流。从那一天起，父亲又变得爽朗起来，他一个人带着我们一起艰难而快乐地生活着。

《青年文摘》
原创精华系列丛书／第一季

父亲成了4个孩子的爹，同时也是4个孩子的妈。他每天起得很早，为我们把早饭做好之后，自己还来不及吃就去林场上班。为了给我们赚读书的钱，他揽下很多的工作。他每天晚上回来的时候都要到八九点。他交代奶奶，晚上不用等他吃饭，但是奶奶总是让我们等他，因为他是我们的父亲，辛苦的父亲。

父亲每天回来都笑嘻嘻地进门，虽然这笑容中有难以掩饰的疲惫。他进门会摸我们四兄妹每一个人的头，然后宣布开饭。我们就一起拥上桌前，很快，"吧唧吧唧"的吃饭声就响了起来。我们请父亲吃饭，父亲就笑一笑，说："你们先吃，我要先喝杯酒。"说着父亲就进厨房从柜顶上拿下一个大可乐瓶，那里面装的便是从家后面街上那家酿酒店买回来的白酒，他倒上一杯酒就回到桌前，然后一边吃着菜，一边喝着酒看着我们吃饭，每喝一口都眼眶发红，很热辣的样子。

我们吃完后，父亲的酒也就喝得差不多了，这个时候，父亲就会包揽了所有剩下的饭菜，他一口气将剩余的饭菜一起吃光，我们后来都叫他"饭扫光"！

有一段时间，我们对父亲的酒产生了兴趣，就连最乖的小妹都萌生出偷酒一尝的念头。当她说出这个主意的时候，我们觉得自己这些做哥哥的简直太没有胆量，一点都不男子汉！

于是，那天，我看到父亲新打满了一瓶酒回来，我们顿生邪念。趁父亲出门之后，我们一起搬凳子去把酒拿了下来，倒了一小杯酒。

哥哥先喝。哥哥喝的时候，我们痛苦地凝视着哥哥的表情，但是哥哥喝了之后，却一点反应都没有。他很疑惑地看着杯子里的酒，说了一句："没味！"然后将酒递给我，我一喝，居然什么味道都没有！二弟也喝，舔了半天舌头，说了一句——"假酒，爸爸被卖酒的张老头骗了！"

我们愤怒了，于是就跟哥哥提着酒去找酿酒店张老头，张老头弄清我们的来历后，很疑惑地说："我几时卖过酒给你爸了？"

我们的心里充满着疑惑，觉得父亲的世界变得高深莫测起来。哥哥担心父亲知道我们偷酒会骂我们，于是乖乖地将酒放了回去。

那天晚上吃晚饭的时候，我们都看着父亲照例去厨房的柜子上拿那瓶酒倒酒，然后一个人喝了起来。他凝视着我们，喝了一口酒，便下意识地皱了下眉头，眼睛都像是辣得有些通红，有泪光在打转。那一刻，我们都呆了。

那瓶酒，成了我们难以忍受的谜团。一直到第四天，我们终于鼓起勇气去问了奶奶。奶奶听了之后也有些惊讶，于是她去厨房取了那瓶酒，倒上一杯，一喝，再一喝，然后眼眶就红了。她用略微有些嘶哑的声音对我们坚定地说："有味！味道很浓！"

我们问："为什么我们尝不出来？"

奶奶笑着说："等你们大了，你们就尝出来了！"

……

时光就这样过去了，那瓶酒一直成为我们兄妹们心中的一个心事。

后来，哥哥结婚的时候，我们都敬父亲酒，父亲只喝了一杯烈酒，就醉了，睡着了。

看着靠在沙发上睡去的父亲，哥哥忽然对我们说："你们还记得爸那些年每天喝的开胃酒吗？"

我们都说："记得，记得！"

"你们知道爸到底喝的是什么吗？"

我们都沉默了，哥哥的眼中不知何时涌起了热泪，他抹着眼里的泪水说："爸喝的其实是自来水！因为那些年我们4个小孩，总是没有个准饭量，父亲是想让我们都吃饱吃好之后，他才吃！其实，他每天回家都很饿！"

我们的眼眶都红了……

哥哥的话还没有说完，他又抹了一把眼泪，用颤抖的声音说道："你们……你们知道爸为什么每次喝自来水都辣得眼眶发红吗？因为他……他每次看我们一起吃饭的样子都会想起妈妈！"

我们终于抑制不住自己的情绪，大声哭了出来……

是的，诚如奶奶所预言：今天，我们长大了，终于尝出那瓶酒的味道，那是爱的味道！

很浓，很浓。

谢谢你，教会我挺起胸膛

◎王者归来

大学毕业半年后，仍旧没有找到工作的我，只好灰溜溜地回到了家乡的小城。

父母难以掩饰他们的失望和沮丧，那被岁月侵蚀的容颜上又多了一丝忧伤。母亲整日唉声叹气，爸爸默默地吸着劣质的香烟，家里的气氛变得异常压抑。我开始整夜整夜地失眠，躲在自己的小屋里看电视打发时间。偶尔夜里去洗手间，路过父母房间的时候，他们那压抑着的叹息便狠狠地敲击着我脆弱不堪的心灵。那些日子里，总有种欲哭无泪的感觉。

自从我回来之后，爸爸很少主动和我说话，我们就这样尴尬地生活在同一个屋檐下。这样的日子过去几个月后，忽然有一天，爸爸叫住了正要出门闲逛的我。"我和你在中医院上班的表叔商量好了，明天你跟他去省城学按摩吧，活人总不能被尿憋死！"我咬了咬嘴唇，没说什么，心里却很不是滋味儿。"我知道你觉得自己脸面上过不去，可你也不想想，现在满大街的大学生为什么找不到工作？不就是因为放不下架子吗？出路出路，走出去才有路。咱不能被这点儿事情压垮了，就这么定了，明天就走！"爸爸不等我说什么，转身就走了出去。

和表叔到了中医院之后，我就感到脸烧得火辣辣的。来这里学按摩的大多是十几岁的孩子，我这样的学历和年龄的大学生在这里显得有些另类。尤其让我觉得难堪的，就是自己不争气。我没想到自己除了上学之外居然一无是处!按摩老师教的手法、姿势,别人学几分钟就掌握了,我学半天还是学不会,只好厚着脸皮请教小学弟小学妹们。按摩的老师对我这个笨徒弟也很头疼。

我开始打起了退堂鼓。我在电话里求母亲帮忙,求他们让我回家。让我没想到的是,一向最听母亲话的他,一反常态地拒绝了母亲,还在电话里把我骂了个狗血喷头。"别人的孩子能吃得了苦,你怎么就吃不了?学不好,你就别想回这个家!你给我拿出男人的气概来,别让我看不起你!"在他的怒吼中,我红着眼睛撂下了电话。

在接下来的几个月里,我玩儿命似的学着按摩。我恨自己不争气,让父亲骂来骂去的。为了学好按摩,我整天泡在科室里。因为按摩的时间太长,我的手臂手腕都有了不同程度的损伤。即使这样,我仍旧咬牙坚持着。下班之后,同伴们常常一起出去逛街,这个时候,我就独自一人在寝室里对着解剖图继续研究手法。为了省钱,我每天只吃中餐和晚餐,常常是一包方便面凑合凑合。我不想欠父母太多,尤其不想欠爸爸太多,我和他之间已经有了隔阂。超强度的工作量和营养不良,让我迅速地消瘦下去。在不到3个月的时间里,我整整瘦了20斤。

表叔常常来寝室看我,经常带我去附近的饭馆儿打牙祭。到中医院学习了几个月之后,我终于跟上了大家的节奏,再也不用在哄笑声中被老师点名批评了。母亲想我想得不行,表叔便陪着我回了趟家。

到家之后,母亲一看到瘦了一圈儿的我,眼泪哗的一下就下来了。爸爸板着脸孔说道:"哭什么哭!男人就该出去遭点儿罪,吃点儿苦!生铁不打不成钢!"说着,拉着在一旁尴尬站着的表叔走了出去。母亲摸着我的脸心疼得不得了,连忙跑到厨房里给我炒菜做饭。吃饭的时候,母亲把菜推到我面前,拿起筷子使劲儿地给我夹菜,一边夹菜,一边擦着眼泪。

很晚的时候,喝得醉醺醺的爸爸和表叔回来了,两个人都带着轻伤,我连忙跑过去扶住摇摇晃晃的他们。爸苦笑了一下,说人上了年纪就不中用了,老哥俩喝完酒居然摔得鼻青脸肿的。

从那之后,表叔一有空就带着可口的食物来看我,我也就真的再也没有瘦下去过。

半年的学习很快就结束了,在爸爸的资助下,我在省城开了一家很小的按摩院。原以为凭着不错的手艺，很快便能赚得滚滚财源，没想到人们对我这个没有名气的毛头小子根本不买账，常常一整天见不到一个顾客。爸爸发动了所有的人际关系，让在省城的老朋友们帮着打广告，做宣传。时间一长，广告的效应还真的显现出来，主动来找我按摩的人越来越多，生意逐渐好起来。

可没想到的是，不久之后我又遇到了麻烦。不知从什么时候开始，几个小地痞就常常在我按摩院附近转悠。后来，他们便走进来按摩，每次按摩的时候都想方设法地找麻烦，找借口不给钱。人生地不熟的我本着多一事不如少一事的原则一再迁就，可他们变本加厉起来，为此，我苦恼不已。

几天之后，当我刚刚打开店面的时候，风尘仆仆的爸爸便出现在我眼前。原来，他从母亲那里知道了我的情况之后，连夜赶了过来。他在店里陪了我两天，那群小地痞又找上门来了。

做完按摩，他们又找借口不给钱，吵闹着就要向外走。这时，瘦弱的爸爸猛地拦住他们，和他们理论起来。对方根本没把他放在眼里，骂骂咧咧地继续向外走。我再也压不住心头的怒火，从厨房抄起菜刀就追了出来。瘦小的爸爸不知从哪里来的力气，猛地拽住我。几个小地痞先是一愣，随即怪笑着起哄。"有种你就往我身上砍啊！砍了我，我看警察管不管！"

几个小地痞一阵哄笑，周围聚集了越来越多的人。爸爸的脸庞像燃烧的火焰一样炽热起来，他猛地捡起一块砖头，对方连忙向后退了回去。"哥几个，别怕！他打了咱们，警察得抓他！"几个浑蛋叫嚣着。突然，爸爸拿起砖头狠狠地砸向自己的额头……

鲜血如花般在爸的头上绽放，在场的所有人都傻了眼。"我敢在自己头上拍砖头，也能在你们头上拍，谁想试试！"爸爸面孔狰狞地大喊着。几个小地痞吓得连滚带爬地跑了出去。我疯了一样拦住一辆出租车，抱着他直奔医院而去。

后来，母亲问他当时怎么想起来砸自己的额头。爸爸白了她一眼，哼着鼻子说道："要是我打坏了那群混蛋，咱儿子还能做生意吗？"当母亲把这话转告给我的时候，我连忙转过头去，不让她看见我眼中的泪水。

事后，我们才知道，那些小地痞是不远处一家按摩店雇来捣乱的。从那之后，再也没有人在我店里捣乱过。

时光如水，两年的光阴转瞬而过。生意越来越好的我在市区中心买下了一个更大的店面。开业的那天，来了很多人。爸爸妈妈也特意从老家赶了过来。吃饭的时候，坐在我身旁的表叔笑着对我说："你爸为你真是耗费苦心啊！那年你学按摩时瘦了20斤，你爸当时就和我急了，我们老哥俩喝完酒之后，因为这个还打了起来。"我猛地转过头，呆呆地听表叔继续说下去，"后来，喝多了的他抱着我又骂又哭，委屈得跟孩子似的，哭着让我好好照顾你，哭得我都心酸。"说到这里，表叔红着眼睛猛灌下一杯白酒。我的眼睛也忽地湿润了。

"人哪！有了孩子就是不一样，你爸爸小时候跟个小女孩儿似的，见到血都恶心。可他居然能拿起砖头拍自己的脑袋！这得下多大的狠心啊！"我身体猛地一震。我从不知道爸有晕血的毛病，此时此刻，我忽然有种说不出的震撼，一种温暖而潮湿的液体开始翻滚起来。

爸爸在人们的祝福声中坦然享受着儿子带给他的成就感。他挺直胸膛，像个英雄一样享受这一刻的幸福。不，他就是一个英雄！

亲情，或是温暖，或是无私，或是奉献，都让人感慨不已，而爸爸用他的亲情教会了我挺直胸膛做人！

我挺直胸膛，端起酒杯递了过去。"爸，我敬你一杯！"爸爸的泪水混在酒水中一饮而下。

这是一个生命对另一个亲近的生命最好的回报。

帅哥老爸，向前冲

◎海 瑟

你早看出他配不上你的女儿

送走老妈那天我跟你从墓园出来，你指着不远处搂着妖艳女人招摇过市的男人说：那人……

我拉着你钻进出租车，我说：你眼神不好，乱认什么人？你瞅了我两眼，叹了口气说：是啊，该配副眼镜了。

其实，我早就知道他有别的女人，只不过我不愿意承认罢了。他千不该万不该让你看见。那些天，你的牙疼得坐立不安。我沉默不语，你的牙很多年没疼过了，就是老妈过世，它们都没起来造反。可是现在……

也许你早知道这样的结局。见他第一面，你就把我拉到厨房对我说：相由心生，这小子长得这么不着四六，恐怕不是好饼。人在爱情里，哪肯听别的话。丑有什么关系，关键是爱我。你叹了口气，说：那就多长点心眼儿，别让自己受委屈。

两天后，吃着你做的巨难吃的酸菜粉我跟你说我跟他分手了。

你的手抖了两下，手里的筷子落到了地上。你和我一同弯下腰，头撞到了一起，很疼。我坐直，揉着脑袋，说：帅哥，你练过铁头功？你笑了，笑着笑着，眼里就含了泪。老妈走后，你爱哭了。看电视剧会抹眼泪，听别人聊天也会掉眼泪。我很想抱抱你，但是，只是给你夹了一筷子菜，我说：多吃点，你看你都瘦了。

你摆好一双鞋，等待脚归来

那段日子，我每晚醉醺醺地回来倒在床上便睡。我不知道你的日子是怎么过的。我以为自己是天下最不幸的人，直到那天，我头重脚轻打开房门，那双粉红色的拖鞋鞋跟朝外在踏垫的正中间等着我的脚。而你的旧凉鞋则很卑微地躲在踏垫一角，一只鞋带断了，用透明胶带缠在一起。心里突然有点酸。老妈走后，我不曾陪你逛过一次街，不曾为你做过一次饭。虽然我大包小包地给你买东西，但我从没看你穿过。鞋子、衣服，还是老妈活着时给你买的。从前你不是这样的，我给你买的新衣服，你从不让它过夜。你喜欢穿得板板正正地出去，得意扬扬地显摆：看这料子好吧，格子给我买的，好几百呢！

你什么时候变了呢?老妈走了，你变得很爱睡觉，一觉连着一觉，总像是睡不醒。我晚上回来时，你常常是睡在了沙发上，电视里闪着雪花。可就是这样，我床头的一杯奶，门口那一双鞋跟朝外的拖鞋，你从来没忘了放过。

客厅的灯亮了。你揉揉眼睛站起来，问我想不想吃点什么。我刚一张口，肚子里翻江倒海地往上涌。跑进洗手间，吐得涕泪满脸。抬起头，从镜子里看到你，你的身体略略弯着，手伸出来，想帮我捶捶背，却终究没落下来。我洗净了脸，叫你去睡。你转身，顿了顿，突然又转身冲我吼：挺大个姑娘，天天喝得醉醺醺的，像什么样子。为了那个小子，你这样折腾自己，值得吗?

我的泪又被你几句话催落下来。我说：爸，我不是为他……

你说：我早就看他不顺眼，我闺女这么漂亮，咋也得找个超过她爸的。是他没福气，该哭的是他。

我以为，你要骂我有眼无珠的。可这次也像从前我摔倒时你怨石头，我考砸时你怨题出得太难一样，你护着的总是我。你吼我，不过是在心疼我，是吧?

你是打着灯笼都难找的人

你一直觉得自己帅，而且不是一般的帅。你指着电视里的刘德华问我：格子，你说这人哪帅?挺老大个鼻子。我年轻那会儿那是没条件，有条件打扮打扮，还不惹得小姑娘都给我发短信啊?

正碰上老妈端一盘酸菜粉从厨房出来，问谁给你发短信?你偷偷向我吐了吐舌头，说：想当初，你妈就是看中我浓眉大眼大高个才跟的我。我直通通地问你：你英俊潇洒，风流倜傥，当初怎么就相中平凡普通貌不惊人的我妈了呢?

老妈瞟了你一眼，暗示你小心说话。你嘿嘿笑了两声说：你妈是秋后的萝卜——心里美。我比较看中内在。

一句话老妈不乐意了：年轻时，有的人哭着喊着追我，一街头子的人全知道，大冬天的，不嫌冷，穿个白衬衫冻得上牙打下牙，弄得你姥爷直问我这小伙子是不是有病……

你一听大事不好，赶紧转移话题。你说：都说男孩子找对象像妈，女孩找对象像爸，你说咱家格子是不是得特别难找对象?我和老妈异口同声地问：为啥?你哈哈大笑，说：找像我这么帅这么好的男人，不容易啊!

我嘻嘻笑着羞你。

喝了一口粥，大概你还是觉得有你这样的老爸，我比较难嫁，你说：格子，我看那个刘晓冬人不错，像我儿子。

因为这句话，老妈三天没理你。刘晓冬像你儿子，那他那个寡妇妈算啥?你长吁短叹：下辈子，我还是长得平凡点好了，省得你妈整天吃醋。

虽然你跟老妈整天斗嘴，但是我知道，你是个好男人，一辈子安分守己，从来没在外面花天酒地过。

有一点，刘晓冬真的很像你。在我面前，他说得最多的一句话就是：我随你。但是，姻缘这事真的很难说。我爱上了那个最不着调的男人。我跟你说：就算他的脸长得像车祸现场，我也爱他。这点我继承了你的光荣传统。我看中的是内心。

你叹了口气，不再说话。

帅哥老爸，你要有你的幸福

你约刘晓冬来家里喝酒。你和刘晓冬都没啥酒量，半瓶小烧喝下去，两个人的舌头都打了卷儿。你开始推销我：格子长得贼漂亮，这点随我。要不是在咱这地方埋没了，准比林青霞还红呢。格子聪明，你别看她一天满不在乎的，啥事心里有数着呢。

我坐在你面前，给你倒酒，拉长声叫你爸，你脸红彤彤地说：咋，害羞？刘晓冬看了我一眼，说：这我早知道。我瞪他一眼，给他倒上酒。突然觉得高高大大的刘晓冬真的很像你。只是，他不爱说话，不夸自己帅。

我开始跟刘晓冬约会。回来晚时，你依然睡在沙发上，口水会把抱枕弄湿。我喊醒你，你依然会问我吃什么。可是，家里的牛奶没了。你说买，每次都忘记。那天，我中午回来时，你又想起这事，穿了断带的凉鞋出去。我喊你，大中午的，买什么买？你跟没听见似的往外赶。转了一圈你又开门回来。你说：这脑子，没带钱。你满头大汗地下楼去。透过窗，我看到你的背弯着，手背在后面，裤子肥大，那件老头衫松松垮垮地挂在身上。老爸，什么时候，那么爱耍帅的你开始不修边幅了呢？

你搬着一箱奶回来，瘫坐在沙发上，我倒水给你，说：爸，我总不在家，找个人陪你吧？

你喘了口气说：都土埋半截的人了，还找什么找？说这话时，你喘成一团。你老了，真的老了，从前像一棵白杨，给我遮风挡雨，现在，你像一棵草，孤独落寞。我跟刘晓冬说了你。刘晓冬说：其实，我妈也很孤单。我的心里一亮，或许……

星期天，拉你去商场，你不再像从前那样兴冲冲的了。你说买那么贵的干什么？成天在家里待着，穿瞎了。我板了脸，告诉你我不喜欢你这样。我喜欢你自信地说自己是帅哥的样子。你像个受气的孩子撅着嘴进了试衣间。好半天，你穿着新衣服、新皮鞋扭扭捏捏从试衣间出来，导购小姐说：大爷，你简直就像是中央首长嘛。我说：那是，我老爸年轻的时候，迷倒一街头子的女孩。你瞪了我一眼，说我没大没小，脸上却开了一朵菊花。

我挽着你的胳膊买菜，我说：帅哥同志，走在你身边，回头率增加了好几个百分点啊！你点了点我的脑门问：你老爸帅还是刘晓冬帅？

我歪着头，很认真地想了想，说：当然…… 当然是……

老爸叹了口气，说：算啦，女生外相，有了姑爷忘了老爸。我搂住老爸：当然是我的老爸帅喽，我的老爸要是赶上好时候，四大天王、F4直接下课。

　　你笑呵呵地骂我贫嘴。那一路，你的腰板挺得很直。到家你下厨，我帮忙。你快乐地哼着《小白杨》。我说：老爸，其实，你真的挺帅的。你拿起一片西红柿塞到我嘴里，你说：格子，爸看到你又像小燕子一样唧唧喳喳了，真高兴。

　　我的鼻子酸了，我的声音哑哑地说：爸，从前都是你哄我快乐。现在，你要听我的，我希望你有你的幸福。

　　你没明白我说的意思，门铃就响了。刘晓冬跟他妈进来。你愣了一下，我喊：帅哥，愣着干吗，还不准备开饭？

　　拿碗时，我对你说：帅哥老爸，学学阿米尔，冲啊！

　　你瞪了我一眼，说：你这丫头。那天，你跟晓冬妈慢悠悠拉家常，我的一颗心落了下去。老爸，你知道吗，你的快乐，才是我的快乐，你的幸福，才是女儿的幸福。就像从前，你保护着我的快乐。现在，你的幸福，我想帮你找到它！

心灵的眼睛

◎汤红霞

一

从小，他就是个虚荣心极强的孩子。他很聪明，学习成绩一直很好。他欺负父母不认识字，从不让他们到学校，考了满分的试卷他放在书包里不给他们瞧。但他好几次从门缝里发现，他们趁他离开的空隙偷看他的书包，然后两人相视着，笑逐颜开。

一年一年，他像竹子拔节一样郁郁葱葱长大了，他们也老了。到他考上大学的时候，家里早已是负债累累。父亲患白内障多年，因为一直没治疗，视力越来越模糊。父亲的几个兄弟姐妹都来了，关上门在外面不知说什么，言辞似乎很激烈。他隐约听到，亲戚们要父亲先治眼睛，说让他读到高中毕业就已经算对得起他了。

他在房间里走来走去，焦躁不安，他不知道自己面临的将会是怎样一种结果。不一会儿，门轻轻地被叩响了。是父亲。父亲说，娃儿你放心念书去吧，爸反正老啦，这眼睛就别管它，一时半会儿瞎不了的。你不要背任何思想包袱，好好去念大学，我和你妈再想办法凑齐你的学费。

他一下子惊喜得差点儿跳了起来。但转念想到父亲的眼睛，鼻子又酸了。他咬了咬嘴唇，突然低下头搂住了父亲。瘦小的父亲，只及他的胸膛，在他怀里像一根小草倚着大树。而这棵大树，仍然要依靠小草来给他生命力和养分。那是他懂事以来和父亲的第一次拥抱，感动之余他暗暗发誓，将来一定好好报答他们。

大学期间，他没有回过一次家。一方面是为了节约路费，另一方面也是为了多些时间打工挣钱。每次给父母去信，回信总是说一切都好。

二

大四时，他狠命地追求起系里一个高干的千金。那女孩刁蛮、骄横，但身边却围了不少目的相同的男孩。为了留在省城，他给她排队打开水买饭，在众目睽睽之下弯腰给她系鞋带、擦皮鞋；有一次他忘了她咽喉痛，端给她一碗放了辣子的米粉，她二话不说就甩碗泼了他一身，他用3秒钟极力平息愤怒再笑着认错……那样的时候，他就忍不住地怨恨自己无能的父母，他悲愤地想，如果不是脱胎于他们这样的穷窝，他堂堂七尺男儿，又何苦来受一个女人的气呢。

他用常人难以忍受的委曲求全击败了所有情敌，终于赢得她的垂爱。在她父亲的关系网下，他顺利进入了一家报社。看到有些同学还在为工作东奔西走，他庆幸自己的明智选择，更加觉得她就是他需要的一切，失去什么，也不能失去她。

偶尔，他偷偷寄点儿钱回家，但从不超过两百元。不是舍不得，他怕的是父母以为他在城里好了，过来投靠。那时他已结婚，和她住在两百多平方米的大房子里。

有天他收到一个家乡寄来的包裹。打开来看，是4双布鞋，男女式各两双。里面有封信：娃，城里的皮鞋硌脚，特别是你媳妇儿，高跟鞋穿久了一定脚疼……

他的眼睛有点儿潮，在那个常停电的小村子，他可以想象老母亲是如何在煤油灯下为儿子、媳妇一针一线地缝做，腿患残疾的她又是如何艰难地拿到十几里外的镇上去邮寄。然而，妻子说那土得掉渣，要他赶紧扔掉。看着她轻蔑的眼神和高昂的头，他腾地站起，举起手。她怒目圆睁：怎么，想打我？打呀打呀，打了我你马上滚蛋，回家陪他们种田去！

他的手颤抖着，最终还是"啪"的一巴掌清脆地打下去——只不过，是打在自己的脸上。这狠狠一掌，是替父母打的，他疼得眼泪都掉了下来。打完之后，他亲手将那包裹扔进了垃圾箱。

三

在两三年的时间里，凭着自身的才气和岳父的帮助，他成了省里的名记者，业余创作的情诗和歌词屡获各种奖项。忙碌的日子让他渐渐忘了远方的父母，直到一天电视台有一档音乐节目做他的专访，漂亮的女主持问，能否告诉大家，是哪两位伟大的双亲培养了这样的英才？

成年累月积压的父母的影子一下子浮起在脑海，他心里慌了，当年的虚荣心仍撕扯着他。他艰难地咽了下口水，有些结巴地说：我父母，都、都是高校教师……想想又赶紧补充道：呃，现……在，都退休了。说完已是满身冷汗，他生怕被继续追问是哪所学校，还好对方适可而止，他才虚脱般地喘过一口气来。

不久有个采访任务，要他回家乡采写一名干部因公殉职的事。他有些欣喜，心想终于有机会顺路回一下老家了。回家收拾行李时，不料妻子要跟他一起去，说正好休息几天一人在家很寂寞。他暗暗叫苦，不得不取消了看望父母的念头。

当车子风尘仆仆驶到家乡时，下起了大雨，整个天空灰蒙蒙的一片。他心里酸酸的。一别经年，县城还是没多大变化，不知养育他长大的村庄是否依然如故？他示意司机将车开往他曾熟悉的小镇。不能回村，能看一眼小镇也好啊。轿车在小镇的街道上缓缓前行，他目不转睛地盯着雨中的一切，近乎贪婪。

然后，他仿佛被电击一般地愣住了，半晌才对着司机大叫了一声：停车！车停下了，车里所有的人惊诧地看着他，而他转回头对着车后面的一幕傻了眼——他看见了数年未见的父母！几年的光阴，二老的背全驼了，花白的头发和皱巴巴的衣服正簌簌滴着水，相互搀扶着在雨帘里溜溜滑滑地行走。父亲的眼睛看来已完全失明。他右手握着根长木棍在地面上敲点探路，左臂被母亲搀着，背上有只粗糙的木盒和两个小板凳。木盒的麻绳上系小铜铃，盒子外露出一块粗布的片角来，布上一个大大的"命"字隐约可见……

他明白了，父亲是在镇上给人摸骨算命！难怪那年父亲要他买几本根据生辰八字算命的书寄回去，而他，竟然就信了父亲说是帮村里某某买书的话，其实这样简单的谎言只要用心去推理，用一秒钟就可以想过来，而他居然没有猜出。

他的心痛得有些痉挛，父亲因他读书延误治疗致瞎，他出人头地了却忘了父亲的存在。已丧失劳动能力的他们，就是靠这份朝不保夕的收入来应付风烛残年吗？现在大雨如注，可怜他们还要一步步踩着泥泞回家，否则，夜晚来临便无处容身。

他想下车向他们扑过去，把落汤鸡似的二老扶上车，送他们回家。但手放在车门的门柄时却没了勇气，他不知道当他介绍那是他的双亲后，车里的同事和司机会在背后怎样耻笑他，妻子又会如何。

他只好试探着，表情淡定地说了句：那两个老人怪可怜的，我们送送他们吧！妻子骂他多管闲事。司机也说：您心真善，但往前面去是土路，路面都湿了，我们这车只怕不太好走吧？

他哑口无言，只有看着二老慢慢从车前走过。打开车窗，漫天雨丝斜飘在他脸上，借着大雨，他无法抑制地泪流满面……

四

他终于逮住一次出差的机会回了老家。

走进村子时已近黄昏，邻里乡亲热情地一拥而上，纷纷感谢他送给乡亲们的地方特产。他有点儿莫名其妙，他什么时候寄过特产了？但很快，他就明白过来，一定是父母，是他们从镇上买了城市的特产，替对家乡人疏忽、冷漠的他挣口碑啊。

这样一想，他愧疚得无地自容，只好讪笑着走开。刚转身，却很清楚地听到了人群中的窃窃私语：这小子狠着呢，他爹妈把他说得再好我也不信！还说儿子老写信要接他们去城里，他们自己舍不得乡里乡亲不愿意去哩。你瞧他在电视上人五人六的，结果一开口爹妈都不认了，说是什么什么高校教师。当初他爹妈从棉花田旁边把他捡回来时我就劝过了，捡来的孩子不好养呀……

捡回来的？原来自己不是父母亲生的？！仿佛一记晴天霹雳，一瞬间他的心被炸成了万千碎片。他走过去张嘴想问问什么，喉咙却被哽住了，一个字也挤不出来。看着他的惊愕，人群突然不约而同地一下子散开了，留下他一个人呆呆地站在原地。难怪他长得一点儿也不像他们，难怪他考上大学那年，一屋子的亲戚都说让他读到高中毕业就算对得起他了。

这些年来，他一直心安理得地享受着他们的疼爱，埋怨着他们的身份，却不知他们于他，只是毫无血缘关系的陌生人啊。而他为了所谓的前途，竟然忘恩负义，攀附不爱的女人过着富有却低贱的日子，亵渎了他们高尚的付出和爱。他得到了一切，却把良心丢了。

他踉跄着跑进养育他长大的土屋里，老父亲用两手在空中摸索着问谁呀？他带着哭腔大叫一声"爸"，双膝便跪下了。眼睛失明，只是看不见俗世凡物，而心灵失明，就看不见亲情的伟大。那一刻，万语千言都无从表达，他唯一知道的是，自己该如何走以后的路了。

爸 爸

◎易 鸣

一个智力和发音器官完全正常的3岁女孩，用了98天才学会叫一声"爸爸"。

她叫叶露，一对农民工的女儿。叶露生下来就是"双耳重度神经性耳聋"，什么也听不见。这病没得治，就算有得治，她家也没钱。

有好心人告诉这对夫妻可以教女儿唇读，于是，这对夫妇就教起来，从女儿3岁时开始。

夫妇俩都是文盲，还有点憨，好心人去家十几次，才让夫妻俩听明白啥是唇读。所以，夫妻俩不可能懂得"方法"、"程序"什么的，只知道女儿听不见声音但能发声，那就不能让女儿连话也说不成，女儿不能不会说话。唇读能让聋子说话，他俩就一定要做到。

所有知道此事的人都断言：这是不可能的！多少精明父母都很难做成的事，这对憨憨的夫妇别就异想天开了！

丈夫是拉板车卖煤球的，妻子是在家里给人家洗脏衣服的，家是每月30元房租的小黑屋，是房东家原来放摩托车的。院里还有几家房客，很快就知道叶露在学说话。爸妈教得很惨烈，声音也很大，有时会成夜地教，但没人烦，人们都突然发现能听见声音能说出话来就是幸福，都对声音情有独钟了！

常是这样一幅情景：叶露坐在地上，爸爸妈妈跪趴在她脸前，都反复地说一个词：妈妈！妈妈！妈妈！妈妈！……叶露很乖，也很机灵，但很难明白。她从发呆到嬉笑到模仿，用了9天时间才明白：两个亲人不停地磨动嘴唇是为了让自己也磨动嘴唇。

叶露第一下试着磨动嘴唇时，夫妻俩高兴得真想满地打滚儿。

但，叶露也只是跟着磨动嘴唇，还是叫不出妈妈。她从来没听见过"妈妈"，从来没有有意识地发过声，从来没有嘴唇和气流相互作用而产生不同声音的经验，她不知道什么是声音。

夫妻俩没别的办法，还是一起跪趴在地上，对着女儿反反复复地叫妈妈妈妈妈妈妈妈……让女儿明白光磨嘴唇是不行的，要用力，要让力气把头和脖子牵动，要比平常呼吸的动作大，胸部要一下一下起伏……要发出声音！

第17天，叶露突然间叫出了："妈妈！"极其短促的一下子！

夫妻俩呆了几秒，然后一齐张大嘴哇地大哭起来，叶露吓呆了。夫妻俩赶紧憋住哭，换成笑，笑着抱女儿亲女儿，跑去给女儿买好吃的好玩的，再跪下来，让女儿再叫妈妈。

叶露笑了。她感觉到那与从前不同的一下子让两个亲人高兴成这样了，她也感觉到那一下子是用了气力的。在两个亲人的引逗下，她试着还那样做，成功了！她会叫妈妈了！

当然，叶露并不知道她叫出来的是"妈妈"，她听不见，她只能感觉摩擦和气流，看见妈妈时，她就那样摩擦嘴唇让气流冲动一下就行了。

夫妻俩坚信，只要会叫妈妈，一切都能学会的！

接下来当然是学叫爸爸。

这下难了，夫妻俩苦苦教了十几天，什么办法都用了，什么样子都做了，叶露发出的声音还是"妈妈"。妈妈哭笑不得，爸爸撇了嘴，说当爸的就是比当妈的难，连这两个字也比妈妈重，女儿怎么用力就是发不出来。院里的邻居也都觉得这话有哲理，爸爸就是比妈妈难，让孩子叫一声都这么难！

难就更得努力，爸爸当然就要付出更多的努力。他白天拼命地卖煤，晚上尽量地少睡，睡下时搂着女儿教，坐起来对着女儿教，站起来举着女儿教，跪着教，趴着教，笑着教，哭着教，指妻子再指自己对比着教，发一声"妈妈"再发一声"爸爸"，反反复复做嘴唇不同的开张程度教……

第98天，就在他泪流满面声嘶力竭时，叶露很响亮地发出一声："爸爸！"

他就像突然死了一样抱头蜷成一团一动不动。妻子吓坏了，扑抱他，他一下子跳了起来，疯了似的大叫着跑了出去："爸爸！爸爸！……"人们都明白这憨人儿是听见女儿叫爸爸了！

人们都掉泪了，原来爸爸是这样产生的！

叶露连爸爸都会说了，还有什么不可以说的！

许多人的预言泡汤了。第四年，叶露上学了。一切表现都是一个正常而且优秀的学生，她靠"唇读"听课和交流，她学习成绩稳保第一名，她的演讲、书法、歌舞、作文、画画等连续获大奖。在所有场合，没一个人能发现她是个聋子。

许多专家和名医也纳闷了：这不可能！

6位专家把叶露和她爸妈接到了医院，只为探秘，免费给叶露做"人工耳蜗植入术"。

成功了。13岁的叶露第一次听见了声音，她吃惊之后，面对爸爸和妈妈，发出的第一个自己也能听见的声音是："爸爸！"爸爸泪如雨下抱起她，大声回应！她抱紧爸爸一声声地叫，爸爸一声声地回应。所有在场的人都哭了，都明白了，都不用再纳闷了。

专家遗憾的是，这对夫妻没能把教女儿唇读的过程写成一本书，那肯定是古今中外这个领域最权威的一本书。专家很想把这本书补写出来，但很快就明白了：这是不可能的，因为，和许多憨人儿一样，这对夫妻对所做的事是说不出来的，除了憨憨的行动。

叶露是这样说的："爸爸用了98天教会了我叫爸爸，爸爸妈妈用了10年时间教我唇读，谜底就是全部的亲情和全部的希望！我会成为最争气的女儿，回报给爸爸妈妈全部的全部！我要让爸爸妈妈成为世上最幸福的爸爸妈妈！我失聪时已经能做好一切，现在我能听见了，就没有我做不到的事情了！"

是的，叶露！

谁是谁身上难堪的印痕

◎龙小白

    他的父母都是农民，不识字，也无法带给他任何的荣耀。他年少的时候因为成绩出色，被保送到市里读最好的中学。就是在那时，他开始借外人的视线，学会审视自己卑微的出身和父母粗鄙的言行，无意中给他带来的重重的烦恼。

    他犹记得读高一那年，他与一群人正在走廊里说笑，母亲突然就走过来。他先看见了，却并没有立刻迎上去，而是在母亲的东张西望里尴尬地低下头去。正试图在人群的掩护里逃开的时候，却被母亲给兴奋地抓住了。他就这样在众目睽睽之下，任由母亲紧紧地拽着胳膊，说着琐碎的家长里短。原本那亲密无间的一群，此刻，陡然就与他有了距离；母亲起了球的线衣，土得掉渣的方言，一声又一声唤起他一直羞于对人提起的乳名，手里提的大袋的手工煎饼，无一不让周围的人觉得好奇而且热闹。像是一场精彩的戏剧，台下的人纷纷在他们的表演里笑成一团；而台上饰演小丑的他，却是在拼命的蹦跳里，忽地生出一种几乎将自己吞噬掉了的无助与悲哀。他并没有记清母亲说过的话，也忘了母亲是求人才搭了顺路车来专门看望他，将一肚子的话絮絮叨叨倾诉给他；他只是清晰地记住了那些外人的"关注"，和走廊里疏离的歌声与打闹。

    此后他便再也不让父母去学校看他，他宁肯浪费宝贵的时间，自己跑50多里回家去取不小心丢在家里的课本。他只是发奋地学习，将那些外人的嘲讽冷漠与不屑全都踏在脚下；一同踩下去的，当然还有原本让他温暖的父母的关爱。

他终于考入了理想的大学。去读大学的那天，父亲执意要去送他。临上火车的时候，看着父亲挤在一群家长里，那么笨拙地帮他搬着行李，又因为有人无意中踩了他的脚，而差点在车上争吵起来，他终于一狠心，让父亲回家去，一切他自会处理。父亲第一次跟他急了，说这么小，又没有出过远门，一个人怎么行？他也在周围的吵嚷里发了脾气，说，你也没有去过北京，你连字都不认识，除了给我带来麻烦，还能有什么？他说完这句话，便觉得心里空了，那些淤积了许多年的泥淖与杂草，倏忽之间，全都被除掉了。50岁的父亲，在一个又一个人的推攘里，呆愣了许久。火车快要开了，他才像是什么都没有发生过一样，笑着帮他把行李放好，又去给他接了一杯热水，转身走了出去。他在慢慢启动的火车里，看见父亲在送行的人群里，拼命地跑着……

上大学后，他依然很少回家，电话是从来不在宿舍里打的。即便是在电话亭，也要等到最后，人都走光了，才匆忙地插进卡去，与父母说几句闲话。大部分的时间，他是泡在自习室里的。家庭的贫寒，让他始终没有勇气，与人自如从容地交际。而爱情，更是如此。他是在被学校保送了本校的研究生后，才开始与暗恋了他两年的媛交往的。媛低他两级，是学校一个教授的女儿。他应该会主动追求媛的，如果没有媛优越的家境阻碍了自己。媛也是个矜持的女孩，等了他两年，见他依然无动于衷，这才着了急，一次次地跑来找他。媛的父母，始终是不喜欢他的，尽管见面的时候，也会与他说话，但言语里明显地带了高傲与骄矜。幸亏媛是善良的，知道他的学费，都是贷款的；知道他的生活费，全要靠自己打工挣取；知道他的父母，无法给他的前程带来任何的帮助，但是依然深爱着他。

是媛的坚持，最终给他们的爱情带来了春天。媛的父母，为了宝贝女儿，动用关系将他留在大学。他毕业半年后，决定与媛举办盛大的婚礼。他没有告诉媛，在他们家乡，喜宴，是一定要在男方家举办的，否则，必将招来亲戚朋友的嘲笑。他的父母，也曾一次次无比憧憬地，谈起他的喜宴。但他还是隐瞒了这个秘密。

他的父母，不知何时学会了沉默。对于这次婚宴，他们没有说好，也没有说不好，只是托人捎话给他，说一定会坐火车赶去参加他的婚礼。但他还是不放心，甚至睡觉时都梦见父母在喜宴上，每说一句话，都招来外人的哄笑。他为此曾小心翼翼地打电话给父母，暗示他们到时一定记得不要随便说话，以便惹得岳父岳母生气。

　　喜宴终于来了。他在父母迈进豪华宾馆的时候，便红了脸。尽管穿了簇新的衣服，但他们的神态与举止，却是与周围的一切如此地不和谐。他只将父母安排到饭桌前坐下，便随了岳父岳母去接待那些身份显赫的客人。忙碌的间隙，他偶尔瞥见父母，在角落里孤单地坐着，像是两个他极力想要摆脱掉，还是躲闪不及的乡下亲戚。这是他们儿子的婚礼，但却是与他们没有丝毫的关系。甚至，在最终开席时，涨红了脸的父亲，始终结结巴巴地说不出一句上得了台面的话。一旁的导师，代表父母作了发言。他依着繁缛的礼节，一桌桌地敬酒，但那心，却是在周围人意味深长的注视里，碎掉了。

　　他在父母走后许久，还无法洗清烙在身上的难堪的印痕。半年后，他回家，去小姨家闲坐，聊起他的那场喜宴。小姨突然说，知道吗，你的婚礼，给你父母留下了那么深的疤痕，他们从来都不愿在人前提起你这个留在大城市富贵起来的儿子。你不愿意他们去看望你，不愿意他们给你打电话，不愿意他们在你的岳父岳母面前露面，甚至是说话；可是，你不知道，他们也同样不愿意让人知道，他们有这样一个忘记了自己根基的儿子……

　　他一直以为，父母是自己笔挺的西装上，难堪的一片菜汁儿，却没有想到，原来自己也是父母身上，一团尴尬的饭渣儿。

请让我像亲人一样爱你

◎纤手破新橙

一

我记得清清楚楚，8月9日那天傍晚下班时，暴雨如注，路上有些地方的积水甚至没过膝盖。我站在单位门口，焦急万分。已经过了下班时间快一个小时了，雨却丝毫没有小下来的意思。我不能再等下去了，给家里打了几次电话都没人接，我怕田田出事，一咬牙，把外衣蒙在头上，冲进了暴雨里。

落汤鸡一样打开家里的门，喊了几声田田，都没人应，我的心慌得不行。厨房、厕所、卧室，每个房间都空空荡荡。我在楼道里上上下下找了几趟，没有。我冲到小区的门卫房那儿，问看没看到田田，一个小保安说：五点左右，田田穿着雨衣，拿着伞，说要接你下班。我把他留下了，可一转眼，人就没了，我也没在意。

何田田啊，何田田，你好好的不让我操心比什么都强啊，还接我?恨得我直咬牙根。我冲保安发脾气：你没在意?我跟你说过多少次了，他虽然18岁，可是他只有5岁孩子的智商，我拜托你们留意过他的。保安有些不知所措，低眉顺眼地说：大姐，我不是故意的!

雨还在不停地下着。好天气，田田都会迷路，这样大雨天的，他会去哪儿啊?

妈临死前把田田托付给我，我是他唯一的亲人。为了照顾田田，女儿很小我就送她去住校，为了田田，老公受了很多委屈……没办法，谁叫我是他姐，是这世上唯一的依靠呢?想到这些，我擦了一把泪，总不能就这样等，我从家往单位走，一路上，使劲地看，希望可以看到缩在某一个角落避雨的田田。可是，街上除了偶尔轰隆隆开过去的车溅我一身泥水外，再就是孤零零在雨中渐渐亮起来的路灯了。街道像落光了叶子的树干，空空荡荡。

二

我把田田丢了。那一阵，我疯了一样走街串巷找田田，报警、贴小广告，跟老公吵。老公说:我们尽心找就行了，你也要好好保重自己，没有田田，我们的日子也还要过下去。我眼里喷火，声嘶力竭:你早就嫌田田是个拖累了，是不是?你巴不得找不回来他，是不是?老公不理我。女儿说:妈，你不能这么没良心说爸爸，小舅舅走丢了，爸爸也很难过。

我的眼睛又干又涩，田田丢了，我怎么对得起你九泉之下的姥姥?

母亲弥留之际，紧紧拉住田田的手，对我说:无论怎么样，都别扔下他!我跪在地上，跟母亲发誓，我不会，决不会扔下弟弟。

可是，现在我把他弄丢了。他是去给我送伞……

老公有些神出鬼没，每晚吃过晚饭，都说公司要加班，匆匆出去，很晚回来。我没心思管他，那天却在他的衬衫上发现了红色的印迹。我想:如果他真的想不过，就不过了吧!我跟他吵，他什么话都不说，吃过饭依旧穿衣出去。我跟在他后面，走出小区，我看到他转进了街口的小卖店，出来时，手里拎着小桶和一沓厚厚的红色的纸单。我一下子明白过来，跑上去，紧紧抱住他。

那个晚上我们贴了一宿寻人小广告。老公说:找到田田，我就来清理。我苦笑了一下，老公一向是遵纪守法的人，贴这种小广告，也真难为他了。

陆续有人打电话提供线索。我跑去，有的是想趁机敲点钱，有的也是智障孩子的亲人，安慰我一下。我心里的希望一次次被燃起，又一次次灭掉。

每个晚上我都睡不着觉，田田会睡在哪儿呢?他出门时穿得很少，会不会冻着呢?会不会遇到了车祸，或者是坏人?我不敢往下想。老公说:你相信，这世界上还是好人多。咱们田田是个有福的孩子，一定会遇到好人的。

再一次拿起听筒时，我听到一个女孩子清脆的声音，她说:大姐，我这有个男孩，跟你寻人启事上写的很像，你到同福街18号"一米阳光"小店来吧，我跟他在这儿等你！

我进了"一米阳光"小店时，几乎以为那就是田田。一样的大高个子，一样的干干净净，一样的天真无邪。可他转过脸，我却大失所望，他不是田田。我失望地要走时，看到了他旁边的女孩。她塞给男孩一个游戏手柄，说：乖，自己玩，姐姐跟这个姐姐说几句话。男孩笑着点点头，埋头玩游戏机去了。

我指了指男孩，问：他是谁啊?女孩拉过一个凳子，让我坐下。阳光里，我听到了他们的故事。

三

女孩叫白洁，大学毕业后，开了这家小店。半年前，春寒料峭，她打完烊，想快点回家喝妈妈的一碗热汤，却在街角看到了缩成一团的男孩。男孩躺在地上，不停地抖，开头白洁以为他喝多了酒，走了过去。可是，又有点不放心，转回身，喊了两声，有几个路人围了过来。男孩说话语无伦次，有人报了警，白洁跟警察把男孩送到医院。医生说男孩是重感冒，而且，他是弱智。

事情到这儿，白洁本就可以继续过她安静的生活，可是，不知怎么，她总是放不下那双信赖的眼神。她要走时，男孩突然叫：姐姐，我想喝水。

从那天起，白洁就收留了这个男孩，他说自己叫福宝，白洁也就叫他福宝。我和白洁说话时，福宝不停地转头看我们，遇到我的眼睛，他会轻轻地笑一下。我的眼睛有些湿润了，白洁像我一样，是个好姐姐。不，她比我还好，因为，她面对的是没有血缘关系的弱智孩子。

在寻找田田的日子里，白洁的"一米阳光"成了我的落脚点。进了小店，看到福宝，我就会安心。天渐渐地冷了，田田应该穿毛衣了，我就买了橘黄色的毛衣送给福宝。福宝乐呵呵地穿上，冲我笑，然后跟在我身后问些小孩子的问题。我再说一句，他再问一个"然后呢?"恍然间，我会以为跟我说话的是田田。

下第一场雪时，我去了白洁那儿。一进门，白洁从炉子旁边站了起来，眼睛红红的，福宝躺在床上，没有像往常那样看到我来，欢呼雀跃。

我问白洁怎么了，白洁指着福宝说：他感冒了，却死活不肯去打吊针！我这是图什么啊？我明天就把他送到孤儿院去。

福宝的身子一抽一抽的，看得出是在哭。我坐到他身边，跟他说：告诉大姐，为什么不肯打针？

福宝说：姐姐没钱！

白洁说：有钱没钱不用你管，你少让我操点心就行了。这话跟我说田田的一模一样。

我从兜里掏出准备好的2000块钱递给白洁，白洁死活不肯接。我说：也不是给你的，而是为我家田田，我这样对福宝好，希望也会有人像你我对福宝这样对田田好啊！

四

春天来时，田田走失整整10个月了。我把白洁和福宝当成了家里人，他们也把我当成了依靠。我坚信，我的弟弟田田正在某一处，被好心人照顾着，然后等我找到他。

我没找到田田，福宝却找到了他的父母。白洁的故事被电视台一个记者发现了，拍了个片子，播了出去，很快，福宝的父母找了来。福宝被领回去那天，我和白洁都哭得稀里哗啦的。福宝一步三回头，喊姐姐。白洁说：姐会去看你的，你要乖，别总想着玩游戏。

福宝点了点头。走了很远，又跑回来，拉住白洁的手，把手里的几毛钱塞给她，这是我给你买蛋糕的……

白洁把福宝搂在怀里，我想起那些天，福宝总是叨咕着姐姐要过生日的话。虽然他们是被上帝咬过的苹果，有了缺陷，但是他们也同样是心地纯白的天使，或者，在他们的世界里，爱和恨都更简单直接些，你对他好，他就会对你好。

我悄悄擦去腮边的泪水，想起田田，也会有人像亲人一样爱他吗？

我跟白洁去孤儿院做义工，我努力把对田田的爱播撒出去，希望能够为身在某一处的田田换取同样的爱。

　　夏天来时，女儿和老公都加入到义工的大军中来。那段日子，我们仍总是说起田田。我不再歇斯底里认为他遇到坏人了。女儿说：妈，你的世界里善是不是多了很多？我仔细想了想女儿的话，认识白洁这段时间，我真的少了很多抱怨，可以用温暖的目光看这个世界了。

　　我开始学着建一家智障亲属网站，等田田回来，我再不把他藏在家里了，我要带他多交几个朋友。我的未来一定是和田田在一起的。

　　偶尔还会收到有关田田的线索，我从不放弃哪怕一点点希望。那天清晨，我接到白洁的电话，她颤着声音说：大姐，福宝的妈妈说，离他们村40里的集贤镇边上的一个村子里，收留了一个叫田田的孩子，她去看了，跟你寻人启事上的照片一样……

　　我的泪顺着脸无拘无束地淌了下来，我知道，那些善良的种子，终于开了花……

感谢我的自卑

我们抬头看天，天空仿佛还是当年的样子，碧蓝碧蓝的，阳光一泻千里。但到底不同了。细雨湿衣看不见，闲花落地听无声。有多少的青春，就这样，悄悄过去了。

绝望之后的曙光

◎毕淑敏

我们5个女兵是1969年4月被分配到西藏阿里军分区的，当时我16岁半。

过"五一"了，说有一辆大轿子车和一辆大解放车结伴上山，让我们5月2日9点到大门口集合。当我们按照预定时间准备上车的时候，才发现探家回来的干部战士早就上了车，黑压压地把轿车的位子都坐满了。那时候的军人没有照顾女士的概念，况且他们原也不知道会有女兵上山，就满车一言不发地盯着我们看。我是班长，看看车子最后一排还能挤进两个人，就叹了一口气说，3个人上解放车大厢板，两个人留在这辆车上，等明天咱们再内部调换一下，自己把苦乐匀匀吧。

从喀什上到狮泉河，那时要走6天，道路极其颠簸，在一次最剧烈的晃动中，一个女兵的头把大轿子车的天花板顶碎了一个洞。那个女兵姓孙，疼得她抽噎起来，满车的男军人们却一阵哄笑，说，你是孙猴子啊，有一个铁打铜铸的脑壳，把车都毁了。

6天的路程，山高水远。我坐在解放车的大厢板上，穿着大头鞋，裹着皮大衣，蜷缩成一团。从车篷布的缝隙中看着阿卡子大坂和界山大坂上纷飞着的鹅毛大雪，听着缠有防滑链的车轮在雪地和碎石上碾过的细碎声响，觉得我以前在北京温暖家中读书的日子，是一个梦。6天中，没有任何男性军人给过我们以丝毫关照。当我们终于在第6天夕阳西下的时候，到达狮泉河镇，迎接我们的阿里军分区卫生科的领导又表现得匪夷所思。他们围着我们5个人转了好几圈，然后面面相觑毫无表情地走了。

5个女兵站在荒凉的戈壁上，完全不得要领。我至今仍要感谢大脑缺氧和严重的高山反应带来的木讷和迟钝，让我们在这段不知道有多久的时间内，没有哭，没有叹息，也没有思索，一言不发。在这段思维空白的时间里，我看着远处的夕阳像一张金红色的巨饼，无声无息地缓缓降入峰峦之口，大地变得一片苍茫。

等卫生科的领导再次出现的时候，就变得很热情了，连连说着"欢迎你们"，接过了我们的背包和脸盆。

科长后来解释他们的做法：曾经收到过南疆军区的电文，说是给卫生科派去了5名卫生员，但并没有说明是女子。在我们之前，阿里军分区从来没有女兵，所以他们头脑中也没这根弦。接站时，突然发现来者是女孩子，遂大吃一惊措手不及。他们原本是把我们分散安排在各个男兵宿舍，一见之下情知不妥，赶紧回去倒腾房子。

我们5个都是1969年的兵，2月入伍，在新兵连集训了两个月，学的都是齐步走投弹射击什么的，其余的时间就是种菜送粪，并没有经过任何医学训练。到了卫生科，马上安排我们到病房工作，连最基本的肌肉神经在哪里都不知道，就让我们开始上班了。

那时病房有12张病床，经常住得满满的，还要加床。记得第一天打针，老卫生员告诉我，你在病人的半边屁股上画一个"十"字，然后在"十"字外四分之一处把针戳进去就行了。千万不要打在靠内侧啊，那样伤了神经，会把人打瘫的。

这番话他跟我说过好几遍了，可不管他怎么说，我还是没法上阵。老卫生员一副恨铁不成钢的模样，答应我先在棉被上练习一下。我表示可以一不怕苦二不怕死在自己身上练习，但肌肉注射这个事，只能在别人身上练习，自己就不太好操作了。过了好几天，当我在棉被上扎得基本熟练之后，才推着治疗车进入病房。我的第一针是给一个叫"黄金"的战士注射青霉素。扎完之后，黄金一个劲儿地感谢我，说一点都不疼。我自己知道这是为什么。因为用的劲过大，针头全部飞快地刺进肌肉，所以几乎不疼。缺点是这样进针十分鲁莽，如果针断在皮肉中，取出来就很困难。算这位黄金战友命大，既不感觉到疼，也没有碰上断针这样的倒霉事，过了一关。

1970年底，要开始野营拉练了。我们都纷纷写决心书，报名参加拉练，要求到火线上去锻炼。繁忙的准备工作开始了，主要是给自己做一口锅，以便独立野炊的时候能吃得上饭。具体方法是先用锉刀把罐头盒锉开，这样才能最大限度地保存罐头盒盖子的完整，在做饭的时候少跑一点气。然后在罐头盒盖子(现在已经变成锅盖子了)上凿个小洞，在罐头盒锅体上也穿个小洞，两洞合一，用铁丝拧紧，简易小锅大功告成。

出发的前一天，我们把拉练需要携带的物品，比如枪支弹药、红十字包、干粮袋、帐篷雨衣、被褥行李等等，都背在身上，跳上磅秤一称，将近200斤。那时我们的基本体重(穿上棉袄棉裤绒衣绒裤大头鞋，戴上皮帽子)大约是120斤。也就是说，负重在70斤以上。

出发了。

风餐露宿，跋山涉水。1971年1月，数九寒天，阿里高原最寒冷的日子。日日急行军，给我留下最深印象的是从葛尔昆沙到班卡的一段路。设定的行军路线图要翻越无人区，路上完全没有水，所以要每人背上一块冰。也没有柴草，要背上牛粪。当天赶不到班卡就没有地方宿营，必须要走120华里山路。大约是早上3点钟，队伍启程了。

120里路，在海拔5000米以上的高山之巅，就是巨大的挑战了。上午还好，虽然气喘吁吁，总算不掉队地走了下来。中午吃饭的时间到了，要求各自起火。我们先是把背上的冰取下来，砸成小块，放到罐头盒的小锅里，然后再找到几块小石头，把罐头盒垫起来，算作灶台。再把牛粪干塞到石头的缝隙里，点火开始做饭。等到水开了，把干粮袋里的生米下锅，米熟了，就可以开饭了。

这个过程说起来简单，其实不易。单是在大风中划着火柴，就要费半天的工夫。火柴梗丢了一地，还是无法引燃，我向战友借打火机，连续打了50几下，才冒出火苗。我好不容易把牛粪火点燃，瞬即又被大风吹熄，只得重点。几番折腾之后，冰融化成了点点滴滴的水，发出咝咝啦啦的响动。我赶快抓起一把生米下锅，罐头盒内又无声无息了。千呼万唤好不容易才把米泡开，我尝了一下基本上可以吃了，却不料一不小心，支撑罐头盒的石头晃了一下，整个盒子倒扣下来，湮灭了牛粪火，所有的米粒也都洒在外头，白花花一地，马上冻结在石头上，没法吃了。欲哭无泪。正在想着是不是重新煮米，出发的号声响了。

一座险峻的高山横在路上。到了傍晚的时候，只爬到半山，饥寒交迫，我只觉得自己再也坚持不下来了。心跳得好像要从嗓子里喷出来，喉头咸腥，一张嘴仿佛会血溅大地。背上交叉的皮带，一条属于手枪，一条属于红十字包，如同两条绞索，深深地陷进了肩骨。两腿沉重如铅，眼珠被耀眼的冰雪刺得发盲，不停地流泪……我问自己，人这样活着还有什么意义？我身上的所有感官，感受到的都是痛苦与折磨，这样的生命，我再也不想拥有了。我要结束生命，从此长眠，埋骨雪山。

我开始认真地寻找致死的机会。我想，第一要像失足落下悬崖，这样就算因公牺牲，我就会被追认为烈士，对家里人也就有个交代了。第二必须摔得粉身碎骨，让人从高处一看就知道根本找不到我的尸骨。否则断了胳膊折了腿，还得劳烦战友们下到谷底抬着走，那我就成了罪人。两条想好之后，我已抱定了必死的决心，只剩下具体实施了。我原来以为死是比较容易的事情，其实真要寻死，也并不简单。第一次，我看好了一个地方，就要放开攀岩的手的时候，突然发现底下的石头不够尖锐，摔而不死就糟糕了。第二次选中的地方，又觉得那里的积雪太厚了，也难以一摔致命。第三次，怪石嶙峋积雪菲薄，摔下去必死无疑，但因为是在队列中行进，我后面的那个人亦步亦趋跟得太紧，如果我一失手坠落，背上凸起的背包在坠下的过程中撞上他，他在毫无准备的情况下，很可能被我牵连着一同摔下去……

我不能伤了战友的生命。机会稍纵即逝，我眼睁睁地看着那块最佳的自杀之地离我远去。天不可阻挡地黑下去了，天黑之后，自杀就变得更为困难。主要是看不清地形，如果摔不死的话，就会被活活冻死，那太可怕了。我不怕死，可我害怕慢慢地煎熬。

寻死不得，你就只有像架机器似的向前向前……队伍中是不能容忍停滞不前的。完全没有了思想，没有了方向，只有挺进。周围是一片黑暗，我从来没有见过那样黏腻厚重的黑暗，头脑中也是一片黑暗，如同最深的海底，渺无希望。

　　大约到了凌晨3点钟的时候，我们终于抵达了班卡哨所。我们不停顿地行走了24个小时，气温是零下38度。

　　那天晚上(正确地讲应该说是黎明)，我以为自己会蒙头大睡，不想脑筋却冰雪一样清冷。我想，人在最艰苦的时候，常常会产生绝望，以为自己就此倒下，一了百了。但只要不懈地坚持，其实也没有什么了不起的，曙光会重新出现。

　　1980年我转业回北京。接收户口的民警登记时问我：你一入伍分到西藏阿里军分区，一直到转业，都是在这个单位工作吗?我说，是。我当兵11年，只在一个单位工作过，那就是西藏阿里军分区。

感谢我的自卑

◎王虹莲

我曾经是个很自卑的人，即使现在，自卑还常常在，我觉得很多地方不如别人。

小时候，我长到10岁才从外婆家被接到城里上学，插班之后，我变成了一个沉默寡言的人。那时候，我去山坡上玩，去摘山里的果子，和周围的小伙伴们打雪仗，没人当我是个女孩子，我玩得野性而自由，但回到城里之后，我的衣服和鞋子让他们笑话，我的口音他们每天都在模仿，并且学我走路的样子，当老师提问，我用外婆的家乡话回答时，全场哄堂大笑。

自卑的情绪绵延开来。我不再和别人交流，不再说话，成绩不断地下降，我只盼望快点离开学校，快点离开这个让我感觉到自卑的地方。

后来我勉强考上一个三流中学。那时，我仍然自卑，那个中学有好多官宦子弟和有钱人家的孩子，他们整天在说自己吃的什么牌子的外国巧克力，穿的什么牌子的衣服，而我仍然寡言。我每天发呆，不知道日子如何结束，于是在本子上写写画画，看看天，数数蚂蚁。

后来的一天，我写的日记被老师发现了，我画的插图让美术老师看到了。

老师读了我写的日记，那是一段关于冬天的描写，我在书上看到一句写冬天的诗，于是用上了："墙角数枝梅，凌寒独自开，遥知不是雪，为有暗香来。"这于一个12岁的少年来说，是很重要的引用。老师的无意夸奖让我很温暖。美术老师让我给班里的板报画插图，虽然我仍然寡言，但我意识到，我，原来是一个重要的角色。

之后，我开始学习，开始努力，我从班里的第四十多名到前三名，然后进入年级的前三名。这个三流的中学，每年考入一中的人不会超过5个，那年，只考上5个，而我，是这5个人中分数最高的一个。

在升入重点一中后，我仍然是自卑的。

全市最好的学生都在这里，第一次摸底考试，班里55名学生，我排第五十位，虽然在初中时我的成绩是最好的，可我所在的中学是全市最差的，我哭了。一个人躲在一中院子里的合欢树下哭着。

我来自最差的中学，我英语口语的发音那么蹩脚，我的一切都那么落伍，那些从重点中学里考上来的学生分成一派，根本看不起我们这些三流学校出来的人，他们常常说他们学校的实验室图书馆，对于我而言，那些实验室图书馆根本没有过。

但我想，我们现在都是在一个学校！

我还是寡言，仍然不多说话，别人都睡后，我打开手电筒学习。我比别人早起一个小时来到黑乎乎的教室，因为还没有到供电时间，于是，我点上蜡烛学习。到期末的时候，我的成绩是班里最好的。

可我仍然自卑，觉得好多地方不如别人。我依然沉默，把太多时间交给了书。整个高中时期，我读完了图书馆里所有的世界名著，在高二下半年，拿起了笔。

我写了一篇青涩的小说，投给了当时的《河北文学》，两个月之后，我接到了用稿通知。我不相信自己的文字变成了铅字，我告诉了自己的同桌，她怀疑地看着我说，真的吗？不会吧？咱们学校还没有人发表过东西呢。

为了让她们相信，我努力地写，不停地投稿，当样报不断寄来的时候，我仍然保持沉默，我想，这些就是最大的力量，何必用语言？

上了大学，我仍然自卑。

我来自小城，留着过时的短发，瘦高，穿着小城带来的衣服，口音还带着浓重的家乡色彩。那些大城市的女孩子笑话着我的着装和口音，她们谈着奢侈化妆品和高尔夫的时候，我还不知道那些外国名字是干什么的。有一次我不小心碰碎了一个上海女孩子的香水,她嚷着,你赔得起吗? 这是夏奈尔啊!

我才知道那瓶香水相当于母亲一个月的工资。

我开始疯狂地写稿子，泡在图书馆。整个宿舍，我是第一个过英语六级的人；整个年级，我是第一个靠着自己稿费不再靠家里养活的人。到毕业的时候，我已经出了自己的第一本书。

那些曾经骄傲的女孩子搂着我的肩膀说：你会是我们的骄傲，以后你会更成功更出名，到时我要拿这张照片炫耀！

但我仍然自卑，我觉得很多地方不如别人，我不如A聪明，不如B睿智，不如C有才，不如D美貌如花……我只是一个普通的女子，不善言，不会搞各种关系，我只会写字，通过写字证明我自己。

那天，我看到了对邓亚萍的访问，她说："我不如别人，我自卑，所以，我不停地努力。当年从郑州到国家队的时候，没有一个人肯定我，他们全说一米五的我打球不会打到如何。为了证明给他们看，我快发了疯，每天都比别人刻苦。我知道我的个子不如别人，别人允许有失败的机会，我没有，我只能赢，所以我打球凶狠，那是逼出来的。后来我成功了，别人又说我没有大脑，只会打球，于是我发疯地学习，英语从不认识字母到熟练地和外国人对话。我不比别人聪明，我还自卑，但一旦设定了目标，绝不轻易放弃！什么都不用解释，用胜利说明一切！"

我一阵哽咽，多少年来，我不也是如此？

感谢我的自卑，它让我越挫越勇，让我永远觉得不如别人，让我不敢停步，让我在人生的路上，一路坚强！

一朵花的快乐

◎ ［美］贝蒂·扬斯　李　威编译

那天，我正在我家的邮箱前取信，老远就看见邻家的小姑娘简爱正好从校车上下来，蹦蹦跳跳地朝家里跑去。

当她走到我身边的时候，她停下脚步，然后笑逐颜开地对我说道："您猜怎么样？下个星期我们班将要在学校演出一场戏剧呢！里面有一个像神仙一般的公主，她有一头闪亮的长发，一套粉红色的长裙，漂亮极了。不仅如此，她还长着一对漂亮的翅膀，手里还拿着一根金光闪闪的魔杖呢！"

说到这儿，这个年仅7岁的可爱的小姑娘又高兴地蹦来蹦去，那天使般的脸庞也因为喜悦而格外显得生气勃勃。

少顷，她又气喘吁吁地宣布道："我也出演了一个角色！我们演的是一出音乐剧，在剧中，我们都要唱歌的！"

"哇！像神仙一样的公主！"我惊叫道。看着眼前这个天真可爱的小姑娘，听着她那稚嫩的话语，我的心不禁猛地一颤，我知道，我内心深处的某种东西已经被她深深地触动了。

简爱紧抿着嘴唇，微笑着使劲点了点头。"嗯，是的，一个神仙一般的公主。"

说到这儿，简爱模仿起她想象中的那位神仙公主的样子来。她首先旋转起来；然后，她用双手轻轻地滑过身上，就好像是滑过她想象中的那件粉红色长裙似的；接着，她又用双手轻轻地抚摸着她的肩膀，就好像是在抚摸她肩膀上的那对看不见的翅膀似的。做完之后，她就立刻转过身，蹦蹦跳跳地向家中跑去，一边跑一边还快乐地唱着歌，尽管她唱得都跑调了。

在接下来的那个星期里，有一天，当我又一次站在我家的邮箱前取信的时候，我注意到简爱的妈妈杰德正站在校车站上等待着女儿。不一会儿，校车来了，简爱兴高采烈地跳下车来，经过我家门口的时候，她们看到了我。

于是，简爱便转过身来，蹦蹦跳跳地向我这边走过来。"您猜猜怎么样！"她笑容满面地对我说道，"今天，我们班的音乐剧举行了一次预演！"看她那欣喜若狂的样子，我理所当然地认为她一定是得到了她梦寐以求的角色。

"哦，那你扮演的一定是那位漂亮的公主了！"我高兴地说。

"不是，我扮演的是一朵花儿！"简爱摇着头纠正我道，"他们选我扮演一朵花儿！"

看着她那天真而又严肃的样子，我感到非常有趣，但是我却极力地掩饰着，生怕自己会笑出声来。"一朵花儿？"我故作惊讶地问道。

"是的！"她笑着向我解释道，"到时候，我的头上要戴上紫色的花瓣，身上要穿上绿色的紧身衣和紧身裤。"说到这儿，她不禁开始模仿起头上戴着花瓣的样子来，那神情就好像是几天前她为我模仿头上戴着神仙公主的冠冕时一样。

"哦，真是棒极了！"我向她表示祝贺道。由于我知道她是多么渴望能在剧中表演唱歌，于是，我就问道："那么，在剧中你唱的是什么歌呢？"

听我这么一问，她不禁睁大了眼睛，天真无邪地注视着我，答道："哦，在我们这出戏里面，花儿一定要保持安静。"说到这儿，她轻轻地把她小小的手指竖在嘴巴前面，做出保持安静的动作。

当她蹦蹦跳跳地跑进她家的车道的时候，她的妈妈把目光从我的身上转移到了她的身上，然后苦笑着摇了摇头，说道："她总是会做些令我感到惊奇的事情。您瞧，他们班上几乎每个孩子所扮演的角色都有台词说，或者有歌唱，只有我们简爱选择了扮演一朵默默无闻的花儿。可是，她还照样那么高兴！"

"哦，这也许就是孩子看世界的方法吧！"我感慨地答道，"他们对世界的认同度是多么宽广，他们的接受能力又是多么强啊！"

"是的，这真是可喜的事情。"杰德赞同地点点头道，"记得有这样一个典故，说是同样半杯水，悲观的人说还有半杯是空的，而乐观的人却说还好有半杯水呢。简爱就是领悟了这种看问题的诀窍。每当我感到沮丧和气馁的时候，我只要和这个快乐的小精灵待上一会儿，思想就会立刻豁然开朗。"

"那么她快乐的源泉是什么呢？"我问道，"在过去的这些年里，我一直在关注着她，我发现她总是那么乐观，就好像她总是在'赢'似的。任何一种结局对她而言都好像是胜利。您认为是什么原因造成这一切的呢？"

"她就是这样的。"杰德答道，"不过，有一件事不知道您还记不记得？现在看来，那天晚上您带我去商会参加的那个招待会对我来说真是意义重大啊，它让我领悟到了许多。"

听她这么一说，我顿时想起来了。那是四年前我第一次见到杰德不久以后发生的事。

那时，她们一家刚搬到我们这个地方，与我成了邻居。为了表达对她的友好，我带她去参加了一个在商会举办的招待会。按照规则，在招待会上，我们每个人要向别人介绍自己，介绍自己所从事的工作以及自己在工作中所处的职位。

"我是第一世纪银行的行长。"这时，人群中有一位看上去非常高贵的绅士首先说道。

"哦，真是太了不起了。"其他人纷纷啧啧称赞道。很显然，他给人们留下了深刻的印象。

接着，一位衣着潇洒的年轻人说道："我是边缘电脑公司的总裁。"于是，人群中又一次响起了啧啧称赞声。

当所有人的目光都投向我身上的时候，我自我介绍道："我是大学研究生院的教授，还是教育和职业发展公司的总裁，我们公司是一家全国性的咨询公司。"

"哦，真是不错。"大家纷纷赞道。

当我说完之后，正好就轮到杰德最后一个作自我介绍了。这时，大家纷纷把目光转向她，并冲她点了点头，示意该她说了。

为了参加这次聚会，杰德穿了一身漂亮的鲜红色丝绸套装。"我的工作就是待在家里专职照顾我的女儿。"她介绍道。

还没等杰德继续往下说，那位电脑公司的总裁便不屑地嘟囔了一句：
"哦，原来只是个家庭主妇。"说完，他很老练很巧妙地侧过身去，背对着杰德，和站在他左边的那位银行行长聊了起来。

当自我介绍结束之后，人们便开始自由选择自己感兴趣或者认为值得进一步交谈和询问的对象。最后，原来的那一大群人分成了三个小组，然后，大家就开始互相交流起来。当然，只有杰德除外。

"你瞧，"杰德回忆着那天的情景，然后坦言道，"在人们的眼里，成为一名总裁的重要性很显然要比成为一名，用那个男人的话说就是'只是个家庭主妇'强许多许多。他们所关心的只是'总裁'和'家庭主妇'的身份与地位的问题，而对于一个家庭主妇在家照顾小孩所付出的辛劳却全然不感兴趣。

"不过，说实在的，那次的招待会对我来说真是一次很好的经历，因为那个人对我明显的排斥刺痛了我，而且有时候还会让我反思一下一年前我放弃名利双收的职位去做全职家庭主妇的决定是否正确。我深知帮助简爱形成这样一种观念很重要，那就是让她明白不管别人怎么看，她所做的事情都是很重要的。

"我要让她明白，生活中她既有被选为扮演仙女一样的公主的时候，也有像今天这样扮演一朵默默无闻的小花的时候。我希望她无论在哪种情况下都快快乐乐。虽然我非常希望简爱将来也能够成为一位总裁，但是，我并不希望她把这个作为衡量自己是否快乐的尺度。"

的确如此。在扮演一朵默默无闻的小花中寻找快乐，发现潜力，比因为没有扮演成光彩照人的唱歌的公主而感到失望要更加有意义！

勇敢同学马二花

◎十万残荷

马二花是我的中学同学。

老师点名时，叫到马二花，她答："到。"声音洪亮如钟，一下子震到了房梁上。随后，班里站起一个黑黑胖胖矮矮的女生。十五六岁的女孩子，应该是最动人最好看的年龄吧，她却恰恰相反，一脸的青春痘，男孩儿一样的打扮。她一站起来，地动山摇，先是凳子倒了，再是她的抽屉里忽然飞出了麻雀。

于是全班哄堂大笑。她也跟着笑，露出并不白的牙齿。

老师说："马二花，你搞什么搞？"马二花的出场让许多同学在多年后记忆犹新。后来大家看她老实又有点愣，都欺负她。"马二花，你给我打水来；马二花，替我买一份饭；马二花，帮忙给我做值日……"

马二花家在农村，父母是老实的庄稼人，一些城里的孩子看不起她，觉得她名字太土气，于是纷纷给她起琼瑶似的名字，比如，叫马小薇、马娜娜、马丛莉……包括我，我给马二花起的名字叫马飞云，那时我看了很多的金庸小说，觉得"飞云"这两个字特别好。

可马二花还是叫马二花，她说："爹娘起的名字，不能乱改的。"

后来我们成了同桌，她脑子笨，总问来问去，我烦她，就说："马二花，你这么笨，哪里用上高中？反正你是考不上大学的，不如回家卖烤红薯去。"我是看不起马二花的，于是，总是随意说她。

我们笃定她考不上大学，年级700人，马二花排600多名，她并不是不努力，就是听不懂，就是脑子转不过来。

可她人也真好。

班里的事情她最热心，如果大扫除，连男生都要指挥她，"马二花，去擦玻璃吧。"擦玻璃是最苦最累的活了，可马二花就上去擦。大冬天，她的鼻涕流下来，却还傻笑着。多年之后，她在窗户上流着鼻涕傻笑的样子一直在我脑海里挥之不去。

一次，有一个同学体育课不慎受了伤，血止不住，需要送医院。男生们都惶恐地看着，马二花背起这个同学就跑，不知哪里来的那么大的劲儿。

所以，马二花几乎是我们班人缘最好的人，也被公认为最傻的人。

可马二花仍旧是孤单的。

高中3年，她果然如期落榜，她也不死去活来，卷了铺盖回家。

考上大学的同学，谈恋爱的谈恋爱，读研的读研，有人偶尔提起马二花，就有人说："这傻姑娘，养鸡呢，大概没经验，赔得惨着呢。"

有人说起她谈恋爱的情况，有人笑话她："别看她长得难看，又黑又胖，还追求她们小镇上的一个大学生呢。后来，那个大学生把马二花的情书贴到乡里的墙上，你说多寒碜啊。"

大家就一哄而笑，当成笑话一样，仿佛马二花这样不好看的女孩子，就不应该有追求自己爱情的资格。

大学毕业后，大部分同学都留在了外边，出国的出国，成家的成家，再提起马二花来，好像很远很远的事情了。没考上大学的人，大部分境遇都不好，男同学做生意的居多，女同学早早嫁人的多。

而马二花是个例外。

她一直在折腾，养过鸡养过猪，学过美容美发，开过服装店，有一个男同学说："马二花说生命不息，战斗不止。"

我们毕业10年同学聚会过一次，她仍然是一个人，开了一家超市，还是黑而且胖，还是那么乐观，为聚会提供啤酒饮料，给我们讲段子。那时，没有结婚的只有她了。大家在一起谈论孩子老公的多，男生在一起就谈钱谈权谈股票，她坐在角落里，一如多年前，孤单而寂寞。

但我们却因为那次聚会成了朋友。

有人提议讲高中时最感动自己的一件事。我没有想到马二花讲的故事是关于我的。

马二花说："有一次，学校里来了照相的，正是春天，摄影师说，最好找条红裙子，照出来效果好。"

那时，只有我有一条红裙子，于是，这个穿那个也穿，马二花是最后照的，她问我："我能穿你的裙子吗？"

"穿吧。"我随口说。

马二花告诉我，她感动得几乎哭了，因为之前她借过别人的裙子，没有人借给过她，嫌她胖，怕她把裙子撑坏了，可是我这么轻易就借给了她。她告诉我，那张照片她一直留着，她觉得那是她最美丽的一张照片了。

我几乎惊住，因为完全记不得这样小到不能再小的事情。可是马二花却说，从那件事情开始她就一直想和我成为朋友，这件事，感动了她整个高中生活！

听完这件事情之后，我和她喝了一杯酒。多年之后，我才发现，纯粹和干净于人生而言是多么难得的品质！而马二花的纯粹几乎与生俱来！

后来，我们常常煲电话粥，她仍然忙着，因为她做生意实在，她的连锁店越开越大。现在，她的超市是城里最大的超市，而她当然是董事长。开着城市猎人，独自去旅行，在丽江，她遇到了爱情。

马二花的他是一个摄影记者，应该是阅人无数的人，可是，他迷恋上她。他问她："马二花，你知道什么叫蕙质兰心吗？"

起缘很简单，她在丽江捡了他的包，他的包里有很多证件，有很多钱很多卡，当然，还有他的两个手机。当时手机是关机的，很笨的马二花这时无比聪明起来，她打开手机，然后等待失主打电话来。

接下来的一个月，他们一起游历了云南。

接下来的一年，摄影记者半个月跑一次小城，求爱求婚。

于是，大龄青年马二花在春暖花开的时候结婚了，也去照了恶俗的婚纱照，也在脸上不断地涂脂抹粉，笑得那叫个甜。她给天南地北的同学打电话，让他们回来参加婚礼。

结果，我们班同学马二花的婚礼是天下最热闹的婚礼。那天我才发现，无论这个人长得好看与难看，在当新娘这天，再漂亮的女人也不如新娘漂亮，因为，她的脸上有一种无法比拟的动人光彩！

而马二花感慨地说：感谢生活，给了我这么好的人生；感谢爱情，让我知道作为女人的美好与甜蜜，让我体验人生的酸甜苦辣……

说这些时，马二花的眼里闪现着泪光，而我们热烈地鼓着掌。马二花的人生并不华丽，一层层蜕变，由蛹到蝶，可是，她一直在努力，不是吗？

最重要的是，马二花一直相信，这世界是如此动人如此美好，她要努力把自己交付出去，不遗余力。对待生活永远是这样的全力以赴，即使失败，即使坎坷！马二花说过："别趴下，往前走，往前走，一切皆有可能。"

亲爱的马二花，我记得了，别趴下，往前走。

因为你说过，往前走，一切才皆有可能啊。

204教室的潘多拉魔盒

◎水 易

　　204班是学校出了名的差班。204班的显著特点之一是早恋现象严重，而且贪玩，学习成绩较差。每一个老师才来的时候都是斗志昂扬，以为能用呕心沥血可歌可泣的奉献精神化腐朽为神奇，拯救这一群误入歧途的祖国花朵们。但他们根本不买账，作为204班的一员，我已经习惯了老师的面孔隔段时间更新一次，反正，谁来谁去都无所谓。

　　这不，又新来了一个不怕死的，他的名字叫范桐，我们恶搞他，叫他饭桶。

　　第一节课，饭桶作过简单的自我介绍之后，忽然跑去关上了教室门。返回讲台，他一脸诡异地说："我和你们谈个条件怎么样？"

　　我们一下子没反应过来，不由得面面相觑，不知他葫芦里卖的什么药。饭桶继续说："我知道你们爱玩儿。这样，你们以后玩什么我都不管，我绝不通知你们请家长，也不和教务处打小报告。但是你们玩什么不许偷偷摸摸，得让我也参加。""拉倒吧！我们可请不起您这个嘉宾，再说了，我们凭什么相信您不管我们？"马上就有人提出了疑问。饭桶不慌不忙在教室里踱了一圈，昂起头傲慢地说："说实在话，就你们那些三脚猫的玩法，我还嫌玩得没劲呢！不是我吹牛，我要是策划玩法，你们都得求着喊着叫我偶像……"

　　饭桶的话还没说完，就被各种鼎沸的尖叫声口哨声大笑声给淹没了。鬼点子最多的李强站了起来，在空中划拉着双手大声喊："同学们，既然范老师这么厉害，那以后咱们就让范老师带着玩好不好？我相信，范老师一定会是个难得的'呕'像!"

又是一阵哄堂大笑。饭桶倒是一点儿都不脸红,还大言不惭地拍着胸脯保证明天就给我们拿一个好的方案出来。204班欢呼起来,让一个老师入伙与学校纪律公然作对,这实在是太值得期待了!

第二天,饭桶抱着一个四四方方的纸盒走进了教室。盒子包装得流光溢彩,华丽而充满了神秘气息。饭桶指着它说:"它叫潘多拉魔盒。我们要玩的游戏就是潘多拉魔盒游戏。"

"一个盒子,怎么玩啊?"我们异口同声地问。饭桶笑了:"嘿嘿,这你们就不懂了吧?你们有没有听过现在白领们常玩的一种游戏?就是每个周末一群人聚集在其中一位的家中,他们在一个盒子里放入最想说的话或是一个一个秘密,收看人是所有的人,而真实的收件人只有一个或者根本没有。"

204班笑纳了这个魔盒。与其说是想减压,还不如说是想恶作剧捉弄一下饭桶。比如我,我一直暗恋同桌的女生,写纸条给她她居然看都不看。这下既然饭桶提供了机会,那我就好好利用这个潘多拉盒子吧!

饭桶发给我们裁好的白色卡片,给了我们5分钟时间写想说的话。写好后,我们把卡片一张张投进去,饭桶自己也投了一张。等卡片收齐,他抱着盒子使劲摇晃,把卡片都摇均匀,然后用胶带封上了盒子。"现在开始上课,下课铃声响,潘多拉盒子就打开。"饭桶说,"不过,我发现有谁要是不认真听讲,开盒时间就会顺延。发现一个顺延一天,以此类推。"啊,这饭桶可真狡猾!得,听讲就听讲吧,为了揭晓盒内的秘密,204班上了有史以来最循规蹈矩的一课。

终于,下课铃声响了,饭桶叫了班长上台拆开盒子,他递卡片,班长读。班长接过第一张卡片,大声念道:"我爱你!"

教室里笑成了一锅粥。饭桶一脸平静地等我们笑够了,转头对班长说:"继续念!"

"我想你!"

哈哈哈……笑声把教室都快掀翻了,很多人边笑边狡黠地打量饭桶的表情,想看他怎么出糗。谁知饭桶真的不管我们,还是递着卡片说:"继续!"

所有卡片读完后,我们也相信了饭桶。于是我们和饭桶达成协议,潘多拉游戏每周玩一次，但玩之前的那些课不能开小差。

传说中的潘多拉魔盒是邪恶的，它因为人类的好奇心而带来许多不幸和灾难。饭桶带给204班的魔盒也似乎是邪恶的，一周周过去，闹剧越演越烈。那种"我爱你"之类的话因为不再新鲜，写的人越来越少，倒是各种阴暗的秘密越来越多，内容五花八门。有说恨自己父亲的，有说自己抢过低年级学生钱的，有说不想念书了想去傍大款的。其中有一个人写得最为惊天动地，几乎分几次把他的故事完整地讲了出来。他的卡片上写着：我和Y相爱了，我们在一起好甜蜜；我写给Y的情书，被她的父母发现了，这下糟糕，两边的父母联合起来阻挠我们，爱无敌！没有谁能阻止我们热烈的爱！我和Y决定离开学校私奔，永远厮守在一起！

就像一部扣人心弦的悬疑小说，可它又不是小说，它真真切切地发生在204班里。班里所有人都对写这个秘密的人充满了兴趣，互相猜测，并急于想看到后面的结果。饭桶很懂得乘虚而入，他竟然利用这样的机会要挟我们每节课都得认真听讲，不然盒子他就不打开。无奈之下，204班硬着头皮答应了。

那个人继续写着：可是收拾好行李我们才想起来，我们连私奔的路费都没有！怎么办呢？起初我们想利用课余时间去打工挣钱，可体力活我们干不了，脑力活人家又嫌我们文化低。无奈之下，我们只好商量从各自家中"偷"点儿路费。可我万万没有想到的是，我再也等不到我的Y归来了，她走了，留给了我一辈子的自责和痛……她趁父母外出时溜进他们房间，刚把钱抓到手里时，突然听见了房间钥匙插进锁孔的声音，惊慌失措之下，她本能地就想从窗户爬到阳台上去，结果脚下一滑，像一片叶子一样落了下去……我在医院见到Y最后一面，她流着泪说她不想死，她说她非常后悔，她恨我，恨我在根本没有爱的能力时去招惹她把她毁了，如果有来生，她再也不会这么傻了……

班长念到这里时，教室里一反常态地安静下来，大家一时都被这种沉痛所感染了。一直不吭声的饭桶这时却说话了，他用发颤的声音说："同学们，你们知道这是谁写的吗？"我们摇头。饭桶的喉结动了动，良久，才沙哑着声音说："就是我。"

教室像被谁丢进了一颗炸弹，瞬间炸开了。饭桶抬了抬手，大家立刻安静下来。"那个女孩是家中的独女,她去世后她的母亲思女过度而疯了,她的父亲因为工作时精神恍惚出了大差错,被单位开除了。这么多年来,我微薄的工资除了养活我自己和父母,还要不遗余力地照顾女孩的父母,心力交瘁。我现在快40岁了,我遇到真正的爱情,可是我却没有结婚的资本,我不能让我的爱人跟着我受苦受累。这一段早恋,就这样把我们所有人都毁了……其实这个时候的爱情,哪是什么爱呢,只不过是一种对新奇事物的尝试,就像被好奇心驱使而打开魔盒的潘多拉一样,最终害人又害己。就为了这点儿好奇心,值得我们辜负父母,荒废前程吗……"

那是204班最后一次玩潘多拉魔盒游戏。那个五彩缤纷的美丽魔盒,在那一堂课之后被204班扔进了垃圾桶。204班不再疯玩了,范老师从作业本和卡片上对照笔迹,和所有写过秘密的同学都单独沟通,一一为他们解开心结,早恋现象逐渐消失,学习成绩有了好转。

一年后,204班的大部分同学都以优异的成绩考上了大学,全校师生一片哗然。可是204班的每个人都知道,这个成绩绝不是出自运气,而是范老师用心良苦的结果。

毕业离别之际,204班所有同学哭了,大家手牵手集体向范老师鞠了深深一躬,范老师也哭了。师恩难忘,美丽的潘多拉盒子,成为我们204班最美丽的记忆和财富。

你不是他们说的那种坏小孩

◎连　谏

　　他9岁那年，父亲因为没管好自己的贪念进了监狱。虽然身边的小伙伴和同学并没因此而疏远或嘲笑他，他却总觉得每一个认识他的人都在嘲笑他是罪犯的儿子。自卑像颗有毒的种子，在他心里发了芽，他变得越来越沉默，对每一个走近他的人都充满了抵触性的戒备。那时，他最大的愿望是转学，搬到一个没人认识他也不熟悉他家庭背景的地方。为了弥补父亲犯下的罪过，母亲几乎把家卖光了，她起早贪黑地忙活在杂货摊上，赚到的钱，也就是维持母子两人的生计而已。

　　失望之余，他开始逃学，和街上的坏孩子混在一起，彻夜不归地上网玩游戏，没钱了就去偷。他不敢偷别人的，就偷母亲的，母亲发现后，打他骂他，让他保证以后不再这样了。他低着头一声不吭。后来，因为母亲防得太严偷不成了，他就和街上的坏孩子一起抢同学的钱，母亲去派出所领过他几次后，绝望了，决定把他送到远方的奶奶家。

　　他哭着闹着不肯去，母亲却铁了心，坐了一天一夜的火车又乘了半天公共汽车，再步行一个多小时，把他送到了大山深处的奶奶家。

　　母亲哭着对奶奶说了一切，说她管不了他了。

　　奶奶二话没说，收下了他。母亲走的时候，一步一回头，满脸是泪，他却漠然地踢着路边的石头，一副无所谓的样子。

　　在大山深处的村子只有几十户人家，去一趟镇上都要走一个半小时。奶奶家连电视都没有，他去三个伯父家看电视，能明显地感觉到自己不受欢迎。他们看他的眼神就像防贼，他脸皮厚，不在乎，顶着他们讨厌的眼神继续赖在人家看电视。直到有一天，他从街上回来，听见奶奶在和三伯母吵架，奶奶好像很愤怒，声音很大地骂三伯母：你们这些良心被狗吃了的坏东西！以前嘉嘉爸爸对你们多好你们忘了？他现在是犯了罪，但是嘉嘉是个好孩子！你有什么证据证明他拿了你们的钱？

温暖的山村阳光抚摸着他慢慢流下的眼泪，是啊，有多久没有人说他是个好孩子了？

其实，他真的偷拿了三伯父家的钱。他觉得伯父和伯母都那么让人讨厌，不偷白不偷。他把钱塞进了围墙的一个裂缝里，用碎石头堵上，不想还回去。然后，跑到山上待到很晚才回家。

奶奶没问他是不是真的偷了三伯父家的钱，而是气鼓鼓地说：嘉嘉，不管别人怎么说，奶奶相信你。

望着奶奶白花花的头发和浑浊而慈祥的眼神，他忽然有种想哭的感觉，但忍住了，假装无所谓的样子，耷拉着眼皮吃饭。

或许是三伯母说了什么，村里的人都对他避之不及，仿佛他就是灾星就是祸害。他很愤怒，又没办法，谁让他是个有劣迹的孩子呢？

只有奶奶，不仅不嫌弃他，还拿他当宝贝。她拄着拐杖颤巍巍地去学校求老师收下他这个插班生，颤巍巍地给他洗衣，给他做好吃的。在穷乡僻壤的山村，能有什么好吃的呢？何况奶奶那么老了，种不了庄稼也养不了牲畜。他常常坐在村头的土墙上想念城里的麦当劳，想得眼泪汪汪，想偷偷跑回去，在山里转悠了半天也没找到回城里的路。

因为嘴馋和村里人对他不好，他常常偷他们的鸡，摘他们树上的果子，为此，常常有人到奶奶家兴师问罪，每次兴师问罪的结果都是一样的，只要奶奶嚷上几嗓子，然后又嘀咕几句就收场了。

那时，他觉得奶奶太牛了，比他在城里跟的那个小混混头子还牛。

他从来不偷奶奶的钱，其一是因为奶奶几乎没什么钱，其二是奶奶是唯一一个说他不是个坏孩子的人，他不想用事实向奶奶证明他真的是个坏孩子。

他喜欢奶奶用粗糙的大手抚摸脑袋的感觉，喜欢她用信任的目光看着他讲他听了一万遍的说教故事。

一年过去了，乡下的寂寞单调快把他逼疯了，他想要个游戏机。据说镇上就有卖的，要差不多200元，他琢磨了很多办法还是没弄到钱。

有时他会看着奶奶手腕发呆，奶奶腕上有只很粗的银镯子，工艺古老，是爷爷给奶奶的聘礼，从戴上那天起，奶奶就没摘下来过。奶奶说过，死了也要戴着它，那是她和爷爷的接头信物，不然，怕去了阴间多年的爷爷认不出来她了。

说这些时，她浑浊的目光就会散发出清澈的光芒，仿佛她将要去的地方无限美好。

想得到一台游戏机的念头快把他弄疯了，有那么几次，他趁奶奶睡着后去摘镯子，经年的操劳让奶奶手上的关节都变粗变大了，摘不下来。

他只好放弃了对镯子的念想，偷偷赶走了邻居放在山上吃青草的山羊去了镇上，用卖山羊的钱买回了他朝思暮想的游戏机。

他抱着游戏机小心翼翼地进门，却还是被奶奶看见了。奶奶问他多少钱，他闷着头，不说话，兀自打开包装盒，装上电池就玩了起来。

过了一会儿，他突然听见奶奶在院子里呀地叫了一声，那声音，像倒吸着冷气。正玩得上瘾，他懒得出去看。玩饿了，他大嚷：我饿了。

估计奶奶该把饭做好了，他出去找吃的，却见奶奶还在灶上灶下地用一只手忙活，好像另一只手不存在似的。他有些奇怪，就转过去看，这一看，他就惊呆了，奶奶的左手包着一块从旧衣服上撕下来的布，她的手腕空了，银镯子不见了。

他捧着奶奶的手，端详了半天，问：奶奶，你的手怎么了？

奶奶笑笑说：老了，戴个镯子干活不方便，我往下拿时，不小心把手弄坏了。

他将信将疑地看着奶奶，什么都没说，那顿饭，不知道为什么，他吃得很慢很堵心。

第三天，奶奶发起了烧。为了摘镯子她把手骨弄断了，没及时治疗就引起了发炎，去镇上住了几天院才好了。

因为奶奶的住院费，三个伯母和奶奶吵了一架。从她们大声的呵责中，他终于明白，为什么那些因为被偷了鸡或果子，气势汹汹找来的村民会被奶奶的几句话摆平。那是因为奶奶小声告诉他们鸡和果子值多少钱她给，就当她买的，她请他们相信她的孙子是个好孩子，他受不了乡下生活的寡淡才这样的。

那只弄折了手骨才摘下的镯子，是拿去赔人家山羊的。

三个伯母一致要求奶奶把他送走，理由是她们给奶奶的养老费全都因为他的劣迹赔给了人家，她们没有义务养这个坏孩子。

面对伯母们的指责，奶奶自始至终只有一句话：他不是你们说的那种坏孩子。

一直躲在角落里的他，突然跑出来，一头扑进奶奶怀里，号啕大哭。

后来，奶奶问他为什么哭，他说：我一定会做你说的那种好孩子。

他真的变好了，母亲把他接回城里继续上学。暑假里他去卖报纸，把赚来的钱寄给了奶奶，让她去赎镯子。

一年年过去，他读了中学，在他考取北京一所著名大学的秋天，奶奶走了。那么多年过去，他依然记得那个苍老而执著的声音，不停地向周围的人说明：他不是你们说的那种坏孩子。

人生的成长，不只属于生理的，还有心灵的。就像在生长过程中身体偶尔会患些病恙一样，心灵也会患病。药物是治疗身体病恙的，而医治心灵的良药是爱，那些用爱来医治心灵疾病的人，都是天使。

天使不一定是穿着轻盈白纱的可人儿。有时，它是一个眼神，一个声音，一个细节，一种坚持。在他往地狱滑去的时候，奶奶就是那个固执地用一句话把他唤回阳光世界的天使。

飘落的长发

◎邓祚礼

18岁的若埃尔沿着大街快步朝前走。他一脸无奈，满脸愁容，好像要大祸临头，每走一步都显得忧心忡忡。

站在理发店橱窗前犹疑了好久，他终于"嘭"的一声推开门。理发店老板向他问好，他只点了一下头就坐到旁边的椅子上，顺手拿起小桌子上的杂志浏览。

他是法国20世纪70年代一个时髦的男孩子：牛仔裤、花衬衣，头发老长老长，漂亮的金黄色的鬈发一直垂到肩上。对这种发型，大人们不赞赏，认为像个女孩子，但渐渐地大家也就习惯了。

若埃尔留长发倒不是为了时髦，对他来说，有一层更深刻的意义。他认为，这首先是表示个性，他为此而骄傲。

可是大人们却说，留长发显得不严肃，表现出坏思想，是另类。

若埃尔是7个月前开始参加工作的，在一家纸品厂当工人，工厂邻近他的家，在1968年法国学潮后能找到这样一份工作算是好运气。为了能保住这份工作，现在他不得不作出最大牺牲，付出最大代价。

今天上午，工厂老板将他和另外3个工友一起叫到办公室。他们都是同样年纪的人，披着同样的长发。老板开宗明义地对他们说："我们工厂不需要嬉皮士。再说，留长发对工作不安全。因此，要么你们剪掉长发，要么被解雇。"

4个人一句话也没说就走了。若埃尔不知道他们3人的打算怎样，至于他，他决定了：他讨厌这个工厂，但愿意留下来。

理发师给那个顾客剪完发后，开始给若埃尔理发。若埃尔低着头，将身子钻进椅子里，屏住气，不耐烦地对理发师说："剪光头！"

理发师愕然，看着他的头发说："先生，这漂亮的头发？……"

他打断理发师的话，重复一遍："剪光头！"

理发师耸耸肩，只好动起剪子来。

"咔嚓"一声，金黄色的鬈发滚下来，其中一缕还落到他的肩上，他顿时感到自己一段"肢体"被人切下来。

随着头发的滚落，他感到自己的童年已经远去，自己的骄傲、荣誉、自尊已经尽失。他曾错误地认为自己完全可以拥有一个特殊的、只属于他自己的标志，现在却不行。大人们有他们的规则和法律，如果你想成为社会一员的话，你必须服从他们。

他猛地睁开眼睛看镜子，觉得自己变得好丑、好怪。他再也不是若埃尔了，再也不是先前的年纪了。

若埃尔赶快逃出理发店，风从大街上吹过来，他感到无比清凉。他快步走向工厂。他是利用午饭时间来理发的，必须赶快走，否则会迟到。

突然，他看到前面走着3个人，那是今天早上和他一起在老板办公室谈话的3个同伴。他们昂着头，嘴上翘着微笑，金色的长鬈发依然一闪一闪地飘在他们头上。他们没有让步，没有因老板的告诫而惊慌失措，没有放弃自己的信念和尊严。他们像其他人一样依然很自信很勇敢地走进工厂……

若埃尔这一看非同小可，他感到他们的微笑是针对他的，还有许多眼睛在等着看他。他停住脚步，慢慢向后退，然后突然转过身子往后跑，在人群中穿来穿去。人们看到他，手盖在头上，惊恐万状，羞愧难当，像个疯子一样径直往后逃……

下午3时，当若埃尔重新出现在工厂里时，他头上包着一块花布，手里提着个汽油桶，来到老板的办公室窗下。

他迅速打开汽油桶，从头到脚将自己全身淋湿，然后从衣袋里掏出打火机，擦着火。

亮光一闪，若埃尔顷刻变成了一个活火球，随即响起一阵痛楚的尖叫声。工人们从四面八方赶来营救，但太晚了，若埃尔全身已被烧焦，死在奔向医院的救护车里。

人们会问：这是为什么？明智的人会说："不要为了剪发而自杀。头发会再生，生活会继续……"

明智人的讲话是再正确不过了，但是可惜他们常常忽视了这样一件事或忘记自己的青春时光了：对于一个18岁的年轻人来说，多么需要理解、宽容和疏导啊！惊恐、受辱、可耻、受骗、不和谐，常常是不可忍受的，许多成年人的死因比这还轻得多。

尖叫的"坏小孩"不孤单

◎王 苹

喜欢在人多的时候，突然间发出尖叫，然后边装作什么事都没有发生过，边得意享受所有人都回头看我的视线，并自私地想，那个依然认真做事的男人或者女人，是不是耳聋，这样高的分贝，为何都不能引起他（她）的关注？

这是18岁以前的我。那时我在人群里，犹如一株长在庭院里的玉米，或者棉花，因为不合时宜，而基本不会被人注意。大人们忙，丢给我钥匙与零钱，便为所谓的辉煌前程而奋力奔走。我在他们屁股后面，看着那些凌乱不堪的脚印，知道不管自己如何用力，都不会将它们掩盖，或者擦掉。我想要和邻家的孩子一样去游乐场，于是小声地向妈妈请求，又讨好似的帮她洗碗，她却瞪我一眼，抱怨我的插手给她带来了更多的麻烦，并对我的请求，用不置可否的沉默与冷淡，代替了我想要的答案。我还想知道为何夜晚的萤火虫会提了灯笼不倦地飞行，是要寻找朋友，还是为其他的昆虫照亮路途，或者故意捣乱，将宁静草地上的许多小梦吵醒，就像我常在父母午休时做的那样？

可是父母们根本不屑回答我的问题，他们将我这个小小的人儿，当成毫无思想的小狗小猫，只要吃饱喝足，便自动跑到阳光里眯眼小睡，或者等着主人闲极无聊，给予慵懒的爱抚。他们常说，大人的事小孩子别管，或者说，等你长大了就懂了。我以为只要听话了，就能赶走内心的孤单，或者换来与大人们平等的交流，可是我发现一切都是徒劳，当我成为父母的好孩子，或者老师们眼里的三好生，我依然有无法排解的孤单，就像那把始终挂在脖子上的钥匙。

我就是在这时学会了尖叫，并努力地挣脱掉那顶被大人们扣上的好孩子的帽子。我在想要达到某个目的的时候，故意不好好吃饭，一只眼盯着碗里流光溢彩的鸡腿，一只眼看着大人阴晴不定的脸色。我等待着他们抄起笤帚，将我追赶得鸡飞狗跳，可是什么都没有，他们并没有真正地动怒，甚至当我尖叫之后，妈妈还跑过来，关爱地抚摸一下我的额头，看是否生病烧出了脾气。而我向来听话懂事的姐姐，则因为吃红烧肉时没有出息地吧唧了一下嘴巴，而被哄劝我吃完饭便去电影院的妈妈扭头训斥了一句。

我发现这一招真是有用，当我想要新衣服的时候我尖叫，妈妈会忙不迭地放下手中的活计，安慰我说等忙完这阵便带我去城里选购。当我生病的时候我哭闹不止，妈妈便会焦急地边催促爸爸去找医生，边将家里藏着的招待尊贵客人的点心拿出来给我；而姐姐，则只能躲在门口，偷偷流着口水看我大嚼大咽，又将点心碎屑弄得满枕头都是。当我知道考试不会有好成绩，我便故意离家出走，将父母老师吓得心惊肉跳，等看我完好无损地出现在他们面前，才长吁一口气，并如愿以偿地给我一句，考试结果无所谓，只要人安全回来就好。而当我为这样的计谋得逞而窃喜的时候，我那可怜的三好生姐姐，则因为考试倒退了一个名次，就被爸爸惩罚，不能看最新播出的动画片。

当我有一天，终于被父母定义为坏孩子，我发现我不仅没有失去我想要的糖果、玩具和华衣彩服，而且比听话的姐姐得到的更多。我可以肆无忌惮地给父母们提各式的要求，而不会被认为过分，因为，只要我能够做到优秀姐姐的一半，他们就已心满意足。

一路走来，我总是比姐姐得到更多的关爱与照顾，姐姐成绩优异，无须人的督促便可以完成所有父母想要的心愿。她可以成功拿到最高的奖学金，可以在不该早恋的时候自动杜绝一切男生的示好，可以体谅父母的辛苦而天天穿着让青春黯淡无光的校服，可以顺利考入名牌的大学，并勤工俭学自己挣取学费，可以在激烈的竞争中为自己谋得一份高薪的职业。而我，却是被父母赋予最低的期望，只要健康安稳地成长，大学与工作，皆可以放低一个档次。

后来有一天，我和姐姐一起回家，我们将给亲朋好友买的礼物，一一分发下去。每发一份，便会换来一声尖叫，大人们纷纷说，瞧，那个总是给人带来麻烦的小孩，竟然有这样繁花簇锦的今天！所有的人，都将夸赞与拥抱，热情洋溢地给了我，而那个从小便没有让人失望过的姐姐，则再一次，被忽略掉，成为我尖叫人生里的一抹安静的陪衬。

　　姐姐说，一直以来都有高处不胜寒的孤单，我以为只有飞得更高，才会被人关注，直到今天，才明白，听话的孩子没糖吃。一路走来，恰恰是那些如你一样，在尘世里被贴上坏孩子标签的落伍者，因为引人注目的尖叫，招来外人的关爱，并分到了旅途中最闪亮的那块糖果。

互不相干的两段青春

◎锦　年

　　我和晨，只见过一次面，而且那时还是懵懂少年，对于我们之间与生俱来的相似，一无所知。但她却是我的亲生妹妹，真的。

　　那是20世纪80年代中期的事了。母亲在接连生下两个女儿后，终于对又一个接踵而至的丫头，感到了厌倦。这个女孩，在母亲的怀里，连奶都没有吃上一口，就被一个陌生的女人，踩着惨淡稀薄的月光，悄无声息地抱走了。我那时并不懂得大人的忧愁，看到休养中的母亲，吃喷香的鸡蛋，便不觉流了口水。母亲看见了，总是叹口气，招呼我坐到床沿上，将鸡蛋一块块地夹给我吃。我吃到幸福处，总是会问：那个小妹妹去哪儿了呢?母亲从来都是语言含糊，说，当然是去她最想去的家了。这样的答案，并不能让我满意，我所需要的，是具体到细枝末节的描述，就像透明糖纸上清晰的底纹，或是空气里飘溢的年糕的芳香，而母亲所能给的，则只是一个秋日落光了叶子的枝杈，光秃、冰冷、黯然无光。

　　10岁那年的夏天，我跟随父亲，第一次进城去卖雪糕。收摊的时候，父亲看看箱子里不多的几个雪糕，便安慰已是热蔫了的我，说，再坚持一会儿，等到了你远房大伯家，就可以吃了。我就这样一路挂念着那几个雪糕，挨到了城里一栋漂亮的小楼前。出来迎接我们的，除了父亲所说的大伯大妈，还有一个大约7岁的女孩。女孩子的小得意，让我迫切地想要与她分享父亲留下的宝贝。没承想，她漫不经心地瞥了一眼，便大声嚷道：我才不要吃这样的雪糕！站在她一旁的她的父母，含笑看着她说：挑拣惯了，什么东西，都非要最好的，换一家，都养不起这样的丫头呢。而我，并没有因此坏了吃雪糕的情绪，我甚至有些兴奋，想，这个骄傲的丫头竟然不与我争抢，真好。

那个午后，我一口气吃光了所有的雪糕。回来不停地拉肚子，但在母亲的责骂声里，我还是想念起那个面容秀气的女孩，想起她细细手腕上叮当作响的银镯，她歪头看人时，眼睛里的漠然，她扔得满地都是的文具，她房间里堆满的毛毛熊。她生活得像一个公主，而我，却是因为几支雪糕，便被母亲训斥。第一次，我觉出生活给我带来的惆怅和空茫。也是第一次，我隐约从父母的谈话里，得知，那个女孩，就是7年前被抱走的晨。我记得父亲在夏夜里细碎地谈起晨，说她与母亲一样，爱挑拣，吃饭也不专心，言语亦是刻薄，活脱一个母亲的翻版。母亲躺在凉席上安心听着，突然便翻个身，将一旁昏睡的我，拥进怀里。

我此后再没有见过晨，却是断断续续地，从父母的口中，得知了关于晨的许多消息。她在我风尘仆仆地为了高考赶路的时候，疯狂叛逆，与不良少年混在一起；四处骗亲戚的钱花，毫不惧怕父母的责骂；私自逃学去部队里找做军官的哥哥，又差一点儿爱上一个文艺兵。家境的优越，让她无须像我一样，为了一份安稳的工作，为了让父母过上城市人的生活，而拼命地念书，直念到最明亮的一段青春，落满晦暗的尘埃。我终于如愿考入大学。那一年，晨也初中毕业，在哥哥的帮助下，勉强去了一所技校学习服装设计。

彼时我依然自卑，在热闹的人群里，常觉得有无处可逃的孤单。而唯一可以拯救我的，就是写字，不停歇地写，将内心郁积的所有的恐惧忧伤和怅惘，都用文字，来一一消解。爱情，只有在我的小说里，才会繁花似锦，一片妖娆。也曾经有过喜欢的男孩，但皆因自己的慌张躲闪，而擦肩错过。比我小了3岁的晨，在另一个城市里，却是俨然成了爱情高手。常常带不同的男孩子回家，但并不与他们中的任何一个，生出纠葛。她只是享受爱情，享受被男孩子呵护的感觉，具体这个给予爱的男孩是谁，她则不去关注。青春于她，如一块巧克力，绵软、香甜，而且，永远都会有人主动地跑来埋单。

我在这样沉默又倔犟的前行里，用文字，慢慢擦拭着一颗卑微到泥土里去的心。当4年的时光逝去，我收获的，除了文字，还有自信从容的芳华。一个从乡村里走出的女孩，她贫穷，她胆怯，她无所适从，但最终，她还是褪去了这层灰色的外壳，在耀眼的阳光下，露出色彩绚丽的翼翅。而晨，在技校毕业后，终因专业不佳，屡遭辞退。最后，她结交了一个有"能力"的男友，干脆丢弃了工作，只过逛街、上网的自由生活。不久，她的男友生意亏损，急需用钱，晨将自己的所有，都借给了男友。而这所谓的男友，也就在此时，销声匿迹，再无踪影。晨在无人相助的异地，被网吧老板赶出，最后身无分文，又差点儿被人骗走，是好心的民警，帮她拨通了家里的电话。许久都没有她的消息的父母，这才知道她在外所受的苦头。

母亲向我讲述这些的时候，脸上的表情，始终是感伤的。这个一出生，便与她的生活，再无交集的丫头，以为会自此从心里彻底地忘掉，但还是像那零星的一点儿小雨，偶尔落在肌肤上，便倏地一下，将那微凉，浸到了心底。晨，这个与我们素不相识的女孩，却是因为那流淌的血液，而被我和母亲，以这样那样的理由，装作漠不关心地频繁提及。

后来，我研究生毕业，在喜欢的城市里，找到一份喜欢的工作，又和喜欢的人，相守在了一起。而那时在一家工厂，做临时工的晨，也即将结婚。听说，新郎是一个极普通的男人，与晨曾经接触的那些张扬的男孩，没有丝毫相似的地方。母亲在得知这个消息的时候，打电话给我，说，那个胖丫头，终于肯安心嫁人了。我诧异，想起十几年前见过的那个秀气柔美的女孩，便说，怎么会是胖丫头呢?母亲叹气，说，她自回来后，便懒于做任何的事情，当然就很快地发了福，大概，比你要重40多斤吧……

很多年前的那个自卑的女孩，怎么能够想到，她与晨，从同一个原点出发，画出的，竟是这样两段互不相干的青春。而那繁华的，终会陨落;那寂寞的，也终会闪烁。而年少的岁月，就这样结束了。

闲花落地听无声

◎丁立梅

黄昏。桐花在教室外静静开着，像顶着一树紫色的小花伞。偶有风吹过，花落下，悄无声息。几个女生，伏在走廊外的栏杆上，目光似乎漫不经心，看天，看地，看桐花。其实，哪里是在看别的，都在看郑如萍。

教学楼前的空地上，郑如萍和一帮男生在打羽毛球。夕照的金粉，落她一身。她穿着绿衣裳，系着绿丝巾，是粉绿的一个人。她不停地跳着，叫着，笑着，像朵盛开的绿蘑菇。

美，是公认的美。走到哪里，都牵动着大家的目光。

女生们假装不屑，却忍不住偷偷打量她，看她的装扮，也悄悄买了绿丝巾来系。男生们毫不掩饰他们的喜欢，曾有别班男生，结伴到我们教室门口，大叫，郑如萍，郑如萍！郑如萍抬头冲他们笑，眉毛弯弯，嘴唇边，现出两个深深的酒窝。

"贱。"女生们莫名其妙地恨着她，在嘴里悄骂一声。她听到了，转过头来看看，依然笑着，很不在意的样子。

她却不爱学习。物理课上，她把书竖起来，小圆镜子放在书里面。镜子里晃动着她的脸，一朵水粉的花。也折纸船玩儿。折纸船的纸，都是男生们写给她的情书。她收到的情书，成扎。她一一叠成纸船，收藏了。对追求她的男生，不说好，也不说不好。常有男生因她打架，她知道了，笑笑，不发一言。

高三时，终于有一个男生，因她打了一架，受伤住院。这事闹得全校沸沸扬扬。她的父母被找了来。当着围观着的众多师生的面，她人高马大的父亲，狠狠掴了她两巴掌，骂她丢人现眼。她仰着头争辩："我没叫他们打！我根本不知道他们打架！"她的母亲听了这话，撇了撇薄薄的嘴唇，脸上现出嘲弄之色，说："苍蝇不叮无缝的蛋，你整天打扮得像个妖精似的，招人呢。"

我们听了都有些吃惊，这哪里是一个母亲说的话。有知情的同学小声说："她不是她的亲妈，是后妈。"

这消息令我们震惊。再看郑如萍，只见她低着头，轻咬着嘴唇，眼泪一滴一滴滚下来。阳光下，她的眼泪，那么晶莹，水晶一样的，晃得人心疼。这是我们第一次看见她哭，却没有人去安慰她，潜意识里，都觉得她是咎由自取。

郑如萍被留校察看。班主任把她的位置，调到教室最后排的角落里，与其他同学，隔着两张课桌的距离，一座孤岛似的。她被孤立了。有时，我们的眼光无意间扫过去，看见她沉默地看着窗外。窗外的桐树上，聚集着许多的小麻雀，唧唧喳喳欢叫着，总是很快乐的样子。天空碧蓝碧蓝的，阳光一泻千里。

季节转过一个秋，转过一个冬，春天来了，满世界的花红柳绿，我们却无暇顾及。高考进入倒计时，我们的头，整天埋在一堆练习题里，像鸵鸟把头埋进沙堆里。郑如萍有时来上课，有时不来，大家都不在意。

某一天，突然传出一个令人震惊的消息：郑如萍跟一个流浪歌手私奔了。班主任撤掉了郑如萍的课桌，这个消息，得到证实。

我们这才惊觉，真的好长时间没有看到郑如萍了。再抬头，教室外的桐花，不知什么时候开过，又落了，满树撑着手掌大的绿叶子，蓬蓬勃勃。教学楼前的空地上，再没有了绿蘑菇似的郑如萍，没有了她飞扬的笑。我们的心，莫名地有些失落。空气很沉闷，在沉闷中，我们迎来了高考。

十来年后，我们这一届天各一方的高中同学，回母校聚会。我们在校园里四处走，寻找当年的足迹。

有老同学在操场边的一棵法国梧桐树上，找到他当年刻上去的字，刻着的竟是：郑如萍，我喜欢你。我们一齐哄笑了："呀，没想到，当年那么老实的你，也爱过郑如萍呀。"

笑过后，我们长久地沉默下来。"其实，当年我们都不懂郑如萍，她的青春，很寂寞。"一个同学突然说。

我们抬头看天，天空仿佛还是当年的样子，碧蓝碧蓝的，阳光一泻千里。但到底不同了，我们的眉梢间，已爬上岁月的皱纹。细雨湿衣看不见，闲花落地听无声。有多少的青春，就这样，悄悄过去了。

守着那段友情远离你

◎安　宁

　　海蓝是我年少记忆里，最温情的那抹橘黄。

　　我犹记得那时我们好到亲如姐妹，不过是12岁刚读初一的小女生，内心那些细小的秘密，却是如秋日的菊花，千丝万缕地，一重重包裹着，将那瘦而敏感的枝茎，压弯了。不肯再讲给父母，只把它们隐匿在心内晦暗的角落。幸亏有了海蓝，在那样孤单无助的青春岁月里，紧握着我的手，在风里默默前行。女孩子之间的好，犹如初恋，带着一丝丝甜蜜的忧伤。我们不仅分享从家里带来的糕点、糖果和彼此视若珍宝的手链、发夹，亦分享那些无法给师长们讲述的秘密。常常是宿舍里熄了灯，海蓝在黑暗里轻唤我的名字，我在她的召唤里，如一条小蛇，悄无声息地潜入她温暖的被窝。两个人就这样挤在一张窄小的床上，在窗口温柔漫过来的月光里，看着彼此明亮纯净的眸子，细细密密地说些白日里无法开口的琐碎心事。说到累了，便枕着交缠的头发，闭眼幸福地睡去。

　　甚至到后来我们暗恋上隔壁班的同一个男孩，竟很奇怪地也没有丝毫的嫉妒。我们将彼此写下的日记，交换来看，我们很多次在路上，羞涩地等着那个男生经过时，会看我们一眼；即便是那个男生从没有注意到，我们也依然乐此不疲地在拐角处看他走近又走远。那是一段疯狂的岁月，我们爱上一个骄傲的男生，他对我们一无所知，但我们却熟知他的一切。如果没有海蓝，我无法想象，这样绝望无助的爱恋，将会如何啃啮着我的自尊。是海蓝的这份柔软的情谊，让这一切，着了一层玫瑰色的亮丽的光泽。而那梦一样的青春，就在彼此的慰藉里，安然滑过。

18岁那年，我考入北京的大学，海蓝则不幸落榜，回到小城做了一名普通的纺织工人。起初，我们还时常地通信，后来她屡次外出打工，地址无法确定，联系便慢慢中断。直至最后，我们彻底失去了联系。这一断，就是10年。这10年里，我恋爱，结婚，生子，在北京有了人人羡慕的房子、车子和安稳高薪的工作。我时常会给老公和孩子谈起海蓝，谈起那些相依相扶的年少时光。谈到最后，总会因为再无法联系上这个在生命里已是枝繁叶茂的朋友，而黯然神伤。

得到海蓝电话号码的那一刻，我的心，如一只困了许久的大鸟，张开翼翅，便倏地飞入蓝天，但还是因为兴奋，而挣落了几根羽毛。海蓝亦是欣喜若狂，在我略带霸道的邀请里，欣然答应即刻来访。

我请好了一个星期的假，翘首等待海蓝的到来。尽管知道海蓝早早地嫁了人，做起家庭主妇，如今因为丈夫也下岗，两个人日子颇为紧张，但还是没有想到，只大我半岁的她，在我优雅飘逸的衣裙映衬下，竟像是一个从乡下进城来的保姆。我和海蓝，显然都没有预料到时间带给我们的改变如此残酷，两个昔日原本好到了无隔阂的女孩，今日走在一起，竟觉出一丝的尴尬。好在那旧日的情谊依然浓郁，我还是一下抱住海蓝，在她粗糙的发梢旁，对她哽咽说道：海蓝，我好想你。而海蓝，亦是在我名贵的衣裙面前，略略迟疑，便结实地将我回拥住。

那一个星期，我开车带着海蓝，四处游逛。海蓝显然是第一次来北京，对那些我司空见惯的繁华与奢靡诧异万分。我以十二分的耐心，将海蓝那些可笑的问题一一解释给她。记得一次在一家档次颇高的饭店里，海蓝拿着菜单，看了很长时间，才最终选择了一个与糖醋鲤鱼做法比较相似的菜。我看了即刻笑她：不要给我省钱啦，换一个贵点儿的菜好不好?海蓝的眼睛里，闪过一丝的感伤，但她却是什么也没有说，就随手将另一个菜名写了上去。是后来吃完的时候，我才猛然想起，鲤鱼原是年少时海蓝最喜欢吃的，而我，却是那么粗暴地就将她的这点爱好，自以为是地给断掉了。

临走的时候，我将给海蓝买的衣服和化妆品塞满了她的旅行包。海蓝几次想要拿出来，但都被我制止住了。我希望这样的热情，能够让海蓝体会到我们之间的那份情谊在漫长的10年里，依然完好无缺；至于时间带给我们的差距，当是可以漠视掉的吧。

海蓝走后，我在枕头底下发现了她留下的1000块钱和一张短短的字条。上面写着：谢谢你的热情，我会一直记得。我的心在那一刻，突然像是被什么东西给粗暴地拉开了，一直拉到与海蓝再也无法彼此相视的距离。我知道，我和海蓝的友情，再也无法回到从前。

此后的海蓝，再也没有与我联系过。我在她的冷漠里难过、迷惑。是很长时间之后，我再一次看海蓝留下的那张字条，才忽然明白，我的热情，曾经怎样深地伤害了海蓝。那段情谊，在我们巨大的差异里，原本只能留在原地，安静地生长；一旦我们人为地将它拔起，移植到如今的热情里，那么，它或许很快地就会枯竭而死。

而能像海蓝一样"一直记得"，当是这份友情最美好的存在方式。

每个孩子都是天使

当初，医生说她的心脏最多维持5年，她被孤独地遗弃在这个世界上，但是，这样的孩子才最需要关爱——安妮雅靠着坚强的毅力，创造了她生命的奇迹，也成为最年幼的钢琴家。

天堂里也有葡萄吗？

◎［美］娜塔莎·弗兰德　李　威编译

在距离我们大学几英里远的地方，有一个专门停放家庭拖车的停车场，里面坐落着一片绿松石颜色的房屋。梅丽莎就住在位于保龄球场和收费公路之间的那一栋房子里。而在停车场外面的草地上，到处都撒满了空的啤酒罐和被丢弃的衣服。

"莫莉，我们来这儿做什么呀？"当我们来到这个地方的时候，我不禁感到非常惊讶，便问莫莉道。

此刻，莫莉正缓缓地把车开向那块唯一没有任何垃圾的地方。见我问她，她便以朋友之间才有的口吻答道："我们不是要去做一件与众不同的事吗？想起来了吗？"

"哦，上帝，瞧我这记性！"经她这么一提醒，我猛地想了起来。就在3个星期之前，我为我们俩在志愿者协会注了册，那天，当我回到宿舍，仍旧按捺不住内心的激动。看着我那近乎疯狂的样子，莫莉微微地笑了笑。每当看到我表现异常的时候，她总是这么微笑着，因为她太了解我了，并能读懂我的内心世界。从她的笑容里，我仿佛能听见她在说："哈！你以为我们是谁啊？穿着名牌服装，接受了名牌大学教育就了不起吗？冒冒失失地来到别人的家里，就要把人家的女儿带走？你以为我们是谁啊？"

但不管莫莉怎么想，最终我们还是达成了一致，并且联系到了一户人家，他们有个女儿名叫梅丽莎。我们决定帮助梅丽莎。于是，今天，我们就驱车来到了这里。

当我们敲开房门的时候，那户人家的父母并没有前来开门，开门的是梅丽莎，我们顿时感到一阵轻松。梅丽莎身材非常瘦小，四肢细得像竹竿似的，但是，她仍旧是那么天真可爱。只见她上下打量着我们。她一定在想："这两个女孩子信得过吗？"

在她的身后，站着两个年龄稍大一点儿的孩子，他们也和梅丽莎一样，有着一头蓬松散乱的金发和一对蓝色的眼睛。当梅丽莎带着我们参观他们的拖车房屋时，我看得出他们有些不情愿。我知道，他们不想让我们看到他们家的寒酸。

"这儿是电视机，这儿是椅子。还有，这儿有一幅画，是我在上美术课的时候画的。"梅丽莎为我们介绍道。

在这个过程中，梅丽莎的父母一直都静静地坐在椅子上，看着她像一只蝴蝶似的飞过来飞过去。就像天下所有的父母一样，他们目不转睛地注视着自己那成为焦点的孩子，开心地微笑着。

"瞧，这个是我，那时候我还是小孩子呢。"这时，梅丽莎指着一张照片对我们说道，"这个是马克，是我的双胞胎兄弟，可是他已经死了。"

于是，我和莫莉侧过身子，靠近她，以便能够看清楚那张照片。照片上是两个长得一模一样的婴儿，一个穿着粉红色的衣服，一个穿着蓝色的衣服。

"米茜。"这时，梅丽莎的妈妈向她招了招手，并且柔声喊道。于是，她转过身，走到妈妈的身边，然后，她俯下身子，聆听着她妈妈告诉她的一个秘密。片刻之后，她才转过头来，一脸严肃地对我们说道："妈妈说马克和其他的天使一起住在天堂里。"

她的话音刚落，房间里顿时被一种莫名的沉默笼罩起来。良久，我和莫莉竭力打破了这种难耐的氛围。我们向他们一家郑重地承诺：我们会为梅丽莎系牢安全带，并且会带4份食物回来，8点钟准时到家。

梅丽莎兴奋地抓住了我和莫莉的手，欢快地跳了起来。"卡蒂，达斯第，我会为你们多吃一些的。"她大声说道。

接着，我们一起走向汽车，而梅丽莎则仍旧抓着我和莫莉的手，走在我们的中间。她一边走，一边转过头，向卡蒂和达斯第挥挥手。此刻，卡蒂和达斯第正站在窗前，小脸紧紧地贴在玻璃上，向我们这边张望着，目光中充满了羡慕和渴望。

"他们也想来的。"当我们打开车门，把梅丽莎抱上轿车后面的座位上时，她说。

"下次吧，小妹妹。今天晚上是专门为你准备的，是属于你自己的。"我们告诉她说。在前往我们大学的这一路上，梅丽莎坐在轿车后面的座位上，浑身充满了愉悦和快乐。她的嘴里不停地唠叨着："今天晚上是专门为我准备的，是属于我自己的特殊一晚，特殊一晚。"

来到我们学校的餐厅，她问道："所有的东西……我都能吃吗？"

"当然。"我们告诉她说，"比萨饼啦，意大利面条啦，麦片粥啦，还有汤以及沙拉等等，你想吃什么就吃什么。"

顿时，梅丽莎惊得目瞪口呆。然后，她盯着那一盘盘的食物，围着食物桌转了几圈，直到我们把她带到位于公共餐厅中间的专门摆放沙拉的柜台。

在沙拉柜台，她仔细地看了一遍所有的食物，沉思了片刻，然后把她的碟子搁在台子上，并指着放在一个金属罐里的东西问道："那里面是什么东西？"

"哦，那是葡萄，青葡萄。"

越过梅丽莎的头，我悄悄地对莫莉耳语道："难道她从来没有吃过葡萄吗？"

"它们好吃吗？"梅丽莎问道。

"嗯，它们非常好吃。"我们告诉她说。听我们这么一说，她消除了顾虑，也就没有再径直走向冰激凌机。

于是，我将梅丽莎抱了起来，这样，她就能用那一对沙拉钳夹到葡萄了。她一个个地夹着，很快，她的盘子里就堆满了葡萄。然后，我们找了个地方坐了下来，她便开始津津有味地大吃起来。

"哇，你可真像个牛仔。"我笑道。

看着那满满的一盘葡萄，看着她贪婪地吃着葡萄的样子，我和莫莉不禁感慨万分。我们没有想到在我们大学的餐厅里，在那一桌桌丰盛的食物当中，她所想要的、她所最想要的唯一的食物竟然是葡萄。她认为它们是她这一辈子所见过的"最好看、最甜美"的食物，她希望每个星期、每一天甚至每一顿都能吃到葡萄。

于是，我们3人又走到了沙拉柜台，开始往塑料杯里装葡萄，一共装了4个塑料杯，这是给梅丽莎的家人的。

在我们驾车带梅丽莎回家的路上，大家都沉默不语。梅丽莎静静地坐在后面的座位上，望着怀里紧紧抱着的那4个装满了葡萄的塑料杯，虔诚地微笑着，并且时刻小心着不让它们被打翻。

当我们驶离那条收费公路，驶过那个保龄球场，穿过那个停放家庭拖车的停车场，把车开到了那块唯一没有任何垃圾的地方，正准备下车的时候，梅丽莎突然开口打破了沉默。

"姐姐，"她问道，"天堂里也有葡萄吗？"

闻听此言，莫莉转过头，和我面面相觑着。同时，她把手伸向我，紧紧地握了一下我的手，仿佛是在默默地对我说："你来回答这个问题吧。"

于是，我转过头，爱怜地注视着梅丽莎，温柔地答道："孩子，天堂里当然也有葡萄，而且，每一餐都有，每一餐。"

恐怖的火山

◎ [加] 阿蒙德·戴维斯　青　闫编译

"哇，快看哪!"朱利安·格林向正爬山的伙伴高登·库尔打着手势惊讶地说。在当地向导的带领下，这两个年轻的英国人正站在菲律宾尼格罗斯岛8100英尺高的坎拉翁火山山坡上。这是1996年8月10日星期六午后不久。这座火山他们已经攀登了两天半时间。在整个过程中，坎拉翁火山顶一直是云雾笼罩。现在，他们上到了云雾上面，能看清他们的目标了。"这是有生以来看到的最美的风景。"库尔对着静谧的空气低语。

上面大约2500英尺，映衬着天蓝色天空的是坎拉翁火山两个巨大的火山口。往左差不多半英里宽是死火山口的边缘。往右再高一些是第二个火山口，直径750英尺，仍呈活性状态。

库尔22岁，是英国曼彻斯特大学天体物理学研究生；格林21岁，是伦敦大学的一名医学生。他们是早些时候在尼格罗斯岛海岸的一座名叫丹竹干的小岛上结识的。两人都自愿将他们的夏天用于为一个自然资源保护小组勘测珊瑚礁，在戴着水下呼吸器潜了两周的水之后，赢得了一次为期4天的休息时间。他们一致认为，度过这几天的最佳方式便是攀登菲律宾中部的最高峰。他们俩都又高又瘦、运动力强，相互谈论着各自以前在北极、亚洲和中美洲的冒险经历，很快就成了莫逆之交。他们上坎拉翁火山时走的是最长、最难的路线：沿着两边是热气腾腾的雨林的陡峭小径徒步前行，蹚过湍急的溪流，并攀登几近垂直的岩面。

朝山峰攀缘还有最后300码，格林和他们的向导兼尼格罗斯登山俱乐部主席尼尔·皮利兹放下了他们的帆布背包。"我还是继续背着吧。"库尔说，他知道自己需要水和相机。

库尔爬过岩石向那两个火山口爬去，发现由皮利兹24岁的朋友拉利·马瑟里诺带领的10名比利时人和6名菲律宾大学生已经到了峰顶。在树冠层那边，他能看见阳光下闪着金色的甘蔗林和远处的海岸线。

库尔和皮利兹顺着岩石林立的山坡下了大约50码远，感觉到空气中充满了呛人的硫黄味，一股蒸汽从中央袅袅升起，这时一声振聋发聩的爆炸摇撼着大地。顷刻间，天空黑将下来，岩石像热炭雨一样落了一地。库尔回头扫了一眼，惊恐地看到一个熊熊燃烧的烟灰和岩石组成的柱子直冲云霄。尖叫声划破了轰鸣声。人们在他的左右奔跑、滚落，大喊救命。

起先，库尔的心咚咚直跳，他也跑了起来。接着，被抛到空中的热气腾腾的岩石突然落在他的背上，随后一股致命的硫黄雾使他的肺火烧火燎地疼。他跪倒在地，用双手和帆布背包抱住头。他眩晕，喘气，不知道自己是否会死去。

5分钟的火山喷发和岩石暴过后，接着是奇异的沉寂。库尔面对着厚厚的黑尘什么也看不见。他摸索着路径，差点从一个悬崖跌下去。他后退一步，踉踉跄跄继续向前走。

就在一个树木环绕的小草凹里，他碰到了几个四仰八叉的身躯。两名年轻的比利时妇女的腿和胳膊都被烧着了，其中一位拿着一件血迹斑斑的T恤衫按住头上的伤口。另外5个人似乎没有受伤。

库尔想起了小时候所学的急救知识：任何移动都会加重骨折和内伤。"不要动。"他叮嘱他们。

透过烟雾，库尔看到有几位幸存者像他刚才那样正朝那个悬崖走去。"到我说话声音这边来。"他大声喊道，指引着他们避开了那个灾难。

库尔吩咐能够行走的那些人下山。他的直觉本是随他们一起去，但他还没找到格林和皮利兹，不能离开。相反，他开始踏着炽热的灰色火山灰往上爬，疯狂地寻找着那两个人。

他很快就遇到了比利时登山者卡罗琳·拉格兰格，她的脸上落满了灰。

"救救我。我想我的腿断了。"她恳求道。

库尔犹豫了一下，随后仰头望去。只见一英里高的蘑菇云悬挂在火山上空。他知道，如果它再喷发一次，她就活不了了。"别担心，"他对这位年轻妇女说，"我来背着你走。"当他将她背到背上时，他的右膝盖和脚踝突然疼痛欲裂。库尔第一次意识到自己也受伤了。他右手上划的一个口子不停地流着血。

库尔咬着牙，将拉格兰格背到了那个草洼里。那里有一名菲律宾学生用一个急救包堵住了她膝盖处的血流。另外的大多数人都已离开，下山寻求安全地方去了。一个比利时青年还没见有动静。当库尔检查他的胳膊时，发现已经严重骨折。

他注意到附近有几个帆布背包。他在其中一个里面找到了两件厚运动衫和一个急救包。库尔将这个受伤的年轻人拉坐起来，将一件运动衫攀住那只骨折的左臂，又用另一件牢牢地将它系到这位登山者的胸前。之后，库尔才清洗包扎了他自己的伤口。

与此同时，拉利·马瑟里诺在火山口附近找到了格林。他和另一名向导雷·艾斯特罗斯将格林抬到了一个开阔地。

格林的衬衫和裤子沾满了鲜血，上臂折断，一根参差不齐的臂骨从肉里冒了出来。库尔用帐篷杆给格林的断臂做夹板。

库尔知道，最大的危险莫过于格林和其他受重伤的登山者吓得失去生存下去的毅力。几年前，在挪威，他攀登一块光秃秃的岩面，上到半中间时，另一名登山者因害怕而僵在了那里。拯救他们生命的唯一办法，就是让他们镇定下来、集中精力。库尔关照着他上了山。

此时，库尔意识到他必须使这些登山者不去想这些疼痛。"注意力集中在呼吸上，"他向每个人催促道，"救援马上就到！"他祈祷但愿如此。

在坎拉翁山根的衮图布丹村，准军警队员们在火山爆发后不久便开始爬上山来。村志愿者们紧随其后。

同时，夜幕很快就要降临。马瑟里诺将格林从火山口边上带下来后，步履艰难地回头去找其他人。再回来时，他背着昏迷的尼尔·皮利兹。

皮利兹呼吸困难，右手几乎被划掉，两条腿骨折。库尔和马瑟里诺忧郁地交换了眼神。库尔知道这两名向导是亲密的朋友。30分钟后，20岁的皮利兹死了。虽然马瑟里诺意志坚强，但他还是失声痛哭。

几分钟后，库尔检查格林的伤势。他弯腰摸了摸格林的脖子，没有一丝脉搏。他将耳朵贴近格林的嘴唇，也没有一点儿呼吸。格林也已经悄然离去。

两人抬着格林的遗体来到开阔地边上，挨着皮利兹放下，用一条睡袋盖住他们。

"他怎么样?"返回的拉格兰格问库尔。"他睡着了。"库尔撒谎说。实话实说只会令她痛苦，他想。

他找到了一盒葡萄干，递给了周围的人。他在拉格兰格身边坐下，喂她几块碎点心。"毕业后，我想当一名会计。"21岁的她透露说。

"早知道这样，我就不救你了。"库尔开玩笑说。

气温骤降。库尔找来备用毛毯，裹住伤员，然后和马瑟里诺在他们旁边躺下，等待救援人员赶到。他们上面橘红色的硫气仍然不断从火山口升起。

第一批衮图布丹村的村民赶到这片开阔地时，已经快晚上10点了。半夜时分，又来了一些村民。他们捡了些木柴，燃起了一堆火。村里的一位助产妇爱娃·卡菲尔很快来到受伤的比利时人跟前。当护士卡罗·阿兹普罗1小时后到达时，库尔给她说了一下这些幸存者所受的伤。

阿兹普罗检查那些伤员。卡罗琳·拉格兰格似乎脖子和背上都受了伤。阿兹普罗知道必须让她一动不动。随后拉格兰格被小心翼翼地移到了一块硬木板上。

另一个比利时人的胸腔破裂，肺似乎已经穿孔。护士找来一件干净衬衣，剪下一块布。然后把这块布卷成瓶塞大小的一团，塞进了那个比利时人胸部的伤门里。因为是在山上，他们能为这些伤员做的也就只有这些了。幸存者们和他们的救援者围坐在火堆旁，等待天亮。

大约早晨8点30分，库尔听见两架直升机的轰鸣声。拉利·马瑟里诺爬到没有树的地方，朝飞行员挥手。

当飞机从坎拉翁火山倾斜着飞下时，库尔回首凝望那座愤怒的火山，然后扫了一眼卡罗琳·拉格兰格。她和其他16名登山者不知怎么的已经找到了活下去的力量。数分钟后，另一架直升机载起了格林、皮利兹和尼尔·特拉基克——另一名也已死去的27岁的登山者。

几周后，在比利时卡罗琳·拉格兰格的家里，她转动轮椅来到书桌前，开始给高登·库尔写信。医生说，一个月后，她就能康复回校了。

在英国北部，库尔发现很难去回首那段往事。收到拉格兰格的信，他急切地打开，当他获悉大家都快要完全康复时，脸上绽开了笑容。

"非常感谢你为我们所做的一切，"卡罗琳在一封署名"紧紧拥抱"的信中写道，"我将永生难忘。"

每个孩子都是天使

◎苏龙美惠

路易莎不知道自己的父母在什么地方，从她记事起，她就待在圣彼得孤儿院。

孤儿院里有很多和路易莎一样的孩子。不过，在这群孩子中间，路易莎算最难看的了：她是兔唇，眼睛尽管大，但呆滞无光——从出生时路易莎就是一个双目失明的孩子。

圣彼得孤儿院位于美国肯塔基州的路易斯威尔教堂附近，这里的孩子几乎都被领养了出去。每次，当路易莎和自己的伙伴告别，她都会沉默而温顺地依偎在孤儿院院长身边——路易莎太丑了，领养的人很难相中她——这使她在孤儿院一待就是6年。

这天，孤儿院里来了一对夫妻，他们对院长说想领养一个最需要爱的孩子。院长叫出了路易莎——望着路易莎，那对夫妻的眼里写满慈爱，就像父母看到了自己的孩子。

路易莎被父母引着来到了新家。远远地，她听到了一阵悠扬的琴声。

"安妮雅，这是你的妹妹路易莎。"

琴声戛然而止，显然，路易莎的到来使安妮雅吓了一跳。

安妮雅是一个漂亮但患有先天性心脏病的孩子，尽管只有10岁，却经历了10次大手术。医生说她残缺的心时刻都有可能破碎——这使她一直休学在家，以琴声为伴。

安妮雅愣愣地望着路易莎，她几乎不敢上前拉路易莎的手。晚餐的时候，路易莎听到了安妮雅很轻微的声音："妈妈，你干吗给我找个这么丑的妹妹？"

"安妮雅，正是因为这样，路易莎才更需要爱——我相信，你把爱给路易莎，她会一天比一天漂亮。"

尽管安妮雅对路易莎的丑陋很害怕，但是，路易莎却迷上了她的琴声。

这天，安妮雅又弹琴了，在这欢快的旋律里，路易莎情不自禁地朝音乐的方向走去。

突然"哐当"一声，在房间过道的地方，路易莎将安妮雅的奖杯碰落在地。

那是安妮雅在加州少儿钢琴大赛上获得的冠军奖杯！看到那些碎片，安妮雅伤心地哭了。

"妈妈，路易莎把奖杯摔碎了，她太笨了！"

当安妮雅对母亲艾伦哭诉时，艾伦很温和地抚摩着安妮雅的头发："孩子，荣誉属于过去，打碎了还可以争取回来，路易莎的笨拙是因为她的眼睛，她需要我们为她找回光明。"

艾伦的规劝并没有使姐姐对妹妹产生好感，从此，安妮雅不允许路易莎走近自己。路易莎很难受，她发誓不再给家人添任何麻烦。在母亲艾伦的鼓励下，她慢慢学会了记住自己的步子，学会了摆放餐具、洗碗、编织东西、打电话……

那天早晨，路易莎没有听到安妮雅的琴声，她以为姐姐和妈妈一起去了超市。于是，她悄悄拿出送给安妮雅的礼物——她编织了将近半年的一个精美的钢琴坐垫。

从自己的卧室到安妮雅的钢琴只需要47步，路易莎慢慢地摸索着走去。突然，她摸到了安妮雅的头发——安妮雅扑倒在钢琴上了。

"姐姐，你怎么了？"路易莎大声地喊着，没有声音，路易莎吓坏了，她急忙摸到了电话。

安妮雅被抢救了过来，她睁开双眼，看到一脸焦灼的妹妹。艾伦告诉她是妹妹救了她，安妮雅将手伸向路易莎。"妹妹，"安妮雅第一次这样叫路易莎，"我教你弹琴好吗？"路易莎咧开嘴望着姐姐笑——兔唇使她的笑十分不自然。

安妮雅发誓：一定要让妹妹漂亮起来。

其实，收养了路易莎后，艾伦也想为女儿的眼睛和兔唇做手术。但是医生说，路易莎的眼睛属于先天性白内障，需要有人捐献眼角膜；唇裂现象十分严重，三瓣嘴唇向外翻着，挤掉了人中的位置，手术的花费比较大。

在这几年里，为了医治安妮雅的心脏，艾伦夫妇已经倾其所有，路易莎的手术一次次延后。

新一年加州少儿钢琴大赛再次拉开序幕。安妮雅准备参赛，她告诉艾伦，她要把路易莎打碎的那个奖杯夺回来，她要争取到冠军的奖金——这笔钱正好为妹妹做兔唇手术。

钢琴大赛上，安妮雅的琴声感动了所有的评委。尽管路易莎看不到姐姐的表演，但那熟悉的琴声和音乐厅传来的雷鸣般掌声告诉她，姐姐再次获得了成功！

……

在圣母玛利亚医院里，路易莎感到一片洁白在眼前浮动，逐渐地，模糊的视线清晰起来：爸爸妈妈慈爱的脸；镜子里自己那只有一点小痕迹的漂亮嘴唇；树枝上飞来飞去的东西原来就是小鸟；鲜花可以有那么多美丽的颜色……她贪婪地看啊看，可是，她依然很失望："妈妈，姐姐呢？"

艾伦哭了，她把路易莎抱在了怀里："我的女儿，你的姐姐获得了大赛的冠军，但是，表演结束后，她就倒在钢琴上了，尽管医院竭力抢救，她还是飞向了天堂。"

看着姐姐和自己的合影，路易莎抽噎起来。

"路易莎，安妮雅其实和你一样，都是我们收养的孩子。当初，医生说她的心脏最多维持5年，她被孤独地遗弃在这个世界上，但是，这样的孩子才最需要关爱——安妮雅靠着坚强的毅力，创造了她生命的奇迹，也成为最年幼的钢琴家。"

"妈妈，这也是你们收养我的原因吗？"

"是啊，路易莎，只要我们给予爱，每一个孩子都是天使！"

是姐姐把眼角膜移植给了妹妹，妹妹才终于见到光明——正如妈妈说的那样：姐姐把爱给了妹妹，妹妹会一天比一天漂亮。

《青年文摘》
原创精华系列丛书／第一季

烽火家书

◎曾庆宁

　　一位慈爱的父亲、一位忠诚的丈夫对妻子和孩子们的爱不会因为时间、地点或职业的不同而改变。烽火连三月，家书抵万金。以下是一位战场上的美国军人给妻儿的书信。

丈夫的信

　　1月31日：我最亲爱的芭芭拉，随着航空母舰离开港口，看到你和孩子们渐渐从视野中消失，我怎么都控制不住自己的眼泪。过去3年在基地工作的日子真是太美好了，我可以每天都和你们在一起。这几年，孩子们长大了许多，我对孩子们亦有了更深的了解，正因为这样，离别，变得更加艰难。

　　2月19日：是你的生日。可是，你没有变老。在我眼中，你还是17岁，跟我第一次在舞会上见到你一样妩媚、动人。只是现在，更有了成熟女性的美，更加让人着迷了。当我写下这些文字时，我的脑海里尽是你的身影。我亲爱的妻子，我是如此深爱你！

　　2月25日：作战的时刻就快到了。明天我们将会处在危机四伏的战场，我已被列入明天的飞行作战队伍。我感觉现在就像考试前的晚上，我似乎还没有做好足够的准备。我真的好紧张。我承认，自己真的很害怕被炮火击中。

　　2月27日：今天，我很难过。我们惨痛地损失了一架直升机和上面的所有机组成员。我上个星期刚和这个机组的成员一起弹过吉他。

3月5日：我很高兴孩子们喜欢我给他们写的信。我想，如果他们能和父亲有近距离的接触，而不仅仅通过你来传达我的只言片语，感觉一定会更好。我能想象安德鲁说"失踪的老爸"时的表情。这个可怜的孩子，他不可能理解正常的生活秩序为什么会被打乱。就连我自己也不知道为什么会这样。

3月10日：我从一次空袭行动中返回。亲爱的，你或许无法想象，当你在空中穿过海岸线返回航母时，蔚蓝色的大海是多么的美丽、壮观。大自然真美，为什么需要战争呢？

3月12日：现在是凌晨1点20分，我正坐在战机的驾驶员座舱里等待飞行指令。窗外，是平静的大海，它像睡着的婴儿那样温柔地呼吸。再过一会儿，接到出发命令后，我会起飞，上帝保佑我能平安返回。

4月23日：作战行动的频率现在比较稳定，可我们的淡水储备越来越少。上级命令，大家都不准冲凉。出去执行任务，那些满身大汗归来的人，会有些优待，不过也只是发些除臭剂和剃须后搽的润肤香水。

5月6日：过去两天都一直在等候一场大战，可是因为恶劣天气影响，我们一直没有出发。生活不是很沉闷，总是有新闻：昨天一架飞机在航母甲板上着火了，今天早上又来了一条坏消息：一个士兵被卷进了螺旋桨，导致一场混乱。为了一些无聊的挑起战争的人，一个人不得不忍受长时间的妻儿别离和龌龊的生活环境，最后，他的结局是死亡，这样的生活，真是让人难以忍受。

经历这场空战的巨大压力后，我才意识到家庭的祥和与宁静是多么宝贵的财富！我渴望孩子们用小手拥抱我。每当我憧憬自己与孩子们在一起，陪他们玩，给他们解释这个世界，让他们了解我时，我就忍不住眼泪直流。我会时常想起你，亲爱的，你是我今生最伟大的一笔财富。你用你的美丽和善良装点了我的生命，你是我生命中一切美好事物的源泉！

5月19日：今天是个坏日子。前方传来的消息说，敌人的炮火很猛烈。又一架飞机被击中，两名飞行员失踪。他们很有可能被俘虏了。我希望如此。昨天有个同事还打趣说"你不能指望自己被炮火击中后又活转过来，不过，从战俘营里活着出来的可能性倒还是有的"。

5月31日：今天很开心，因为刚才战地通信员给我捎来一封信，里面有你和孩子们的照片。芭芭拉，我不能告诉你，不要担心或者不要害怕。所有我想说的是，希望上帝能保佑我8月份回到你和孩子们身边。我现在最想做的事情就是和你们一起去野营，就像儿子巴特经常提起的那样，带个大帐篷……

6月2日：谢谢你寄来的信和巴特的小牙齿。我好希望现在就能听到巴特唱歌。他拥有独具感染力的歌声。我是那么爱他。告诉阿里森，我可爱的女儿，我有多么想念她。当然，还有我勇敢的儿子安德鲁。

6月3日：我很难过地告诉你，德芙今天在海上执行任务时失踪了。搜索救援工作还在进行中。他是凌晨2：30起飞的，之后就同我们失去了联系。

希望你在为我祈祷。我现在心里像打翻了五味瓶，恐惧、骄傲、伤感、愤怒和自怜。我不知道自己到底有没有勇气，我这样做下去，值得吗？我觉得自己很懦弱，当然，在外面，我还在做出一副硬汉的样子。

6月6日：明天，我服役的时间就满10年了，而下周就到了我们结婚9周年的纪念日。一个美丽善良的女人陪我度过了9个春夏秋冬，为我生下了3个漂亮可爱的孩子。没有你，亲爱的，想想看，我会像秋天里的一片叶子——干燥而无生机。

6月9日：亲爱的巴特，我的儿子，你好吗？我非常喜欢那个录有你、妈咪、阿里森和安德鲁声音的磁带。我也非常喜欢你说的笑话，我和我的同事都笑得掉了眼泪。孩子，掉眼泪不总是难过，特别特别开心的时候，也会掉眼泪。

亲爱的阿里森，收到你的信，我非常开心。你在家里要多帮你妈做些家务事，给弟弟们做个大姐姐的好榜样。深深爱着你们的"失踪老爸"。

6月14日：今天进行了颁奖仪式。我获得了自己从军以来的第一枚空军勋章。可是，我并不是很开心。明天将是我们最后一个作战期的开始。之后是32天的战斗……亲爱的，我多想拥你入怀，抚摸你美丽柔软的脸颊。我是如此深爱着你和孩子们。

7月29日：我简直不敢相信这一切的发生。现在是早上7点钟，我正在愉快地憧憬着我们的团聚，我们的野营……我们的空战任务已经结束。罗伯特和我刚才还在庆贺我们圆满完成任务。可11点我们得到从福雷斯特尔航空母舰发来的急电，说他们的船失火了。我们正全速挺进以支援他们。我看到他们的船尾浓烟滚滚，飞行甲板上可以看到一些飞机烧焦的残骸。据说，至少有20多人丧生，很多人受伤。

上帝！这会对我们造成什么样的影响？他们本来是过来接替我们执行任务的，现在，我们可能会被无限期地困在前线。

妻子的信

8月31日：我最亲爱的丈夫约翰，我爱你。他们告诉我，你走了，永远地离开了我们。我不相信他们，我不要你走，你不能就这样离开我和孩子们。你说过一定会回来，我们已经买好了野营的用品，就等着你回来……你不能死，我们还要在一起做很多事呢。还记得我们一起走过的日子吗？我知道你想回家，你不会走的……

噢，约翰，我爱你，请你马上给我回信，马上……约翰，我的眼泪湿透了信纸，我不能再写下去了……

后记：美国海军上尉约翰在一次执行夜间飞行任务后返航时，飞机坠毁在航空母舰的飞行甲板上，而他的身体永远留在了大海。

赛莲，爱的悲歌

◎上善若水

残酷的自然条件下，每种动物的生存繁衍，都需要它们懂得爱和牺牲。

11月的夏威夷海域，湛蓝的海面下温度适宜。从遥远而冰冷的阿拉斯加，来了一群每年造访的客人——座头鲸。

有幸成为马克博士跟踪考察座头鲸群船队的医生，我在这次鲸鱼迁徙的过程中，认识了那条被马克博士跟踪了3年的雌鲸——赛莲。

到达夏威夷海域的时候，赛莲看上去很疲惫。在迁徙过程中，受到虎鲨攻击，让它失去了自己刚刚产下不久的幼鲸。看着虎鲨们疯狂地撕扯着幼鲸，赛莲脱离了队伍，用庞大的身躯一次次地冲击着鲨群，企图救回自己的孩子。但是由于缺少尖利的牙齿，它被鲨鱼们围攻，身上受了很重的伤。

如果不是几条雄鲸的救援，或许赛莲也会命丧于阿拉斯加海域边缘冰冷的海水当中了。虽然被救下来，可是赛莲却一路都游离在鲸群之外，显得格外的疲惫和伤心。

按照马克博士的推测，在到达夏威夷海域后，鲸鱼在这个温度适宜的海域进行新一轮的求偶和交配。对于失去孩子的赛莲来说，最好的选择就是重新和一条雄鲸在一起，这样不但能够得到保护，让它的伤迅速好起来，而且也能减少一些丧子的哀痛。

鲸鱼的求偶方式是让人叹为观止的。月夜里的海面上，温柔的海风中，雄鲸们努力地跳出水面，显示着自己的强壮。它们会在海面上震动声带发出犹如歌声般的美妙叫声，吸引着雌鲸的到来。可是从望远镜中，我却始终没有找到赛莲的影子。

马克博士好奇地要过望远镜开始寻找那条伤心的鲸鱼。他忽然叫了起来："怎么可能！上帝。"顺着他手指的方向，我重新从望远镜里看去，赛莲静静地浮在一群已经在阿拉斯加繁殖过幼鲸的雌鲸群里，根本不为雄鲸的歌声所动。

而在它的身边，有幼鲸快乐地游动着，似乎在嬉戏，一条幼鲸忽然潜下去，到赛莲的身体下面去寻找乳头。

马克博士惊奇之余，言语里有些担心，他告诉我，因为夏威夷海域海水温度的缘故，这里缺少阿拉斯加那样丰富的磷虾和浮游生物。一般来说，鲸鱼们都是依靠着在阿拉斯加囤积的脂肪来度过在夏威夷海域6个月的漫长日子的。对那些需要喂养幼鲸的雌鲸来说，需要更多的脂肪转化为乳汁，往往到了6月向回迁徙的时候，它们会变得非常虚弱。

像赛莲这样，本身带伤，但还要坚持喂养那些不是自己幼鲸的鲸鱼，对它来说是件非常危险的事情。

听马克博士这么解释，我感到有些疑惑。我不知道赛莲怎么想，是不是要喂养其他幼鲸，来弥补丧子对自己的伤害。

整整一个冬春，我们对赛莲都特别地关注，我们发现，赛莲并不是只喂养某头幼鲸，而是当起了整个鲸群幼鲸的"奶妈"。那些雌鲸们似乎知道过度消耗自己的脂肪，对于迁徙来说是件危险的事情，并不阻止自己的孩子去接受赛莲的喂养，自己反倒很悠闲，保持着不错的身体状态。

6月末的时候，我几乎不能相信，望远镜里定位的那条雌鲸就是赛莲，也许是内心感觉的问题，我觉得它非常地消瘦。游动的时候，庞大的身体缺乏力度，似乎已经极端地憔悴。

迁徙回阿拉斯加的日子终于到来，等待着饥饿的鲸群的，将是营养丰富的大餐。我们的船队跟随着它们迁徙的路线进行考察。意外地发现，一向是雄鲸在迁徙队伍的外围，这次赛莲意外地出现在了队伍的最边缘。

借助着同类巨大的划水的推力，赛莲勉强能够跟得上队伍的行程。大约用了40天时间，它们距离阿拉斯加海域越来越近。已经有磷虾群出现，鲸鱼们开始有组织地交替着补充自己的营养。我和马克博士都为赛莲感到高兴。可这时，我们发现，鲸群被一群气势汹汹的虎鲨围困住了。它们的目标是那些又长了不少的幼鲸，但是想绕过雄鲸的包围，显然不是件很容易的事情。

外围的鲸鱼们，开始左右摇摆着巨大的尾巴拍打水面，冲击和压力把鲨鱼们抵御在鲸群之外。虽然看上去不是很厉害，但是被那尾巴拍打一下，毫无疑问会结束这些深海强盗的性命。狡猾的虎鲨们，开始集中攻击一只外围的鲸，眼看着它抵挡得吃力，被狡猾的鲨鱼狠狠地咬去了一块皮肉，鲜血顿时染红了海面。闻到血腥气息的虎鲨们显得更加疯狂，它们加紧了攻击，如果鲸群不能迅速摆脱，或者没有鲸鱼去援助被攻击者，那么肯定会失去自己一个伙伴。但是如果去援助，那么队形被打乱，虎鲨们一定能找到机会，攻击那些幼鲸。

整个队伍边抵挡着边加快速度前进，可是依旧摆脱不了这些嗜血者。

就在队形即将涣散的时候，赛莲却脱离了队伍，冲向了那群虎鲨。巨大的尾巴一下将一条虎鲨拍出了水面，虎鲨们疯狂地对它开始了攻击。皮肉一块块被撕咬下来，赛莲挣扎着，拼命地用尽全力在海面上翻腾，我的心被揪得紧紧的，期望着鲸群里会有鲸鱼像上次一样去救援它，可是鲸群却快速地向着前方游动着。

我们的船经过那不平静的海面旁边，赛莲已经被撕咬得露出了白色的、巨大的骨架，几十条虎鲨一拥而上，可以看得出，赛莲的生命已经结束。

那是我永远难以忘却的一条鲸鱼。它用自己的爱和牺牲，去换取整个族群的生息繁衍。

在灾难里游走

◎落花无声

曾经在中东遇到过一个美国人，叫查理·克鲁斯，穿着破旧，满身风尘。那个时候我正在现场拍摄一些照片，身边是中央电视台的记者和摄像。

这是一次联合部队和伊拉克左翼分子的比较大规模的冲突。伊拉克人用炸弹袭击了美军前来购买物资的军车，结果军车里有十几个全副武装的士兵。美军士兵手上的枪吐着火舌，轻易地收割了这些伊拉克人的生命。

查理·克鲁斯的工作也是拍照。不过，不同的是他从来不像我们一样，只拍摄惨烈的战争场面。他会很认真细致地用相机近距离记录一些死伤者的画面。我知道，那种拍摄出来的画面和效果，会让人看起来触目惊心。

接下来大概3个月的时间，我都在伊拉克工作，冒着危险出现在各种冲突地点。不管到哪里，我几乎总是能看到这个人，他也总会出现在伊拉克发生激烈冲突的街头；或者在小规模战斗后，出现在那些伤者和死者的旁边，看着救护人员来来往往，我注意到他蓝色的瞳孔里充满了忧伤。

起初，我以为他是个外国的新闻记者。熟悉后才知道他是美国人，家乡在明尼苏达。我问他供职于哪个报社或者新闻机构，他摇摇头，然后告诉我："不，我没有在那些部门工作。"

"那你怎么来做这种事情，在这么危险的情况下？"我好奇地问，难道他是个民间摄影爱好者，想证明自己的价值，或者是想拿到普利策奖？美国是有很多民间摄影师这么做的，他们拍摄技术精湛，其中有些还在为《国家地理》杂志等著名的刊物工作。

他摇摇头，不回答。沉默里，我看到他眼神里的哀伤。我开始推测，他受过战争的荼毒，或者曾经是个美国的大兵，有什么难忘的经历。

查理是在一次伊拉克临时医院的冲突里受伤的。赶去的路上，我们就已经得到了消息。联合部队的一个小驻地遭到了伊拉克人的骚扰，在联军反击后，伊拉克人开始溃退。其中有一部分人躲避在一个街头用帐篷搭建的临时医院里。联军包围了那几个帐篷。

我们赶到的时候，联军已经开始对那几个帐篷进行搜索。其中一个伊拉克人突然从自己的身上拿出了一枚手雷，想做垂死的挣扎。

就在联军士兵们不敢贸然前进的时候，查理忽然从帐篷一个不起眼的角落溜了进去。他扔掉了手里的照相机，然后迅速地把那个伊拉克人扑倒，死死地按住了他拿手雷的手。

他脸上因为用力而涨得通红，生死一瞬间，我没有想到，查理竟然会做出这样的抉择。

控制住局面的联军很快把伊拉克左翼分子带走了。查理大口喘着粗气站了起来。我上去拍拍他的肩膀，竖起大拇指说："Good!"查理笑了，似乎自己做了一件应该做的事情一样，腼腆地对我点点头。

那是我第一次采访一个与战局和联合部队无关的美国人，让我吃惊的是，他是美国的一名物理学家，很出色的物理学家。而他的工作，就是在一家研究机构里，同其他人一起尝试着用自己的知识来开发和创造出更精良、更具震慑力和杀伤力的武器。

我有些恼怒，问他是不是到遥远的伊拉克来，就是为了看那些伤者被武器袭击后的创伤，以便能够为自己的工作提供一些有用的情报资料。

他摇摇头，从背包里拿出一些照片给我看。全部是在悲惨的战场。巴以冲突，巴勒斯坦人被以色列的炸弹炸得血肉横飞，照片的最近处，安静地躺着一个失去头颅和臂膀的尸体。而另外一些照片上，一群外国人放肆狰狞地笑着，他们的脚践踏着地上的死者，得意非常。

"我不停地在这些地方游走，"查理低声说，他的声音有些沙哑，"每到一个地方，这些人为的灾难都在提醒我。有些时候，科学真像一场灾难，而它掌握在我们这些人的手中，或者我们会因为自己要取得突破和荣誉，去尝试一些能带来更大灾难的东西。这种想法让每个科学家都热血沸腾，蠢蠢欲动。所以我只能依靠不断地利用假期来温习这些别人不愿意看到的东西来警告自己，不能再当灾难的帮凶。我和我的几个伙伴每次看到我带回去的照片的时候，就内心战栗。我们不知道自己所发明的东西什么时候会需要自己的家人去恐惧地面对。"说到这里，查理平静地说："几年来，我在灾难里游走，就是想让我们发明的武器只会影响人的行动能力，而不是致人死亡。我能做的只有这些。"

也许查理只不过是个杞人忧天，或者说是在美国武器研究界籍籍无名的小人物；也许他这种态度让他难以在事业上有所突破，最终流于平庸；也许，查理永远难以得到诺贝尔物理学奖的青睐，但是他在我心目中的位置，却不亚于任何一个取得了巨大成就的科学工作者。因为当我们人类面对科学的时候，不仅需要虔诚，也需要一些敬畏。

和平篮球手

◎ 〔美〕西尔·图海　　刘宇婷编译

2005年11月的一天，我们的汽车满载着巴勒斯坦儿童在一所以色列大学的校门前停下来，我们是如约前来与以色列儿童一起打篮球的。虽然已经为使用该校的体育馆而付费，保安却仍紧锁大门，拒绝我们入内。愤怒的孩子们——这些从前的加沙定居者与面前的"入侵者"冲突起来。阿拉伯教练担心孩子们的安全，赶紧把他们赶回汽车，一溜烟地开走了。我被撇在人行道上，无法相信眼前发生的一切。过去的6年里，我和哥哥布伦丹已成功地把不同文化冲突下的孩子们通过篮球联结在一起——我们称之为"和平篮球手"工程。然而此时此刻，在冲突频仍的以色列，我们似乎遇到了真正的考验。

从小我就酷爱篮球，我和哥哥在华盛顿的一个黑人聚居区长大，经常与黑人小孩一起打篮球，那时我就学会了尊重文化差异。我们打过高校篮球联赛，甚至在北爱尔兰的职业球队效过力。但后来我受了伤，不得不离开赛场。我在北爱尔兰的一所小学担任篮球教练，组织训练和比赛，还破天荒地把信奉天主教和新教的孩子们混编在一起。看到他们逐渐成为队友而不再是敌人，我产生了一个大胆的想法——和平篮球也许能在其他地方同样生效。

在哥哥的帮助下，2000年秋天，我带着一只篮球和仅有的7000美元前往南非港口城市德班，决心在那里有一番作为。5年过去了，我们在南非和北爱尔兰都启动了全年运作的"和平篮球手"工程——将近12000名北爱尔兰天主教和新教儿童，以及25000名南非白人和黑人儿童学会了一起打球，共同合作。

这时，又一个念头闯入我的脑海——既然和平篮球在这些地方能行得通，为什么在以色列不行呢？

一踏上以色列的土地，我就明白了这里的确不同——它仍处于战乱之中。当我在2005年6月初次抵达约旦河西岸时，不得不通过全副武装的检查站，深入一些非常危险的地区。我亲眼目睹过法塔赫与哈马斯武装的小规模战斗——我正经过一个检查站时遭遇了伏击，子弹在我的耳边呼啸而过。我怎么可能在这里开展"和平篮球手"工程呢？我彷徨了。

2005年11月的那天，本来是我们举行首场阿拉伯－以色列篮球赛的日子，但看起来比赛不得不取消了。参赛的孩子们分别来自东耶路撒冷和西耶路撒冷交界处的两个村镇，他们本来是近邻，但是一周前两村之间增设了关卡，起因是一名以色列士兵打死了一个阿拉伯司机。我们费尽心力想要消除的恐慌如今更加厚重地凝结在空气中。望着以色列大学校门前坚定站立的保安，我一筹莫展……

过了一会儿，以色列球队的教练带着队员们到了。我向他解释了情况，他说："把阿拉伯的孩子们找回来，现在正是需要我们克服困难的时候！"他给几个熟人打了电话，终于迫使保安放行了。不久，阿拉伯人和犹太人齐聚一堂。

起初，孩子们摩拳擦掌地要各自为战，我说："那当然可以，不过要等到你们熟悉每个人的名字以后。"于是他们只好交谈起来。我们把两个球队混编后开始训练。这些公认的敌对者穿行于彼此中间，为彼此加油，玩得很开心。这次训练预计两小时，可是进行到40分钟时，该校校长气势汹汹地闯进体育馆，命令我们马上离开。她高声指责那位犹太教练竟然让阿拉伯孩子在这儿打球！转眼间，所有的人都争论起来。我偷眼观察孩子们，他们正在朝我们窃笑，似乎为做了大人不允许的事情而沾沾自喜。我们离开体育馆，全体去吃了顿比萨饼。这一天结束时，孩子们知道了彼此的名字，很多人还互换了电话号码。此后，两支球队每个月就相聚一次。

无论我们之间的差别有多么巨大，在篮球场上，在生命的舞台上，我们都属于同一个团队。不同文化间的畏惧和猜疑不会在一夜之间消弭，然而，学习合作共赢也并非难如登天。它始于一群孩子简单地互通姓名，并将以此为起点，将和平的种子不断地散播下去……

非卖品

◎〔美〕罗杰·吉泽　韦盖利编译

　　我刚上班,因为刚起床不久,所以还有点儿迷糊。候诊室里坐着的那个流浪汉说:"求求你,给我一杯加糖的咖啡吧。"我对他挥挥手,叫他别烦我了。

　　我看到麦克医生急匆匆地跑来,后面跟着几个护士,他们掀起门帘进了急诊室。

　　"怎么回事?"我问导医台的护士。

　　"有个病人可能是遭遇车祸了,我也不是很清楚。"她随口回答说。

　　我走过去,透过门帘往里面看。情况好像很糟糕,一个老妇人躺在急救推车上。她的右腿折到身体下面。

　　"吉泽,你去医院门口等她的丈夫桑普尼先生,他已经从亚特兰大乘飞机过来,大概30分钟之后就到了。"护士长指着医院门口对我说。

　　我又一次经过候诊室。那个邋遢的家伙又对我说:"能不能给我一杯加很多糖的咖啡?"我进医院赠饮处倒了半杯热咖啡,往里面倒了半杯糖。拿那杯咖啡去给他的时候,我一边走一边透过大玻璃窗向外看,生怕错过了桑普尼先生。

　　那个邋遢的流浪汉叫杰弗里,我们医院里的人都知道他,他是我们急诊科的常客,一个星期要来几次,不是这里痒就是那里痛。唉,不提他了,我还是去等桑普尼先生吧。

　　我在外面等了一个多小时。突然一辆黑色的卡迪拉克开进来,"嚓"的一声急促地停在停车位上，车上下来一位衣着考究的男人，径直向我走来。

"我叫桑普尼，我的妻子在哪里？"他说话很大声，而且其中命令的口气很重。

我带他进医院时，他急匆匆又有些粗鲁地推开人群，很快就到了急诊室外面。我镇静地指着座位区说："你到那里去坐，我去看看你的妻子在哪里，以便你能见她。"他慢慢地转过身，向座位区走去。

"你臭得像从地狱里上来一样。"桑普尼对杰弗里喊了一句，赶紧离他远远的。杰弗里笑着，从衬衣口袋里拿出一粒剩下的栓剂对桑普尼说："想吃糖吗？"

我笑了一下，转身走进急诊室里。

几分钟后，我回到候诊区，向桑普尼先生说："她急需输血，医生正在艰难地为她找血源。因为她的血型比较特殊，所以相当难找。"

"我知道，她是AB型血，难道你们这里连个同血型的人都找不出来吗？"桑普尼很激动，他的手在胸前挥舞着。

"我打断一下。"杰弗里这时插话说。

"你闭嘴。"桑普尼指着杰弗里大声说。

杰弗里不敢往下说了，他老老实实地回到原来的座位上坐了下来。

麦克医生不知什么时候已经来到我的背后，他拍拍我的肩膀说："罗杰，让我跟桑普尼先生谈一谈。"

我后退了几步，站在那里。听到麦克医生跟桑普尼先生说："你妻子急需输血，但找不到血源。最近也要到佛罗里达的杰克森维尔去调用，来回要几个小时。"

"可以再给我一点儿加糖的咖啡吗？"杰弗里又跟我说。我走过去拿他的杯子。他喃喃自语："我的血管里流的是AB型血。"我打趣地向他眨了一下眼睛，就去帮他倒咖啡了。当我递咖啡给他时，杰弗里又说："真的，我是AB型血。"我没有说什么，走到急诊室找麦克医生去了。

"现在怎么办？"我向麦克医生问道。

"我们需要血，很急。"他回答说。

"这个问题可能也不大，刚才杰弗里那家伙说他是AB型血。"

麦克医生听了，眼睛一亮，转身向候诊室走去。

过了一会儿，验血师来了，给杰弗里验了血，那个又脏又臭的家伙没有骗我们，他真的是AB型血。

桑普尼知道杰弗里是AB型血后，大声说道："你卖多少血？我全买了。"

杰弗里坚定地说："我的血是不卖的。"桑普尼顿时目瞪口呆。

麦克医生带着杰弗里走了。我跟桑普尼说："你在这里等一下，我去跟杰弗里谈谈。"

我走进赠饮处，为自己倒了一杯咖啡，然后，沿着走廊去找麦克医生和杰弗里。找了大概十分钟，终于在医生更衣室里找到了他们俩。杰弗里正在淋浴，从头到脚都擦了香皂，麦克医生在拿个刷子帮他刷着。

我看到杰弗里的肋骨好像要钻出来一样。我真有点儿弄不明白，这么瘦骨嶙峋的人，体内却流着像金子一样贵重的血液。

"你忍心让那妇女因失血而死吗？"我问杰弗里。

"当然不。"他说。

"可是，你说你的血是不卖的。"

"我的血是不卖的。"他又一次坚定地说。

不多久，外科医生到了，那妇女和杰弗里一起被推进了手术室里。

又过了几个小时，杰弗里跟桑普尼一起坐在候诊区里。两个人一起有说有笑地喝着咖啡。

那天下午，我和朱妮娅、威尔伯一起乘救护车把桑普尼夫人送到飞机场，把她安放到一架私人飞机上。我站在跑道上时，那辆黑色的卡迪拉克开进了停机坪，车里走出的是桑普尼先生和杰弗里。我第一次看到杰弗里那么整洁。

"看我！"杰弗里眼中闪着泪花。"那领结看起来很好，杰弗里先生。"我向他点头，并举手敬了一个礼。

"你要吃糖吗？"他把手伸进衬衫口袋里。

"不要。谢谢。"我笑着目送那两位先生登上了飞机。

一张名片

◎爱吃包子

　　克劳齐无疑是森特镇上的恶棍。刚刚20岁的他身强力壮，据说还练过拳
击。镇上的人们大多都被克劳齐捉弄过，如果你有异议他就会挽起袖子，凶
悍地对你晃晃拳头。

　　这天，克劳齐来到酒吧的时候刚刚入夜。见他进来，吧台前几个年轻人
知趣地站起来让出了座位。坐在吧台前，左右没有一个人的克劳齐像一颗炸
弹一样。每个人都害怕自己的接近会让他就此爆炸。

　　侍者颤抖着把一打啤酒放在了克劳齐面前，然后见鬼一样慌忙离开。因
为紧张，他没看清楚脚下的路，被一张凳子绊了一个趔趄。这让克劳齐更加
得意，咧着嘴嘿嘿地狂笑了起来。

　　克劳齐对着瓶子，咕咚咕咚地把啤酒喝下去。这个恶棍的酒量不怎么
好，几瓶下肚，已经是满脸红得滴血，浑身上下散发着酒气。

　　"来杯威士忌，先生！"酒吧的门被推开了，一个四十岁左右年纪瘦小的
中年人走了进来。这个人走到吧台前，一屁股在克劳齐的身边坐了下来。

　　这个人要倒霉了，他的鼻子会被这个恶棍打扁的。酒吧里顿时安静了下
来。似乎所有人脑海里都出现了一个镜头，这个瘦小的中年人被高大的克劳
齐挥舞着拳头，打得满脸是血。

　　"你叫什么名字，小子！"克劳齐也发现了身边这个敢对自己"嚣张"的人。

　　中年人有礼貌地对他点点头，笑笑，似乎没发现克劳齐脸上散发着的凶

光。他站起来，从口袋里掏出了一张名片，双手递了过去："你好，朋友。我叫亚琛特，是保罗饰物公司的职员，我到这里来是要采购黄金的！认识您很高兴，我想我要请你喝杯酒了！"

克劳齐愣了下，竟然双手把这张名片接了过去。所有人都不敢相信自己的眼睛，克劳齐说："不，哥们儿，今天我要请你才对！"

一个外来人和恶棍喝酒喝得很高兴。酒吧里的人都猜测着，恶棍会有什么阴谋。可是从头到尾，克劳齐表现得都像个尽职的主人。最后，从来喝酒不给钱的克劳齐破天荒地拿出了钞票。他把钱递给了一脸忐忑的侍者，然后搀扶着亚琛特说："你住哪里？我要送你回去！"

很快，亚琛特就离开了森特镇。可是，镇子上的人却发现克劳齐变了。这个恶棍竟然会对别人微笑，粗鲁凶悍的他再也见不到了，而所有商家都发现，他不再赊欠或者白拿东西了。惊喜之余，大家纷纷猜测这是为什么，他们知道这些一定和那个亚琛特有关。但是，他究竟对恶棍做了什么？

后来镇上在金矿上班的人，见到了经常到矿上去谈生意的亚琛特，向他请教恶棍改变的秘密。亚琛特听完他的描述，脸色苍白地抹了一把汗，他说："上帝，你是说克劳齐那个不错的孩子吗？我简直不敢相信他是个恶棍！"

亚琛特所做的很简单，就像大家看到的那样，只是递了一张名片，说了一声要请克劳齐喝酒而已。他问镇上的人："是不是从来没有人那么对待过克劳齐？"

再后来，恶棍克劳齐成了保罗饰物公司的一名员工。介绍他加入公司的就是亚琛特，他给老总的说辞非常简单，他说："我相信他一定能够胜任，因为对于一直在黑暗里的人来说，内心里总希望一点儿明亮的阳光！"

乡村教师

◎胥加山

    如果在某个农忙季节的早晨，你走在通向乡村学校的一条小路上，必定会遇到一两位头发有点蓬乱、面容有点憔悴、肤色有点黝黑，看似农民，可从匆匆的脚步和偶尔的问候声中，又感觉不是农民的人。他们衣着朴素、谈吐文雅，尤其是上衣胸前口袋上的一支钢笔，才让人想起他们是乡村教师。

    乡村教师在农村扮演着双重角色，工作时间，他们是老师；工作之余，他们仍是农民。他们是一个村庄的尊重。一时他们因忙于教书，忽略了自家菜园里的农活，该红彤彤的番茄挂藤、嫩绿的韭菜铺地时，他们家的菜园还是一片荒芜。

    于是在某个礼拜天的早晨，他们挎着菜篮，来到村庄的卖菜摊。谁知，他们还未走近菜摊，一个个勤快的农家妇女左一声右一声称呼他"老师！"他叫不出她们的名字，直到她们说出自己的孩子被他教过，或正在他的班上读着书时，他才想起一个个孩子的笑脸，而她们像孩子般多么淳朴呀！不一会儿，他的篮中塞满了新鲜的蔬菜，他付钱，她们客气地拒绝：都是自家种的，付什么钱呀？再说，就允许你对咱家孩子好呀……就这样提着满满一篮蔬菜回家。回家的路上，他感动得双眼潮湿，不住地对自己说，自己对孩子的教书还要更好……

    乡村教师在农村还是小伙子时，他的婚姻成了一个村庄的大事。有人说，嫁个乡村教师，肩不能挑担，手不能提篮，日子过得肯定够呛。忽一天，一位勇敢而美丽的姑娘，冲出传统的樊笼，嫁给了乡村教师。起初，她也胆怯，可真嫁了，才发现，乡村教师是她一生的所爱，不凭别的，仅凭人们称呼她"师娘"，就感到这一生在沾乡村教师的光。还有乡村教师点点滴滴细腻的爱，那是乡村男人无法做到的。于是成了"师娘"的姑娘，尝到了做乡村教师的女人的幸福，心甘情愿地为自己的男人操劳在田间，忙碌于家务……

乡村教师在简陋的乡村校舍里教着书，他们没有属于自己的节日，虽说他们自己清楚有个"教师节"，但他们不想告诉学生，是害怕孩子们会送上淳朴得如泥土般的礼物，那些礼物可是孩子们的学费呀——几颗仍有余温的鸡蛋，或一只仍在下蛋的鸭，或……乡村教师不过自己的节日，他们不遗憾！因为他们也有属于过自己节日的方式——要是某个学生从乡村学校考到城市读书，寒暑假归来拜见乡村教师，那便成了他最荣光的时刻——他和学生走在村里的每一条小路上，洒下的都是乡村教师幸福的笑声；若是某个被乡村教师教过的孩子大学毕业而且留在城里工作，忽然一天学生提着两瓶酒和一条烟来看望乡村教师，那是一个村庄的沸腾——乡村教师会把正在教的学生、家长全都邀请来，请他的得意门生现身演说读书的好处。完毕，他散着烟，和众父母分享着学生送来的酒，哪怕不会喝酒的父母，他也让他们闻闻……那场面热闹不亚于一个颁奖会！

乡村教师守着几间校舍和三尺讲台，日复一日，年复一年，培育着一批又一批学生，在他们"八分为师、二分为农"的心里，学生就如田地里的庄稼，一年丰收过后，等着的，又是下一年的丰收……

有种慈悲是给人成就感

◎连淑香

    母亲在乡下操劳惯了，没午睡的习惯，夏天，来我家小住，每每中午，她都会到家附近的小公园里转转，唯恐她在家，我睡不安心。

    一天中午，母亲刚出门，又折了回来，只是站在门内，下意识地从楼道的窗子往下看了一眼，就见楼下的垃圾箱旁有个10岁左右的小男孩，拿了根小棍子，好像做了什么见不得人的事一样，正张皇失措地东张西望着，在确定周围没人看他后，才放心地去追上一个正在快速滚远的易拉罐，捡起来，满眼欢喜地塞进口袋里，又跑回来继续翻垃圾箱。

    母亲叹口气说：这是个自尊心很强的孩子，不想让人看见他正在从垃圾箱里捡废品。一下子，我就明白了，母亲折回来，是为了不迎面撞伤男孩子的脆弱自尊。

    我认识这个孩子，来自四川，他的父亲是采石工，在一次塌方事故中不幸遇难。失去顶梁柱的家，眼瞅着无法维持，他母亲便带着他来到青岛，租住在我家楼下一间不足5平方米的半地下室里。他母亲在街边摆了个修鞋摊子，我们经常能看见小男孩在他母亲身边跑来跑去，也看见过他黑而瘦的母亲溜达到街边的弃物箱旁，把路人扔进去的空易拉罐、矿泉水瓶子捡出来，装进随身携带的一只口袋里。有时，见有人扔空矿泉水瓶子，小男孩也学了母亲的样子去捡，总被母亲厉声呵斥住。一开始，我以为是母亲溺爱他，不舍得他劳动，直到有一次，我去修鞋，见小男孩正抹眼泪，他的母亲一边给

《青年文摘》
原创精华系列丛书／第一季

我修鞋一边用旁人很难听懂的四川方言训斥他，大约是不许他做捡瓶子这样的事，是很丢人的。小男孩不领情，大声反驳她：你捡，你也丢人。

女人深深地看了他一眼，摸摸他的头：妈妈这辈子就这样了，怎么丢人都无所谓了，但是，你还小，将来是要做男子汉的，不能养成把丢人不当回事的习惯。

我在四川待过一阵，大体能听懂他们的方言，但，我一直装聋作哑地看着母子两个你来我往地用四川方言争执着。那是一位慈母在极力建筑起儿子的自尊。或许，她没读多少书，但是，她懂得一个人一旦习惯了放低自尊，将要承受多少来自别人的乜斜目光和言语的讥讽，这种来自别人意识里的看低所造成的伤害，可能要比贫穷更要锋利而刻骨。

这些来自狭陋的伤害，或许，她已不止一次地承受过，也不止一次地领教过它们的杀伤力有多厉害，所以，她不要儿子承受。可是，他懂事的儿子，那么体恤她，依然要在她看不见的时候，偷偷翻垃圾箱。

从那以后，母亲下楼，总会把家里的空酒瓶子空易拉罐什么的顺手拎下去，到了楼下，重重地往垃圾箱里一放。我知道，母亲这么做，是为了提醒男孩，又有人扔他需要的废品宝贝了。

后来，母亲回了乡下，我家再也没卖过类似旧报纸空酒瓶子什么的废旧物品，都是下楼时顺手扔进垃圾箱了，因为母亲说，这些东西能变卖的那几个小钱，在我们来说，实在没意义，但，对于那个孩子和他的母亲，却是生活的一部分。它们的意义，也就大了。我们为什么不呢？

我曾想过把这些东西放在男孩家的门口，这样，他就不必在脏乎乎的垃圾箱里翻来翻去了，却被母亲拦住了，她说那就成了施舍性质的帮衬。当一个人在接受别人帮衬时，他可能会心存感激，但他更会感受到自己的弱小，所以，才被帮衬，这是种让人灰暗的感觉。如果他从垃圾箱里捡来，就不同，因为，他劳动了，这些就变成了他的劳动所得。

当一个人面对劳动所得时，心情是快乐的，劳动所得不仅仅是让他得到了一点儿收入，更重要的是成就感和通过劳动所得到的尊重。

一份成就感的来源可能很大也可以很小，但是，它给予的精神意义，却是庞大的，那就是我在成长，我的劳动结出了果子。

总有爱领我们回家

飘零的生命，常常如风吹柳絮，或如雨打飘萍。因为变故，因为灾难，往往孤单而无助。行将被这个世界抛弃的时候，总有爱，将我们收留，总有爱，领我们回家，结束那没有出路的逃亡。爱，是这个世界最后的力量。

站在风暴的中心

◎查一路

　　秋浦河边，看渔夫捕鱼。捕鱼人用古老的方式捕鱼，撒下丝网，乘一叶轻舟，持双桨拍打船舷，波翻浪涌，如此反复……

　　河水清澈，能清晰地看到鱼在水中的游姿，一群鱼像箭镞一样散开，飞驰，闪电一般稍纵即逝。突如其来的声响，环境中的异变，使每条鱼都在条件反射地逃离。而渔夫捕鱼，正是利用了这一点。

　　网在水中以逸待劳，等待鱼来自首。鱼在水中的溃败，首先来自内心的慌乱，慌乱让它们本能地寻求逃生，而为了逃生却疯狂地奔向了危险。鱼从网上取下来，我有了发现，捕捞起来的，大都是此地俗名叫翘嘴白的鱼。我想知道河里是否只有这种鱼类。渔夫说，河里什么鱼都有，听到响声时，每条鱼都在狂奔，有些鱼游着游着，就停下来，沉到河底休息，只有这种鱼性急，径直向前，不知停歇，直至触网。

　　于是，记住了这种叫翘嘴白的鱼。

　　回城的路上。我在猜想，水中的鱼对于恐慌的感知到底是什么样子?就人而言，变动和恐慌又是什么?茨威格在《心灵的焦灼》中有一处形象的描述：厚厚的乌云宛如一个个沉重的黑箱子隆隆作响。在骚动不宁、震颤不已的树梢顶上堆积，有时候被一道闪电的火光照得通亮。潮湿的空气不时被阵阵狂风猛烈摇撼，我快步往回跑的时候，整座城市已经变了样子。黑箱子似的乌云、震颤不已的树梢、被风猛烈摇撼的空气，这恐怕是人的恐慌最形象化的图解吧?

对于恐慌,诗人维吉尔如此描述:我心惊肉跳,毛骨悚然,一句话也说不出来。恐慌是一种情绪,一种可怕的情绪,恐慌的终极是对恐慌本身的恐慌。然而,恐慌会将最坏的结局无限放大,让失措的心像鱼一样狂奔,直至触网。

在厄运中用勇敢的心迎击苦难,直击那困厄与恐惧的假面,更可凸显出天地间傲然挺立的人。"5·12"汶川大地震中,一些顽强的生命在废墟中存活了一百多个小时,用坚韧的毅力创造着生命的奇迹。坚强这个词,是人类战胜灾难的精神武器,无数的人们口耳相传,彼此激励,增添豪迈和胆气。

一位获救者的镇定,让我尤为钦佩。瓦砾之下,他的双腿被压住,全身不能动弹。但他冷静地思考着眼前骤然发生的一切。他在寻找,很快在身边找到一个塑料瓶,他靠着喝自己的体液,咀嚼纸张和烟蒂,存活了一百多个小时,直至被救出。

天塌地陷,看似万劫不复。唯有自我的从容和镇定,方能解救自己。当恐慌和狂奔徒劳无益时,理智告诉我们,不再去做那些行将触网的鱼。

如果大难临头,我们必须静下心来,先问问自己:我是否站在了风暴的中心,并且毫不退缩?

富豪们的选择题

◎张了格

亲爱的朋友，如果我给你一道选择题，你会选择其中的哪个答案呢？

1.花一万美元去做一晚上的餐厅服务生。请记住，是你花钱体验，餐厅老板不会给你一个子儿。

2.花一万美元去当一天的出租车司机。当然，还是你自己花钱。

3.花一万美元去乔装打扮一下，让你混入伦敦当一天的流浪汉。钱依然是你掏。

4.花两万美元去巴黎当一天乞丐，当然讨来的钱归你。不过那两万美元你得掏给策划公司。

5.花两万美元去日内瓦当一天公交车检票员，努力给每个乘客都挤出一脸微笑，没有工资。

6.花两万美元去纽约当一天清洁工，累得腰酸背痛，也没有工资。

7.花两万美元去威尼斯当一天街头艺人，赚来的钱也可以归你，至于你能赚来多少，那就要看你的表现了。

8.……

朋友，你面对这道选择题时，会选择哪个答案呢？我想你一定会说：不，我好像"没得选择"！因为这样的答案太不可思议了，简直就是一个大笑话。

是啊，这么一道题摆在我们面前，显得多么可笑啊，这个世界，哪个傻瓜会花钱去讨罪受呢？而且价格还不菲。

但是，也许你一定不会想到，俄罗斯就有这样的"傻瓜"，而且是一群这样的"傻瓜"。他们并非是神经错乱的精神病人，也非心血来潮的行为艺术家。他们是俄罗斯的一帮最有钱的富翁，他们几乎都拥有着高档别墅、欧洲古堡、豪华游艇、私人飞机、私人岛屿等等，有人甚至拥有美国B-52轰炸机。他们看似拥有一切，但却很热衷于在这些由特殊服务公司提供的上述选择中选出自己的答案，并花钱费力加以落实。

如果有人有机会问他们为什么要做这样的"选择"呢？也许他们并不会说出一个真实而确切的答案来。

在他们中间有一位叫斯莫连斯基的大富豪，他就是一个热衷于选择这些游戏的人。他很富有，他富到什么程度呢？他的儿子因为喜欢特维尔跑车，就干脆要他给钱把英国特维尔跑车制造公司买了下来，后来玩腻了，又处理了出去。他对此不干涉并毫无怨言，他甚至为儿子辩护，说儿子只是在找自己的乐子而已。当有一次，记者有幸问他这样一个问题："先生，您这么富有，住着顶级奢华的别墅，坐着自己的私人飞机，所有人都对你言听计从，您在享受这一切时，最强烈的感觉是什么？"

他摇头一笑，只回答五个字——"孤独与无聊！"

也许此刻，我们可以明白他为什么如此放纵儿子了，同时，我们也明白为什么他会在上述的选择题中频繁地作出选择了——因为他虽然很有钱，生活却很孤独与无聊！

原来，上天给每一个人的馈赠总是那么的公平。你拥有了财富，成为极少部分人组成的富豪阶层中的一员，但在一个小小的群体中生活，本身就注定了你的孤独；你拥有了财富，从此用钱可以买到一切。但当所有的东西都唾手可得的时候，你却会发现自己失去了追求的快乐，失去了生活的乐趣，所以你注定无聊。于是，你不得不通过疯狂的游戏去体验那简单而朴实的生活。

也许富豪们的做法在我们看来近乎疯狂，但是亲爱的朋友，我们作为一位普通人，或许应该从他们的作为中明白并谨记一个道理，那就是——让我们放下抱怨，开始珍惜眼前平凡的一切吧，尽管我们常常流着汗水饮下辛酸，但是我们不妨多一颗慧心，好好品味这平凡生活的苦甜。如果我们麻木而混沌地生活，就将错过平凡生活中用钱也无法买回的人生乐趣。

我在乎的是我的信誉

◎马　莉

教师黄国西退休后，去了美国加州和儿子生活在一起，几个月前，她接到老家学校电话，希望她在加州为母校物色两个外籍教师。

黄国西去了一些学校，和他们谈起聘用外籍教师的事情。令她感动的是，她每去一所学校，都得到当地师生的极大欢迎与尊重。他们很认真地听她谈话，去或者不去，都仔细说出原因，表现出积极配合的态度，用黄国西的话来说，他们并不因为她是移民、家庭妇女，手里没有正规的邀请函，就怀疑她的诚信度。

很快，黄国西为家乡的学校物色到了两个外籍老师。令她意外的是，当她电话告知家乡学校时，老校长却说他们现在暂时不需要外籍老师了，希望黄国西委婉地处理这件事情。

"这怎么可以呢？连续一个月来，我都在为这件事而奔忙！"

黄国西给家乡学校打了很多电话，强烈说明这不是一句简单的"要"还是"不要"的问题，是侵害了别人对自己的信任，她请求老校长不要食言。最终，老校长对她电话的狂轰滥炸不厌其烦，只要一看是美国来的电话，就干脆不接。

为此，黄国西决定亲自回国一次。她找到老校长，老校长直接问道：你究竟需要多少赔偿以弥补你联系外籍教师的辛苦？

黄国西受到了莫大的侮辱！她说，这绝对不是赔偿的问题，母校的出尔反尔使我不知道该如何给对方解释，关键是，以后还有谁会相信我？

"那我怎么办？"老校长问。

"我认为，既然说好要外籍老师，就不该中途变卦，如果实在有原因不需要，必须由当地教育局给美国加州发一个公开道歉函，证实你们有过此事，而且要邮寄礼物以表歉意。"

老校长觉得不可思议，他说："既然你在乎别人怎么看你，你就把责任推给我方就是了。"

"责任推给谁不重要，重要的是我不想毁坏别人对我的信任！"

老校长认为黄国西小题大做，他搪塞说一定给对方一个说法。可是，等黄国西回美国后，中方学校依然没有为这件事情作出任何解释。

于是，黄国西再次回国。

在她的强烈要求下，终于，中方当地教育局给加州出了一份公开道歉函，同时，给两位决定来中国的外籍老师邮寄了礼物，以示感谢。

登上回美国的飞机，黄国西似乎轻松了许多。当有人说她太较真，这样来来回回地折腾，为芝麻绿豆大一点儿事，一点不值的时候，她回答说：

"我在乎的是我的信誉，在美国，即便一个普通的外来老年妇女都得到别人的信任，我想我不能轻易破坏这份诚信与和谐。"

不错，在当今流行的一句话"谁认真谁倒霉"里，其实折射出一个极度消极、做人标准丧失、明哲保身的社会现象；只有当人人都在乎自己的信誉，不愿意让自己的诚信轻易丧失时，社会才显示出一种积极向上的亲和力，这种亲和力，就叫和谐。

改变人生的 5 个问题

◎ ［美］约翰·米勒　庞启帆编译

我做一些大公司的商务顾问已经20年了。我把我所掌握的生活以及工作场所中的成功的钥匙告诉这些大公司的管理人员，他们都因此改变了他们的人生。你愿意改变吗？如果想，那么问自己这5个问题。

我怎样才能成为一个好领导？

一次，我为一家位列世界财富500强的公司做讲座。讲座完毕，总裁和我握手，然后走到麦克风前，讲了一段开场白，接着开始操作投影显示器。马上，屏幕上出现了几个巨大的字：个人责任从你做起！他仅用一个字就改变了我的观点，意思却相差十万八千里。个人责任不是从我做起，而是从你。这就是他的领导观点。

一天，一个公司总裁在下班的时候往窗外看，他看到一个职员在走往公司停车场的路上捡垃圾。而他并不是清洁工。总裁查出了这个职员是谁，然后打电话叫他到自己的办公室。"你捡起了路上的垃圾，使我们公司的停车场看起来更清洁，我相信，一个干净的停车场将会回报我们最佳的利益。"总裁说。从这个简单的行动，他看到了一个潜在的领导。这名职员不久即被提升为所在部门的管理人员。

一家好的公司员工不会这样说："那是某某的工作"，或者"我替你做工作，你得给我报酬"。相反，他们拆掉分歧之间的围墙，节省时间和精力，创造一个愉快的工作场所。行动胜于雄辩。好领导是那些树立好榜样的人，他们带头做，而不只是发号施令。

我怎样才能与众不同？

大多数人都希望自己的人生能预料到某些事。然而，没有一个人能知道世界上所有问题的答案。但它只要在我们的力量可及的范围内，我们就能使之实现。就像特蕾莎修女曾经说过的："用大爱做小事。"

有一次，我到一家繁忙的饭店吃午饭，已经没有单张桌子可用，所以我坐到了吧台旁。一个侍应生端着一大堆刚用过餐的碗碟经过我身边。他看见了我，说："请你稍等一会儿，我马上就回来招呼你。"他回来后告诉我："这不是我负责的工作，但我不想让您一直等着。"他拿起我的点菜单，其中包括一杯无糖可乐。"我们不供应这个，先生。"他说。

我告诉他那就来一杯水好了。

几分钟后他端来我的食物，然后迅速回到他的岗位。他再次出现在我的面前时给了我一个意外惊喜：一瓶冰过的无糖可乐。"你从哪里弄来的？"我愉快地问。

"街角有一个杂货店。"他告诉我。

"但你忙得团团转，怎么有时间去买。"

"不是我去买的，先生。"他说，"我叫我的经理去买的。"

两个月后，我再次来到那家饭店。我要求我最喜欢的侍应生来给我服务。"他不再做服务生了，"我被告知，"老板升他去了管理部门。"我没有惊讶。他一直愿意做的小事往往导致大结果。

我怎样才能帮助别人达到他们的目标？

1992年，一个名叫吉姆·斯特拉顿的人聘请我开设有关领导和销售的课程。我的第一个任务是：招收到20个销售经理来上课，每人500美元，课时为期两天。但我仅招到9个人来上课。

开课的第一天，我们在教室等待我们的学生。吉姆突然对我说："你知道吗，约翰？我看到了20个，因为我知道你能做到。"

我们的下一次课程在两个月后举办。再次，吉姆坚信我能招到20个人。然而，我只招了16个。"我看到了20个，约翰。"吉姆再次说，"我知道你能做到。"

我真的做到了。在接下来的两年时间里，我的每一个班都不会少于20人。确实，我需要相信我自己。有人会因为别人的悲观而动摇自己的信心。吉姆没有说："我怀疑你能做好，我只是让你试试而已。"他鼓励我。他相信我会成功。

我如何才能做得最好？

没有人是完美的。几年前，在一家公司的年终颁奖大会上，我认识了戴维。这家公司请我去做嘉宾演讲。演讲完之后，戴维来到我身边，兴奋地对我说："你说得真是太棒了！你已经把这些演讲内容写成书了吗？"我告诉他我正在筹划这件事。"我几乎等不及了。如果我能重读你的思想，我可以运用到我的生活中使之更加美好。我有很多需要改进的地方。"

一年后，我看到戴维被授予年度最佳销售员奖。我知道他为什么能拿这个奖。他已经向我展示，他在不断提高自己。

我怎样才能改变我？

一天，我的妻子凯伦说："我准备去见一个婚姻顾问，我认为你应该来。"我默默接受了她的建议。3天后，我们坐在了一位婚姻顾问的办公室，看起来就像两个拳击手坐在相对的角落里。"这个家伙是谁？他能教我什么？"我心里充满了怀疑。然而在和他交谈了一会儿之后，我发现自己放松了，并且认为，他真的能帮助凯伦。

难怪妻子拉我来进行辅导。当时，我已经陷入认为如果我的妻子更理解我，我的婚姻就会好转的牢笼。但我怎么样呢？的确，我花在工作上的时间太多了。偶尔回家，我也在准备我的下一次演讲，或疲于考虑这样那样的事。"我正在努力为你和孩子创造一个好的生活。"我总是这样对凯伦说。但这是一个令人疲乏的老套的搪塞。我的工作不是为了谋生，而是为了创造一个美好的人生。但美好的人生不仅仅指事业的成功。为了我的家庭，我必须改变我的做事方法。正如《圣经》上说过的，与其介意别人眼中的斑点，不如去除我们自己眼中的光束。

　　我怎样才能改变"我"是所有问题中最棘手的问题。但改变"我"的最重要的一步是愿意改变"我"的想法，并且，考虑别人首先要考虑的是承担自己的责任。面对所有的问题，我们可以这样对自己说：这是最重要的，比起改变别人，我更愿意改变自己。那天，从婚姻顾问的办公室出来，我暗暗对自己说："今后我要平静地接受我不能改变的人们，并且，我要勇于改变一个人。这个人就是我。"

　　从老板没有给我加薪的那天起到现在，已经过去很多年了。他给了我更好的东西——一个让我思考怎样改变人生的机会。

渔夫的选择

◎赵功强

有一个富翁，乘自家的海轮出海观光，不料出了事，海轮沉没了。就在富翁做最后的挣扎时，一个渔夫驾着小木船经过，救下了富翁。

富翁是一个厚道重情的人，他决定给渔夫一大笔钱作为报答。他想出了两个方案：一个是现在将自己目前资产的百分之五，大约200万元送给渔夫；另一个是待十年后，将自己那时资产的百分之二十相赠。富翁之所以想到两个方案，是眼下正闹世界金融危机，他想如果恩人选择了获利更多的第二个方案，自己现在就可以多一点儿抗风险和图发展的保障。他带着公证人去见渔夫，把自己的意思说了。

这是天上掉馅饼的好事，渔夫自然非常高兴。可是他同时又很为难：按理他要选第二个方案，但他又异常担心，十年后谁知道会是什么样子呢？如果富翁十年后资产严重缩水甚至破产，自己岂不亏大了？选择第一个方案吧，又怕十年后富翁的产业到时又巨增，让自己不甘心。这样左右寻思，难做决断。富翁就让他好好想三天，再做最终的决定。

故事就先讲到这里。自然，我们会追问渔夫最终做出了怎样的正确选择，且容我稍后交代。现实中，我们尽管鲜能遇到渔夫这样的极其重大的选择，但事实上选择却充斥了我们生活的时时刻刻。打开冰箱，如果有了三种以上的菜，你就得选择究竟做什么菜迎合自己的胃口；打开衣橱，如果里面有三套以上的可选衣服，你就要花一番心思；你要是够帅或够靓，丘比特之箭向你频频射来，你就会在几个备选者之中权衡；如果你家世很好，你一定会为清闲一点吃老本，还是吃苦一点干出点大事而两难；你要是运气不差，一下子有三五个用人单位等你这把米去下锅，你一定会愁得茶饭不思睡不安神。购物为什么俗称逛商场？还不是因为进入视线的东西太多，不容你第一时间决断。买房多叫跑房，道理是一样的。凡此种种，不一而足。尽管这些选择跟故事中渔夫遇上的不是同一个重量级的，但人们的反应和渔夫也大致差不离，一样的心焦，困惑，心神不宁。

设想一下，如果冰箱里只剩了一种菜，衣柜只有一两件衣服；如果你吸引异性的软硬件条件一般，出身一般；如果你不是优秀到成为职场香饽饽只是有单位愿意接纳……如果真是这样的话，哪还有那么多难以选择的烦恼！

看来，选择太多，未必就是好事。就像做选择题，备选项一多，绞尽脑汁不说，做对的几率也极低。鸡毛蒜皮之流的选择一多，就会让人头昏脑涨；碰到百年难遇的好事，且不止一个选择时，又会怎样呢？现在，我可以告诉你渔夫的选择了：他被这两个挠心的选择弄得焦头烂额，神思恍惚，在次日出海时一不留神，弄丢了船桨，因无法有效控制木船的速度和方向而被突袭而至的飓风骇浪吞噬。他最终丧失了所有的选择权。

这是发生在印度尼西亚的一个真实故事。

爱情像一列火车

◎残　荷

我第一次看电影《心动》的时候是哭了的。

他和她是在最青涩的年龄里相爱的，在那棵郁郁葱葱的树下，洁白的裙子，羞涩的少年，朦胧的情感，初恋是多么美。多年之后，她和他再遇到，都已经人到中年，彼此眼神里有了沧海桑田，只是轻轻一笑，那笑里，却是时光的老化，一寸寸，老了光阴，老了人。爱情多么像一列火车，总以为会载着你到目的地，可是，居然中途下了车。中途下了车的人，再遇到也会是另一站。

我还记得我的中学同学，他迷恋一个女孩子，迷恋到发了疯，可因为当时很拘谨内向，而没有表达。再后来，他想表达时，发现女孩子有了男友，于是他再度沉默。

多年之后，他事业有成，有钱有权，一次次张罗同学聚会，其实他只有一个目的，在同学聚会上能看到她。那是他唯一能看到她的机会。

她一如当年一样优雅，并且，带着淡淡的忧郁。

他仍然迷恋她，在一次聚会中他喝醉了酒，拉她到阳台上倾诉，一边说一边哭，她听着，也落了泪，因为，她也同样那么喜欢过他！

只是他们错过了！就像两列火车，都往前奔驰着，可是，一个向南，一个向北。他们一直在错过，错过昨日，还要错过今朝吗？不，他们不想再错过。

男人首先离婚了。女人离婚很难，因为和从前的丈夫也算恩爱夫妻，何况小儿那样乖巧听话。听到离婚的消息，丈夫呆了，这是哪里来的晴天霹雳！可是，她铁了心！婚，离了。

她迅速结婚，可发现并不快乐，把别人的幸福出卖掉，原来心里这样的沉重。

何况，这口口声声说爱自己的男子原来如此自私贪婪自恋，比不上自己丈夫十分之一，后悔，已然来不及。

再下车，发现灯火已黄昏，哪里会有爱情在原地等待你？她多像那个上错了车的人。

没有比搭错车更可怕，没有比爱情更让人心碎的东西。还想再回去吗？爱情的火车已经远去，甚至背影都没有了，错过了，就是错过了，她应该明白，错过一天，其实就是一生，她怎么会傻到还要去追梦？

种满蓖麻的天堂路

◎海 亮

她曾经是他的恋人。

他们是邻居，算是青梅竹马，19岁那年，他和她对着村子里的湖水说，我非你不娶。她回他：我非你不嫁。

可是，父母是不准备把她嫁给他的。因为，她家穷，她是她哥哥婚娶的唯一砝码，她哭闹绝食上吊，无济于事。最后，她的父亲给她跪下了：丫头啊，你不能让咱家断了香火啊。

她是哭着嫁到邻村的。结婚前夜她对他说：等着我，我的心永远是你的。这是唯一的希望，于是，他决定等。

这一等，就是20年。

他一直未娶。为了不给她添麻烦，他总是半夜一个人去看她，所谓看她，并不是私会，只是感觉一下她，在她房前屋后转一圈，然后再回来。

她也曾托人给他说媳妇，他说，遇上了，我就不怕孤单一生。她听说了，眼泪一粒粒地掉下来。

40岁这年，她守寡了。男人去井下挖煤，再没有上来。所有人都以为，他会娶了她。

可是，她没有嫁。你一个40岁的女人了，还折腾啥?丢不丢人?他只说，你心里有我就好。

她病了，很严重的胃病，他打听偏方，说香油掺上蜂蜜可以治胃病，可那个年代，香油多么珍贵！他甚至一年都不曾吃一滴香油！

听到卖香油的偶尔提起，5斤蓖麻子可以换一斤香油！于是，从那个春天开始，他开始种蓖麻！夏天的时候，他的院子里，他的屋子后面，他的房顶上，到处是绿色的蓖麻！那简直成了村子里的一道风景！有谁屋顶上还种蓖麻呢？

因为种了蓖麻，他的屋顶在雨季来临时一直在漏雨，他常常戴着草帽在屋子里，甚至睡觉都没有一块干爽的地方了！

那些蓖麻，是他的希望啊。

它们好像是他的孩子，他盼望着它们快快长大！

秋天的时候，他收获了蓖麻。当他给她送去香油时，他什么也没有说，只是递给她，转身就走。

她站在村口，泪雨滂沱！

年复一年，日复一日，他种着蓖麻，她吃着他送来的香油。说来也怪，她的胃病渐渐好了，儿子们也都娶了媳妇了。她又动了念头，这次，谁也拦不住她要嫁给他的决心了，她要和他一起去种蓖麻！

可是，这一年的秋天，他病倒了。他病得很重。

她来看他时，他已经病入膏肓，他说，你看，你都长皱纹了，我还以为你20岁呢，你怎么能长皱纹呢？她抱住他，痛哭，这30年，他们居然是第一次拥抱！也是最后一次拥抱。

那年秋天的蓖麻结了很多的果，里面的籽粒饱满，是她亲手一粒粒摘下来的。

次年，她也重病，儿子媳妇围绕在她床前，一句句地问，她有什么要求？她只轻轻地说了一句：请在我坟前种满蓖麻。

是的，她要种满蓖麻。如果有来世，她宁可只做一株蓖麻，然后，长在他的房前屋后，长在他的房顶上，这样，他一出门，就能看到她了。

如果，如果他在天堂，一定会看到，在她的坟前，种满了蓖麻。

长久的温暖

◎小　白

　　她年轻的时候喜欢浪漫，可却嫁了一个不懂风情的丈夫。这样了无波澜的生活，走到第六年的时候，终于生出了意外。

　　连她自己，也说不清楚，事情是怎样发生的。她只知道31岁的自己，以前为何从来没有注意过像忧这样一个男人，如此地儒雅风趣、魅力四射，又如此地懂得怜惜喜欢的女子，知道适时地为她泡上一杯热茶，送上一句柔声的呵护，或者只是一个鼓励的微笑。他在她的心里，就是这样地完美无缺，让她甘愿燃烧掉自己，只为换取那瞬间绽放的光华。

　　他们的爱情，很快传遍了整个小城。她以为他会强迫她断绝与忧的关系。可是，什么也没有。只是他平静地说，如果你真的喜欢那个人，而且，不会后悔，就跟他走吧，女儿，我会好好照顾的。那一刻，她有一瞬间的不舍，为这个沉默寡言但其实内心明了的男人。但终究还是被疯狂的爱恋引领着，迅速地离了婚，投奔忧的怀抱。

　　鉴于当时的压力，婚后她与忧离开了小城，飞去遥远的海南。

　　这一去，她才知道错了。错在哪里，她也不清楚，只是觉得，这份爱情燃烧到成熟的时候，似乎并没有想象中的恬淡与美好。

　　他们开始在这个陌生的城市里，为了生活四处奔波。他没有一技之长，始终找不到一份正式的工作，只好做着散工，随时等待老板解聘的命令。两个人的薪水，除去租房，剩下不多的，还要匀出两份来，给各自的孩子寄去。而老人，则已经顾不上了。许多时候她为老人和女儿感到愧疚，她终于明白了昔日始终不肯承认的一个事实：自己，是真的后悔了。

可是，后悔又有什么用呢？那个曾经如此宽容了她的男人，曾经为她每日做饭洗衣的男人，曾经笨拙到只会用行动表达爱意的男人，曾经为了给她买一件衣服，熬夜写字换取稿费的男人，曾经在她的父母面前，泪流满面的男人，而今，已经有了一个真正懂他的妻子。她，是彻底回不去了。

她终于明白，那在半空里绚烂绽放的，是爱；那于地下细细流淌的，也是爱；只是，她忘记了，只有那长久的，才能温暖漫长孤单的旅程。

手的故事

◎吕　游

一

2000年6月22日清晨，陪伴着张学良将军大半生囚禁生活的赵一荻女士即将走完她的人生之路。

8时45分，张学良将军坐着轮椅来到赵一荻病床边，紧紧握住了她的手，并且不停地喊着私下里对老伴的昵称。她只是默默地看着张学良，已经无法开口说话。9时，她陷入了昏迷，再也没有睁开过眼睛，张学良依然紧紧握着爱妻的手不放。

又过了两个多小时，上午11时11分，监视赵一荻脉搏跳动的仪器显示她已经离开了人世，牧师开始带着亲友向上苍祷告。张学良此时还是痴情地紧握着妻子的手久久不放，一分钟、两分钟、十分钟、半小时……就这样紧紧握了3个小时。此时，已百岁高龄的张学良沉默地坐在轮椅上，泪水缓缓地流了下来。赵一荻的身体已经渐渐开始变凉，可唯独她的手还是热的。

他们这两双手，已经拉着、扶着、扯着、握着、相携相拥着走过大半个世纪的风雨人生，早已牢牢地凝结在了一起。多少话语、多少海一样深的爱，都通过这双手悄悄地传递。而如今，她却要走了，手与手将永远不能再相握，他再不能牵着她的手，而她也再不能与他携手而行了，此情此景怎不让将军悲痛欲绝？！人世间最伟大的情，也莫过于这双久久不愿松开、一直紧紧握了3个多小时的手啊。

一年以后，张学良将军也走了，他与赵一荻合葬于夏威夷神殿谷墓地，他又可以牵着、握着她的手了，这一次是永远、永远……

二

1999年10月3日11时20分，被誉为"西南第一漂"的贵州省黔西南州兴义市马岭河峡谷风景区发生一起缆车坠落事故。事故造成35名乘客死伤，其中14人死亡，死者年龄最大为40岁，最小为7岁。在缆车坠落的那一瞬间，车厢内来自广西南宁市的潘天麒、贺艳文夫妇，不约而同地使劲将年仅两岁半的儿子高高举起，结果，孩子只是嘴唇受了点轻伤，而他的双亲却先后死去。

又据报载，有一年冬天，某地一个无人看守的铁路道口，由于一辆早班车搁浅，发生了一起火车与汽车相撞事故。

当人们发现火车撞过来时，一切都晚了。有旁观者说，在最后的一刹那间，有一双手急忙打开车窗，伸出窗外，把一个两三岁的孩子从窗口抛了出来。孩子的父亲后来被找到，他身上所有的骨头都被撞断，头也被挤扁了，他满是血污与脑浆的衣服看不出颜色与质地……是怎么认出他的呢？因为他的双手仍对着窗外，做着抛丢的姿势……

这是我所知道的两个最催人泪下的画面。尽管这缆车、这班车已支离破碎，但那两双高高举起的手、那伸出车窗外的手，把世上的父爱、母爱升华到了极致，把千千万万的父子情、母子情凝聚到了顶峰。

手，托起的不仅仅是两个小生命，而是高高举起了全人类的爱。我不敢看、不敢想这几双手，我没有勇气面对它。在它面前，我感到了自己的渺小……

三

1999年11月24日23时40分，载有302人的"大舜"号渡轮在渤海翻扣沉没，遇难282人，生还者仅20人。20位幸存者之一的青岛26岁男青年杜运伟在大浪把他摔下海里时，拼命抓住了一个救生筏。

当精疲力竭之时，耳边隐约听到有女孩的呼救声："大哥，救救我！"他这时发现救生筏的角上有一个紧抓缆绳的20多岁的女孩。他急忙爬过去，开始拉她。前两次都失败了，女孩哭着说："大哥，再试最后一次吧，我快不行了……"他也哭了，拼尽全身力气紧紧拉着她的手，死死地拽住她的衣服，终于把她拉了上来。

就在这时，另一个女人在海里伸出手臂，而另一个在救生筏上的男人却把能拉上一把的手移开了。立时，一个浪头打来，女人被打进海里，瞬间便在茫茫大海中消失了……

一刹那，手，救活了一位年轻姑娘的命，却拉不住另一个姑娘的青春。在这边，手就是高尚，手就是真情；而在那边，手就是自私，手就是卑鄙……

手能做出惊天地泣鬼神的伟大业绩，也能做出人不齿天发怒的肮脏之事。手的雕塑，要由心去刻。没有大写的人，怎会有大写的手?!

四

婴儿刚从娘胎里来到这个世界时，两只小手总是握得紧紧的，成为两只小小的拳头。

后来，两只小手变成两只大手，渐渐地开始为自己聚财，为自己捞钱，再后来，财富像滚雪球一样越滚越大……可是，当他最终离开这个世界时，却什么也带不走，什么也抓不住，只好摊开双手——如此，难怪人们常说"撒手而去"。

这是上帝对人的惩罚。无论是穷汉富翁，无论是高官百姓，无论是名流凡人，你都带不走一根哪怕是很小很小的草。上帝总是让人两手空空来到人世，又两手空空离开人间。

想想这个世界有多么大，而我们的手又是这么的小，就是一辈子你一刻也不停地把整个世界一点一点往自己的兜里装，又能装下多少呢?

既然什么也带不走，还不如多奉献一点，少索取一点。到头来，你虽然也是摊开两手而去，但你的双手却为后人书写下了一段段让人还能记住的故事和传奇。

人这一生，带不走的是财富，留下来的是名声。

总有爱领我们回家

◎石　镜

在互联网看到几幅温馨的照片。照片的主角不是人，而是澳大利亚的一只狗。这只叫"雷克斯"的狗，收养了一只在车祸中失去母亲的年幼袋鼠。

事发的当天，雷克斯与主人在澳大利亚南部的贝尔海滩散步，发现路边有一只被撞死的母袋鼠。主人不以为意，雷克斯却表现反常。当天晚些时候，雷克斯突然离开家前往出事地点，并且叼回了一只小袋鼠。

原来，雷克斯在死去的袋鼠育儿袋中，发现了仅4个月大的小袋鼠。很显然，它闻到了死去袋鼠育儿袋内活着的小家伙的气味，并将它安全地带了回来。

可怜的小袋鼠在车祸中失去了妈妈，然而，它幸运地遇上了这只叫"雷克斯"的狗妈妈，在它生命濒临垂危的绝境，一种叫爱的天然情感，让雷克斯领着小袋鼠回家。据主人介绍："小袋鼠经常依靠在雷克斯身上。"

正是这句话，深深地打动了我。想象小袋鼠依靠在雷克斯的身上幸福的样子，恐怕没有人会忍住为小袋鼠深感欣慰的热泪。

同时，又看到这样一则新闻。河南周口的一对农民夫妇，为4岁患白血病的儿子，花光了仅有的8万元的积蓄。砸锅卖铁的钱花光了，仍无力回天，夫妻俩流着泪，将儿子放在了公共场所的电梯旁。思子心切，近日，他们又将儿子从福利院接回，用乞讨来的钱，重新将儿子送进了医院。他们流着泪表示："再难也不扔孩子了！"

病中的孩子，永远是父母的宝贝。

爱的触角千丝万缕，哪一根也不容割舍。

我想起一位朋友的一段经历。儿时因顽皮闯下大祸，他玩火烧光了邻家的草垛和两间房，贫病的父亲拎起大棒将他打出家门，并宣称永远不认这个儿子。暮色苍茫时，他站在家后面的山岽，流干了泪，甚至想到了死。突然，他听到了母亲呼儿的喊声，一声比一声热切，嘶哑的嗓音里带着哭腔。他终于看到了母亲，看到了自家屋顶上的炊烟……

飘零的生命，常常如风吹柳絮，或如雨打飘萍。因为变故，因为灾难，往往孤单而无助。行将被这个世界抛弃的时候，总有爱，将我们收留，总有爱，领我们回家，结束那没有出路的逃亡。爱，是这个世界最后的力量。

后记

　　《青年文摘·红版》"原创地带"栏目2007年一经推出，就在广大读者中引起热烈反响。在杂志社组织的读者调查中，该栏目长期位列读者最喜爱栏目前三位，已经成长为《青年文摘》杂志的一个品牌栏目。

　　作为中央人民广播电台2008年"十佳栏目"之一的《广播故事会》，是文艺之声频道的一档以直播形式"讲短篇故事"的日播节目，以讲述"励志"和"真情"故事为主，凸显"三贴近"原则和平民化风格，以故事启迪人生。自2006年5月18日开播至今，已经拥有了大量忠实的听众。

　　2009年3月，《青年文摘》与中央人民广播电台文艺之声《广播故事会》栏目组进行合作，开展了《"青春励志、温暖真情"原创作品百篇选播》活动，将《青年文摘》"原创地带"栏目刊登过的作品加以精选，通过广播的形式进行传播，并在此演播作品的基础上，在青年文摘官方网站上创办了有声杂志《青年文摘·播》，吸引了广大广播听众和网友的关注，让我们对于高品质的原创作品的立体化传播充满信心。

　　本书作为"《青年文摘》原创精华系列图书"的第一辑，将《青年文摘·红版》创办"原创地带"栏目至今所刊发的全部原创作品加以精选汇成一册，按励志人物、青春爱情、至爱亲情、成长故事、文苑美文、人生小品6个版块进行编辑，以简洁而精致的形式呈现在大家面前。

　　同时，文艺之声《广播故事会》栏目还倾情录制了其中的部分故事(并增补了部分作品)制成CD光盘(MP3格式)随书赠送给大家。使您在品味阅读之美的同时，还可以通过声音欣赏到朗读演播之美。

单纯是一种力量，单纯不同于单薄，亦不同于肤浅，单纯是一种对于美和善的顽强信念，是一种面对生命的态度，是一种选择！单纯不意味着羸弱，单纯可以激发力量，可以成就梦想，而梦想正是一切创造力的起点！

这也正是我们的起点！

编　者

《青年文摘》杂志社红版编辑部

《广播故事会》栏目组

2009年9月

京新登字083号

图书在版编目（CIP）数据、
单纯是一种力量／吕秀芳主编.—北京：
中国青年出版社，2009.9
（《青年文摘》原创精华系列丛书）
ISBN 978-7-5006-8939-3
Ⅰ.单… Ⅱ.吕… Ⅲ.散文－作品集－中国－当代 Ⅳ.I267

中国版本图书馆CIP数据核字（2009）第157219号

责任编辑：付　江

*

中国青年出版社 出版　发行
社址：北京东四12条21号　邮政编码：100708
网址：www.cyp.com.cn
编辑部电话：(010) 64465116　门市部电话：(010) 84039659
三河市祥达印装厂印刷　新华书店经销
*
660×970　1/16　17印张　200千字
2009年10月北京第1版　2009年10月北京第1次印刷
印数：1—20,000册　定价：23.80元
本图书如有任何印装质量问题，请与印务中心质检部联系调换
联系电话：(010) 84047104